ちくま文庫

三島由紀夫と楯の会事件

保阪正康

筑摩書房

目次

三島由紀夫と楯の会事件

文庫版まえがき

三島由紀夫主導による楯の会事件は、歴史的にはどのような位置づけをされるのであろうか。

歴史的という語を、昭和史、あるいはもっと狭義に太平洋戦争敗戦以後の戦後史と用いてもいいのだが、この事件をどのように分析するべきか。昭和四十五年十一月に起こったこの事件は、現在（平成二十九年）すでに四十七年を経過している。しかし、三島を文学・政治・社会とさまざまな視点から解析し、その意思を確認しようとする試みは依然として続いている。一九九一年にソ連の社会主義体制が崩壊し、日本国内にあっても、東西冷戦の覆いが薄れていくにつれ、むしろ三島と楯の会事件に関わる書はふえているというのが、私の実感である。

私自身、事件の起こったときは三十歳であった。編集者生活を送っていた。それから三十年後の平成十一年十一月に、月刊誌『諸君！』が、三島主導のこの事件について、「100人アンケート　あのとき、何を。今は……」という調査を行っているが、私はこのアンケートに「昭和四十五年十一月二十五日当時、私は出版社に身を置く編集者であった。（略）当時、私は三島の政治的発言や一連の行動に強い関心はもっていなかった。むしろ批判的であった。したがって、事件を聞いたときの第一印象は、これは政治的行為なのか、文学的な表現形態なのかと迷った。夕方になって事件の経緯を知り、不気味な感を覚えたことが今も忘れられない」と答えた。

実際、そのときはこのような印象だったのである。

それから三十年という一世代が成長する平成十一年のこの月刊誌のアンケートの末尾で、私は「この事件について、今私が思うのは、ボディブローのようにじわじわと戦後社会の骨格にきいてくる事件なのかという感がしている」としめくくった。これもまた正直な感想なのである。三島の訴えた政治的主張は、戦後社会の骨格を揺さぶっていると私には思えるのだ。もとより三島と同種の政治的主張は決して珍しくはない。事件当時、三島の撒《ま》いた檄文《げきぶん》の中にある一節、たとえば、「日本を日本の真姿に戻してそこで死ぬのだ。生命尊重のみで、魂は死んでもよいのか。生命以上の価値なくして何の軍隊だ。今こそわれわれは生命尊重以上の価値の所在を諸君の目に見せてやる。それは自由でも民主主義でもない。日本だ。われわれの愛する歴史と伝統の国、日本だ。これを骨抜きにしてしまつた憲法に体をぶつけて死ぬ奴はゐないのか。（以下略）」という一節などは、当時も、そして今も同じような主張をする者はいたし、今後もいるであろう。

しかし、三島はその言を肉体で示したという意味で、戦後社会の骨格にじわじわと浸入してきたことになる。骨格そのものに喰《く》いこんできているようにさえ思う。

私のいう「戦後の骨格」とは何か。大まかにいえば、昭和二十年八月の敗戦後の占領期間に生まれたこの国の形を指している。占領下の六年八カ月もまた戦争の一形態であったとの説を説く論者もいるが、この間につくられた骨格は三つの旗を掲げている。

ひとつは、憲法である。この憲法は、それまでの大日本帝国憲法を根本から否定し、国民主権、非武装、文化国家のイメージを鮮明にもっている。

もうひとつは、「生と死」についての思想である。死生観という語を当ててもいい。「生命の尊重」は何にもまさる重要な尺度として、戦後社会の中心を成していた。しかもこの語は、しだいに「生きる時間」という意味だけに使われてしまい、人間としての生き方が質よりも量に還元されて論じられてきた。

そしてもうひとつが、伝統とか文化という精神世界よりも、物量や経済が上位を占めるという合理性の尊びという軸である。むろん、かつてのあの時代（大日本帝国下の戦争という国策のもとではの意味になるのだが）の飢えや貧しさからの脱出は国策だけではなく、国民の生きていくための最低限の欲求であった。この欲求の限界を設ける労を怠り、ひたすら無限大に肥大化させたというのが、戦後社会の骨格でもあった。

この三つの旗は、昭和四十年代にはそれなりに成果をあげていた。

憲法は平和憲法と称せられていたが、しかし、そう称することで思考停止してしまう知的退廃が皮層化してもいた。歴史の検証能力や現実社会を分析する知的論理は著しく弱まり、口先だけで「平和」ととなえていれば、平和な時代が来て、そのような社会がつくられるという安直な感情が前面に出てきた。「人命の尊重」を声高に口にすれば誰もが黙してしまう社会もできあがっていた。欲望の肥大は、豊かな経済社会を生みはしたが、その反面で経済的価値が何にも増して尊重されるという社会であった。この欲望の肥大は、やがて田中角栄首相の誕生にいきついたのである。

三島由紀夫の言説は、これらの戦後社会の骨格に異議を申したてていたのだが、そのことは昭和四十五年の段階では、まだほとんどの人が気づいていなかった。もとより私も気づいていなかったから、弁明がましく語るつもりはないのだが、三島の感受性はこうした方向を「亡国」と捉《とら》え、その焦りを誰よりも強くもったと指摘できるだろう。

今から見れば、この三つの骨格が、私たち自身の心理の中に独善と退廃を生み、それを肥大化させたという事実は指摘できる。戦後社会が理想と現実、言語と事実などの面で大きな矛盾を含んでいて、その矛盾が引くに引けない状態に達していたことは誰もが認めざるを得ない。もっとも単純な言い方になるが、憲法についていえば、たとえ憲法学者がどのような論を論じたてようとも、自衛隊は存在しているのに、軍事力を認めないという理解を国民はもっていた。今や日本は軍事力をアジアの諸国の中ではもっとも突出した形で擁していている。この乖離《かいり》の大きさにどのような論法も成りたつわけがない。

私のいう独善や退廃とはそのようなことを指しているのだが、これは死生観にも、物量や経済に従属した精神世界の混乱にも通じている。医療現場で生命の尊重の名のもとに、とうてい理解できない治療が行われていた事実を指摘しておくだけでいい。精神世界の混乱は、オウム事件や少年犯罪を見るだけでもわかる。

三島由紀夫主導による楯の会事件そのものについて、私は今も評価を与えるという側にはいない。その行為を先駆的だとか憂国の義挙といったようには見ない。にもかかわらず、この事件を黙過できないのは、三島と楯の会の会員によって示された歴史的訴えは、その根底できわめて重い意味をもっていると考えるようになったからだ。行為はとうてい是認できないが、その動機は純粋であるとか、訴えは正しいという使い分けをしているのではない。三島主導のこの事件は、歴史上に位置づけてみれば、かなり重い比重をもって定着するといっているわけである。

私が、本書を著したのは昭和五十五年（一九八〇）十一月であった。事件から十年が経っていた。

本書を著したときの私の執筆意図は、この事件から十年を経て、事件そのものの経緯を書きのこしておこうと思ったためだった。事件がどのように企図され行われたのか、それをさぐるためにも、昭和四十年に入ってからの三島の発言や動き、それに三島自身がつくった楯の会という組織がどういう組織律をもっていたのか、日ごろはどういった訓練を行い、どのようなテーマで勉強会を開いていたか、それをできるだけ詳細に書きのこそうと考えたのである。そのために、元楯の会の会員の何人かに取材を行い、その胸中も合わせて聞いてみた。

しかし、本書において私は、私自身の受け止め方や歴史的な位置づけをそれほど試みていいるわけではない。前述のような流れからいうならば、私にとっては事件そのものの衝撃のほうがはるかに強く、その意味を深く考えるには至っていなかったというふうにいってもいい。

そしてこのたび文庫として改めて世に問われることになって、さらに本書の刊行以後も次々と刊行されている三島とこの事件についての書の幾冊かにふれた経験から、私なりに歴史的な意味づけを試みておきたいのである。私は、昭和史に関心を寄せ、その内実をさぐり、それを次代に託するのを自らの役割と考えているが、その枠内で語っていくなら、三島と楯の会事件には、明らかに昭和初期の国家改造運動のある一部分との共通点を見出すことができる。この期の国家改造運動には多様な思想、多様な目的、多様な運動家を見出すことが可能なのだが、三島主導の楯の会事件は、五・一五事件（昭和七年五月十五日に海軍士官と陸軍士官候補生、それに民間の有志が参加してのテロ事件）に連座した橘孝三郎と愛郷塾にたとえられると思うし、その精神において重なる部分が多いようにも思う。

橘孝三郎は農本主義者だが、五・一五事件に加わったのは、海軍士官からの説得に応じたためではあるが、橘自身はこの事件に軍人とは別の思想をもって参加した。つまり都市文明が農村を破壊していく昭和初期のそのプロセスに、〈人間の解体〉を見てとり門弟と共に加わったのである。愛郷塾の門弟たちは、橘の示唆を受けて、軍人とはまったく別の行動をとった。金具類をもって東京周辺の発電所に侵入し、その施設を壊そうと試みたのだ。

そこには、都市文明を支える電気を止めることで、都市住民を唯物思想から覚醒《かくせい》させ、人間としての精神（それを橘は皇道文明とのちに称することになるが）をよみがえらせようとする思想があった。橘と門弟の行動は表面上は昭和史の上ではなにひとつ結果を生みだすことにはならなかったが、それでもこの時代と社会にある存在を示すための刻印として記録されることになる。この刻印は、いつの時代にもつねに検証される宿命をもつことになった。実際に、この事件の一角を占める橘の思想は太平洋戦争の戦争理念にさえ見事に反映しているのである。

三島由紀夫と彼の主導による楯の会事件は、五・一五事件そのものではないが、五・一五事件の断面と重なりあう。昭和七年のこの事件が、大日本帝国の骨格に徐々にくいこんでいったようにである。そう理解することで、この事件は戦後史の矛盾をそのまま背負いこんでいたことがわかる。


本書は、あの事件の経過や内実をできるだけ忠実に書きのこそうとした書だが、私としてはこうした事実を正確に把握してこそ、初めて事件の本質を把《つか》むことができると考えている。事実の輪郭を抑えることなしに、どのような解説や評論も砂上の楼閣にすぎない。ともすれば、この事件の事実を抑えることなしに、一方的に賞揚したり、批判したりという論も多いように見受けられるが、私としてはまずは史実を正確に踏まえることが重要なことと思えてならない。

この事件は、どうあれ二十一世紀のいまも日本人の姿を解剖するための教材になるであろうし、またそうなるだけの本質もかかえているのである。

平成二十九年十二月

保阪正康

序章　十年目の遺書

「倉持清」のその日

倉持清は、あの日のことを終生忘れることはできない。あの日――つまり昭和四十五年十一月二十五日の、自らの肉体がまるで意思とはかけ離れて存在したことを忘れることはできないのである。

あの日、倉持は、正午も近い時間に目をさました。当時、早稲田大学政経学部四年生、こんな時間から一日が始まるのは、学生の特権でもあったのだ。食卓に座って箸《はし》を動かしていたとき、家人がテレビのスイッチをひねった。

白い画像が彩色され、ニュース映像が映った。倉持は、視線をはずして口を動かしつづけた。家人が声をあげた。倉持は、画像を見た。画像の下面を走るテロップの文字は、もう消えつつあった。だが、「ニュース速報」というテロップが、またすぐに画像の下面を走って来た。「三島由紀夫」という文字があった。多くの者には、高名な作家として社会的存在であるこの名前が、倉持には「先生」であり「隊長」であった。

「自衛隊に乱入」という文字がつぎに流れ、「楯の会会員」「東部方面総監部」「檄文」と不愛想な文字が、隊列を組んだ兵士のように画面をとおりすぎていった。

家人が何やら叫んでいた。しかし、倉持には、その意味は判らなかった。

〈なぜ、おれはここにいるのだろう〉――箸を止めて、倉持はふと考えた。「隊長」が死亡したというのに、なぜ、ここで食事をしているのだろうか。

〈夢にちがいない〉と、倉持はつぶやいた。夢なのだ。そうだ夢なのだ。これで四度目の夢なのだ。よく見る夢だなあ。十一月にはいって、こんな夢を四度も見るなんて不思議だなあ。三週間のあいだに、三度も、「三島由紀夫氏死亡」というニュース・テロップの文字が、テレビ画面の下を走る情景を夢に見ている。……驚く。あわてる。決まって汗をかいて目をさます。寝具が重たく、身体にのしかかっている。〈ああ、夢だったか〉——でも四度目の夢は妙だなあ。なかなか目をさまさない。目をさますと、寝具がのしかかっていて、夜目に天井がかすんで見えてくるのに、それがない……。

倉持は、ぼんやりと食事をつづけた。頭のなかでは、〈なぜ、ここで食事をしているのだろう〉と想いつづけた。

それから、電話に出て楯の会の会員と話したような気もする。つぎつぎと電話がかかってきた……なかには電話の向こうで号泣している会員がいた。固い言葉で、先生の志を継ぐために即刻……と訴える会員もいた。だが、倉持は虚《うつ》ろな返事を返しただけだったように思う。〈妙な夢だな〉と倉持は、首をひねり頭を振って考えていたからだ。

当時、楯の会には八十八人の会員がいた。それが三島の命によって、十班に分かれていて、十人の班長が七、八人の会員のリーダーをつとめていた。班長は三島によって直接命じられ、三島の信頼の篤《あつ》い会員であった。

第一班から第八班までは学生会員によって占められ、第九班はOB班、第十班は研究班として憲法研究会をもち、憲法改正の具体的な草案づくりを進めていた。班員たちは、班長を中心に毎日のように集まり、学業、人生、恋愛、政治を論じ、交流を深め、そして楯の会の会員としての矜持《きょうじ》を保つように努めていた。

倉持は、第二班の班長であった。従って、彼のもとにも八名の班員がいた。その班員たちの幾人かが、とくに取り乱して連絡をとってきても、倉持は現実に起こった出来事とは思っていなかった。

テレビの画像は、「三島由紀夫」といい、急いでひねったラジオが「楯の会」といって森田必勝《まさかつ》、小賀正義、古賀浩靖、小川正洋の名を告げ、倉持にこれが現実の事件だと思わせようとしていた。だが、倉持は、画像が市谷の自衛隊東部方面総監部を映しても、そしてラジオが総監部のバルコニーで演説する三島の声を伝えても、現実とは思えなかった。〈夢なのだ、これは夢なのだ〉とひたすら自らにささやいていた。

しばらくの間、倉持は意識が肉体から離れているようだった。夢からさめるにはどうすればいいのだろうか……。いや、もしこれが夢でなかったとしても、前に見た夢のなかで自分はどう振る舞ったのだろうかと考えていた。それを想いだして、自らもそういうふうに振る舞いたいと思っていた。

倉持が、現実を理解したのはこの日の夜であった。

〈三島由紀夫が楯の会会員四人と共に自衛隊東部方面総監部に乱入し、益田兼利総監を椅子《いす》にしばりつけ、自衛隊員を呼び集めることを命じ、バルコニーから自衛隊の決起を

促して失敗、総監室にもどって割腹自決、それを楯の会会員の森田必勝が介錯《かいしゃく》し、森田自らも割腹して他の会員が介錯した〉

実際に起こった一連の動きは、倉持にも午後から夕方にかけて伝わってきた。しかし、それは倉持に伝えられる確認のできない事実でしかない。表向き伝えられるこの事実とは別に、もうひとつ異なる事実があるにちがいない。それを知るまでは、すべては夢でしかない……。

夜、倉持の家に三島家から連絡がはいった。「貴兄宛《あ》ての遺書が残っています。それをお渡しいたします」という沈んだ声が、倉持の耳朶《じだ》を打った。そこで倉持は、ひとりで秘かに三島家に向かった。昭和四十五年にはいって、月に二、三回は、三島家を訪れている。楯の会の裏方の仕事——会員の連絡、会合場所の設定といった地味な決まり事を黙々とこなす倉持は、さまざまな会合の直前には、三島と打ち合わせをすることが多かった。その三島家に、いまは「伝言」を受け取りに行くのだ。

東京・南馬込《まごめ》の静かな住宅街に、三島家はあった。ロココ式の瀟洒《しょうしゃ》な三島家の正門には、テレビカメラのライトがあり、新聞記者や警察官、それに三島文学のファンと思われる群衆がたたずんでいた。

裏門からはいった倉持は、三島家にさまざまな人たちが出入りしているのを見た。写真で知っている作家、評論家や出版関係者とおぼしき人たちがいた。だが、そういう人たちは、三島が作家としての領域で交際していた人たちで、倉持らはその領域に踏みこんではいなかった。いや、相互に踏みこませはしなかった。それが「先生」の明確に一線を画《かく》する性格から出ていることを倉持は知っていた。

瑤子夫人から一室に呼ばれて、一通の封筒を手渡された。表書きに、「倉持清大兄」とあり、裏に「三島由紀夫」と自署があった。見覚えのある三島の筆致であった。「ここで読みなさい」といわれた。倉持は、封書を開いた。1、2、3とナンバーの打たれた便箋《びんせん》八枚に、逡巡《しゅんじゅん》の見えない流れるような文字が走り、抑制した感情が文字の後を追いかけてくるような内容であった。

倉持は、何度も遺書を読んだ。遺書の内容は、これまでの二十三年の人生の中で、倉持の感情をもっとも激しくつき動かす内容に満ちていた。〈これほど迄《まで》に、自分を思っていてくれたのか〉という想いがわき、つぎに〈それでもなお、自分にも呼びかけてほしかった〉との想いに憑《つ》かれた。ここに来て、倉持は、この日の正午からの十一時間近い時間の流れを、現実のものとして受けとめる決意をした。悲しい決意であった。こうして「先生」の遺書を握っている己《おの》が身を、幽明界《さかい》を異にする存在として自覚しなければならぬことを覚悟したのである。

倉持には恋人がいた。小学校時代の同級生であった。幼いときからごく平凡に交際し、卒業してからは結婚を約束していた。その仲人《なこうど》を、「先生」に頼んだのは、この年の春のことだった。「いいぞ、引き受けてやろう」と、「先生」は肩を叩いていった。限りある生のなか、その出発点で、尊敬すべき師が立ちあってくれるのは、倉持にとって何にも優る贈り物であった。

しかし、遺書で見る限り、そのことが「先生」の意志の断面に刻まれていた。「許婚者を裏切つて貴兄だけを行動させることは、すでに不可能になりました」という字句に何度も目を止めた。その文字を、霞《かす》んだ目で見つめながら、倉持は、現実の中に身を置いているのであった。

三島由紀夫という名前は、倉持には著名な作家とは映らない。天賦の才能をもち、日本文学を代表する作家として、ノーベル賞候補になっている三島由紀夫は、別な次元の存在でしかない。

倉持にとっての三島由紀夫は、人生の師であり、思想の先生であり、それを具現した「楯の会」の隊長であった。

遺書には、隊長として会員を思いやる言葉が並んでいる。「小生の小さな蹶起《けっき》は、それこそ考へに考へた末であり、あらゆる条件を参酌《さんしゃく》して、唯一の活路を見出したものでした。活路は同時に明確な死を予定してゐました」「小生としても楯の会全員と共に義のために起《た》つことをどんなに念願し、どんなに夢みたことでせう。しかし、状況はすでにそれを不可能にしてゐましたし、さうなつた以上、非参加者には何も知らせぬことが情である、と考へたのです」——。決起し、挫折《ざせつ》し、自死する戦いに出向く隊長は、部下に片言もそれをにおわせず赴いて行った。残された部下の個人的生活にまで心を配りながら、赴いて行ったのだ。

倉持が感泣したのは、それに気づいてからであった。三島家の一室で秘かに泣いた。その涙を止める者はいない。感泣こそが、「先生」への哀悼になることを知っていたからであった。

思い出す事々

なかば強引なかたちで、この決起は、「三島事件」と命名され、事件の真意をうかがうべく三島の平素の言動が、白日のもとにさらされていった。素朴な第一感応の後に、意味づけの作業がはじまった。

多様な作業があった。「憂国の士の決死的行動」から「反革命的テロ」にまで評価の振幅が広がり、その作業を最初から拒否した者や倦《あ》いた者は、「作家としての限界説」や「三島美学の完結」と評し、さらに怠惰な者は、この事件に「狂気説」をとり、日常の社会規範の埒外《らちがい》に置こうと懸命になった。

倉持は、この種の作業に一切無関心であった。世論が形成される過程とその渦中からは身を遠ざけ、またあらゆるメディアから自らを遮断した。執拗《しつよう》に週刊誌記者が彼を襲った。だが、彼は逃げた。〈語るまい、語るまい〉と自らにいいきかせて逃げた。言葉を吐くと、「先生」が遠ざかっていくように思えたからだった。

三島が事件直前に書き残したいくつかの遺書は、つぎつぎと人々の目前に広げられた。

ＮＨＫ記者、毎日新聞記者への遺書を皮切りに、遺族や友人たちに残した遺書の存在や断片が報道された。「楯の会の会員宛ての遺書はないか」という声が、倉持たちの周囲をかけまわり、それを追い求めた。その攻勢が激しければ激しいほど、倉持は遺書の存在を否定し、緘《かん》しつづけた。

不快な出来事もあった。テレビのワイドショーに、「楯の会元会員」を名のる学生が登場し、事件について語った。週刊誌に「楯の会の会員」なる学生の座談会が掲載された。そこでは、事件の重さがただ無味乾燥な言葉で語られるだけだった。

隊長三島由紀夫と第一班班長森田必勝《まさかつ》、第五班班長小賀正義、副班長古賀浩靖、第七班班長小川正洋を欠いた楯の会は、七人の班長による会議で当面の動きを決め、班員はいかなることがあっても班長に従うことになった。そこで、世論はどうあれメディアにはいっさい発言しない、という当面の約束事だけは決めていた。テレビや週刊誌で語る会員たちは、体験入隊のあと会員になれなかったり、楯の会の周辺を歩き回っていた右翼学生にすぎなかった。

倉持は、班長の中で指導的な地位にあった。それはとくに望んでそうなったのではなく、これまでの舞台裏で知悉《ちしつ》した知識が豊富であったからだった。隊長三島由紀夫の考えを身近で耳にし、それを会員たちに連絡する職務にあったことが、いま楯の会の存亡について重い役割を果たす立場になったのである。

事件から一週間がすぎ、十日を経た。倉持は、遺書を毎日のように読んだ。そのたびに、流れるような文字の背後から、隊長三島由紀夫の苦悩が何度も伝わってきた。「非参加者には何も知らせぬことが情である、と考へたのです」——とある文面の後ろに、この三、四カ月まえからの何やら合点のゆかぬ隊長の振る舞いを倉持は思いだしたりもした。

〈あれはいつであったか、たしか真夏の暑い時だったように思う〉

倉持は自問する。八月の班長会議であったか、それとも月一回会員が集まって開かれる定例会であったか。とにかく会議が終わったあと、隊長は、倉持を呼び止めていった。

「おい、九月、十月、十一月の三カ月に限って、定例会の準備は、おれがやろう」

八十八人の会員に、次の定例会の案内をするのは倉持の役目だった。案内状（彼らは召集令状といっていた）を書き、コピーをとって、一枚ずつ葉書の表に会員の宛て名を書き、発送するという仕事は、地味で面倒な仕事であった。しかし、誰かがやらねばならない。倉持はそういう仕事が決して嫌いではなかった。コツコツとそういう仕事をこなしていた。

会員の中には、そういう連絡は電話で行なってもいいではないかという声もあった。しかし、隊長三島は、それを認めなかった。「文字で確認することが大事なのだ」と固執する姿勢に、文学者の片鱗があった……。

「この三カ月は、秘密保全の訓練をしようと思う。会員がどれだけ秘密を守れるか、それを確かめてみたい」

と隊長三島はいい、つぎのような約束ごとを倉持に伝えた。

一、この三カ月に限って、全員そろっての例会はとりやめる。毎月三分の二ずつ会員が集まることにする。

二、従って、全会員は三カ月のうち二カ月は出席するが、一カ月は出席しないことになる。

三、お互いに自分に召集令状が来ても、仲間うちでも話しあうな。これこそ秘密保全の訓練だからだ。

四、自分に召集令状が来なかったからといって、「呼ばれていない」と落胆するな。

倉持に異存はなかった。それを確かめたうえで、班長会議にかけられ、今後の訓練行動について意思統一が行なわれた。

秘密保全の訓練というのは、楯の会にとって奇異なことではない。祖国防衛の任を担う楯の会は、国家危急時（共産主義革命、他国からの侵略）に、一人の会員が百人単位のゲリラを指揮するという組織でもある。そのために自衛隊の情報将校に指導を受けて、情報収集の訓練を行なっていた。その将校、山本舜勝《きよかつ》がのちに自著（『三島由紀夫　憂悶の祖国防衛賦』）のなかで書いている。

「情報を得るべき目標の地域を把握し、そののち、その地域へ潜入することから、この活動は開始される。決して目立ってはならない。（中略）例えば、学生街なら学生風、官庁街ならサラリーマン風、ドヤ街なら労務者風、さらに季節に合わせその時々の格好を作るのも当然なことである。偽装は姿だけではない。自分の任務や姿に合わせた心の偽装も必要なのである」

このような知識を叩きこまれている。秘密保全もまた重要な訓練であった。訓練とは、何も山野を重装備して駈《か》け回るだけではない。日常生活そのものが訓練の日々であるという教育に、倉持をはじめ班長たちは抗《あらが》う意思はなかった。

九月、十月の例会は、八十八人の会員のうち三分の二ずつが出席した。十班の班長、副班長、それに第一期、第二期といった古参会員のほとんどは、この二カ月で〝訓練〟を終えてしまった。

残ったのは、第四期、第五期生を中心とする若い会員たちである。彼らが、十一月の例会に集まることになる。

事件のあと、倉持は、隊長三島のこの計画が周到に準備されていたものだと知った。隊長三島に近い者ほど、深く交流した者ほど、すこしずつ早目に身辺から遠ざけられていったのだ。しかし、それにしてもなぜ遠ざけたのであろうか。倉持は、その真意を正確に把《つか》むことはできない。だが、当然なことに、いくつかの想定は可能である。

もし、あの日（十一月二十五日）、班長、副班長が集まっていたら、日頃の指揮系統が発揮されて、楯の会は意思をもった集団に転化する。それは行動に転化するという意味でもある。隊長三島は、それを避けようとしていたにちがいないという推定ができる。別な推論も成り立つ。隊長三島は、八十八人の会員をすべて平板に濃淡なく知っていたわけではない。時間は密度を規制する。人間感情として、第一期生、第二期生といった古くからの会員に離別の情をもつのはやむをえない。彼らを目前にして感情の鈍るのを避けようとしたのかもしれない。

想定をいくつか考え、それを煮つめていけば、隊長三島の明確な意図は明らかになる。つまり、これは遺書でいっている「小生の小さな蹶起《けっき》は、それこそ考へに考へた末であり、あらゆる条件を参酌《さんしゃく》して唯一の活路を見出したものでした」につながることになる。楯の会の会員を、決起に参加させたくなかったのだ。いや参加することを拒んでいたのである。

倉持は何度も遺書を丹念に読む。思い出す事々は苦しいが、「隊長」はいくつも謎めいた言動をとっていたことにますます気づいてくる。

「……小生は班長会議の席上、貴兄を面詰するやうな語調で、激しいことを言つたのを憶えてゐてくれるでせうか？」

倉持には面詰された記憶はない。しかし、隊長が面詰したと思っていても、自分は面詰されたと思っていないことはあるだろう。記憶を辿《たど》り、そういう事実をさがし求めると、やっとひとつの出来事にぶつかった。

あの事件の一週間前（十一月十九日）、毎週木曜日に開かれる班長会議が都心のパレスホテルであった。集まった十人の班長を前に、隊長三島は上機嫌であった。恒例の班報告や時事分析を終えたあと、雑談にはいった。こんなとき、隊長三島はよく冗談をいった。文壇の裏話や芸能界の内幕を話したりした。

冗談話が一段落してから、隊長三島はつぎのような意味のことを口走ったのだ。

「このなかに、何か事を起こして死にたいと思っている奴《やつ》と、牢獄にはいっても一生思想を変えない奴の二つのタイプがあるな」

それから、ひとりずつ名をあげて、「お前は死んでいくタイプだ」とか、「お前は牢獄にはいっても思想を変えないタイプだ」と色分けした。妙なゲームであった。倉持は、「獄にはいって一生思想を変えないタイプ」の側に分けられた。倉持の記憶によれば、森田必勝は「死んでいくタイプ」の側にはいっていた。

倉持は、いきりたちはしなかったが、抗弁したように覚えている。この年齢というのは、誰でもそうだが、行動に傾斜する側に立ちたいものなのだ。しかし、隊長三島は命令するように、「お前はこちらのタイプだ」といったように思う。

「面詰するやうな語調で、激しいことを言つた……」というのは、あのことだったのだろうか。とするならば、隊長三島は、その一方的な口調を詫《わ》びて死んでいったことにもなるわけだ。

倉持は、三島由紀夫の小説を読んだことはなかった。いやたった一冊、高校生のころにか、『潮騒《しおさい》』を読んだ。しかし、特別の印象は残っていない。倉持だけではなく、楯の会の会員で、読書好きはそれほどいなかった。そのことを、三島は喜んだ。ときに班長会議などで、文学の話をもちだされると、三島は話をそらした。あたかも、「ここではおれは作家じゃないぞ」というような素振りを見せた。いちど三島は、「おれとお前たちの間に、文学ではこんなに開きがある」といって、右手と左手を大きく離した。だから、そんな話はやめようぜというのであった。以来、文学の話は禁句になった。

だが、十一月の別な班長会議のとき、倉持は、作家三島由紀夫に質問を投げた。なぜ、そういう質問をするつもりになったのか、自分でも判らない。

「もし、先生が、たった一冊の本を読みたいのですが……と質問されたら何と答えますか。古今東西、どんな本でもいいんですが、それを教えて下さい」

三島は躊躇なく答えた。

「林房雄さんの『青年』、これ一冊だけ読めばいい。そうするといろいろなことが判る」

この小説は、明治初期の指導者伊藤博文や井上聞多らが、理想を忘れずに政治の世界へ進む有様を書いている。彼らの純粋で無私で真摯に生きるその様子が、美しく書かれれば書かれるほど、壮年にはいり栄達を極めてからの生きざまが醜悪になっていく姿が浮かびあがってくる。――三島は、そういう意味のことを話してから、吐き捨てるようにいった。

「壮年はよくない。まったくよくない。青年のういういしさや純粋さをすべて失ってしまう。しかも、栄達を極めればなおのことだ」

倉持は、この言葉を忘れていない。青年を讃え、壮年を唾棄《だき》するときの怒りにも似た口調を忘れていない。

事件からいくばくかの月日が流れ、倉持の心にも日々の生活が定着していく頃、『青年』を読んだ。

林房雄は、昭和五年に、共産党シンパ事件で検挙され、さらに京大事件に連座したとして判決を受け、七年に釈放されるや、すぐに稿を起こした。共産党からの転向を、文学作品のかたちをとって書いた作品である。むろん、そこにはそうした思想上の問題は露骨に出ていない。ロマンチックな青年の歴史へ参加する様子が、おおらかな筆致で書かれている。

倉持に、この小説はそれほど感銘を与えなかった。それより、三島由紀夫が書いた「解説」のほうに関心をもった。そこには、「冒険と行為と意志の物語でありながら、それらの無効と、無言の『時』の力だけが静かに語られてゐる。相撃突する思想が如実に描かれてゐながら、同時に、もつとも保守的な思想に開化の方が、もつとも進歩的な思想に保守の影が含まれるといふ歴史のアイロニーが忘れられてゐない」とある。

倉持は、ここに鍵があると思った。無言の「時」の力――「先生」はそれを語りたかったにちがいないと思ったのである。

十年後の「倉持清」

あの事件から十年という歳月が流れる。青年は中年に足をかける年齢になっている。倉持は妻の姓である本多を名乗り、平凡に市井に生きている。都心のある企業に勤め、結婚し、子供もいる。休日には子供を連れて家族サービスをする。「どうか小生の気持を汲んで、今後、就職し、結婚し、汪洋《おうよう》たる人生の波を抜手を切つて進みながら、貴兄が真の理想を忘れずに成長されることを念願します」という「先生」の遺志に従って生きている。

人生が汪洋たるか否かを、まだ肌で感じてはいない。だが、平凡な日々の営みこそが汪洋たる人生を支える鍵であるとするなら、紛れもなく、本多はそれを実感としている。

時折り、「先生」を想い出す。一年四カ月の楯の会の存続期間、「先生」に接し、さまざまな人生上の教訓を受けたことを、十年間の日々の営みのなかで確認することがある。そのとき、自分が、二十歳の誕生日を過ぎてまもない頃から二十三歳までの人生の期間を、あのように過ごせたことを充実感をもって確認する。

些細なことというかもしれないが、人と人とが面識をもち交流するという縁は、作為的であらねばならぬという面をもつことも知った。「先生」には、出版パーティから代議士の個人的なパーティまで、それこそあらゆる方面から案内状が届く。著名人であるが故に、パーティに彩りを添えようとの魂胆をもつ招待状もまたいかに多いことか。「先生」は、案内状や招待状を慎重に読む。とくに政治に関わるパーティのときには、読むだけではない。そのパーティに誰が出席するのかを詳細に調査するのだ。本多も、しばしばその役割を担わされた。

パーティの主宰者のもとに行き、誰が出席するのかを確かめる。もし、政治の領域の指導者や右翼運動に影響力をもつ人物が出席することが確かめられると、躊躇なく「欠席」の返信を郵送する。なぜか。彼らを生理的に嫌悪していることもある。だが、それだけではない。彼らが社会的な見せかけの上に自らの存在をつくっているという構図を嫌悪しているからだ。

パーティに出席する。三島の周りには、人の輪ができる。サービス精神に溢れた三島は、冗談もいうし、人の話に相槌も打つ。しかし、そこから誤解が始まる。

政治の領域に生きる者は、この模様を、往々に次のような話し方で第三者に伝えていく。

「先日、三島由紀夫と会ってねえ、食事をしながらいろいろ話し合ったよ」

あたかも秘かに三島と二人だけで会い、食事をしたかのように喧伝《けんでん》されていく。発言者の狙いもそこにある。その結果、どうなるか。その発言者が、三島の相談役でもあるかのように歪曲されていく。極端な場合は、「楯の会の黒幕は……」と名ざしされていくことさえある。

三島は、この構図に神経質であった。いくつもの苦い思い出があったからだ。楯の会の応援者であることを自称する者がいかに多かったことか。三島は、それを知っていた。

本多は、「先生」の神経質な目配りをいくつも知っている。社会の一隅で十年間生きるということは、その教訓を忠実に守りぬくことであった。第三者に会わず、会おうともせず、事件について語らず、遺書について語らず生きてきたのは、そのためであった。


かつて楯の会の会員であった友人から、「遺書を公開しないか」ともちかけられたのは、ちょうど十年目の春だった。

「私信の枠をはみだす重味があるし、三島さんのこまやかな配慮が出ている。それに三島さんが隊員をどのように見ていたか、この遺書は適確に語ってくれるではないか」

楯の会は、三島の私兵であり、三島の意を体したクーデター予備軍だというイメージで、世間に受けとられている。その視点に一石を投ずるためにも、遺書を公開すべきではないかと説得された。

本多は渋った。これは、自分に宛《あ》てたものではないか。自分のプライバシーまであからさまになるではないか。そうまでして公開したくはなかった。売名と思われたくなかったし、ましてや得意気に公開したくもなかった。世人の誤解は、増幅されるだけではないかとも思った。

友人の説得は執拗であった。彼の弁にも一理があると思えばこそ、徐々に応酬する言葉を失っていった。公開することによって自らが市井で生きる平凡な社会人の確認につながるのであれば、それはそれで結構なことなのかも知れぬと思うようになった。

しかも十年間が過ぎている。いまだにつづく「先生」の行為の是非を論じる渦中にははいりたくない。だが、あの行為を振り返ってみるのは必要な時期にきている。あれが何を訴えようとしたか、少なくとも死を賭《と》して訴えた以上、その意味を十年という単位で考えてみるのは必要なことではないか。数回にわたる説得を受けて、本多はやっと決心した。

十年間、というより十年目、日本の世論は著しく変化した。変化の質は、「先生」が考えていたのとはまったく異なる方向にある、と本多は考える。防衛論争は一定の広りを見せている。それは国民の軍事アレルギーを薄める効果をはたしている。だが、そのこと自体には「先生」も眉《まゆ》をしかめぬとは思いつつ、「先生」は単純な軍備拡張論者でもなければ、軍国主義を礼賛するというのでもなかった、と思う。

軍備拡張は、依然としてあの時代の高度成長を下敷きにしたものではないか。物量への素朴な信頼をもって、防衛論を成立せしめているのは、「先生」がもっとも嫌悪した高度成長の虚栄や偽善が生みだす反精神性の構図ではないのか。物量が第一義なのではない。物量を支える精神力こそが防衛論争の中軸を占めるべきではないか。その欠落に、本多はいらだちがある。遺書の公開は、そのいらだちを示す証《あかし》であると考えればいいのだ。

昭和五十五年八月、友人が編集長を務める農本主義研究誌『土とま心』（第七号）に、「楯の会十周年記念」と銘打って遺書は掲載されることになった。

『土とま心』は、農本主義者橘《たちばな》孝三郎《こうざぶろう》の思想と行動を研究する機関誌である。橘孝三郎は、昭和七年五月十五日（いわゆる五・一五事件）のクーデター計画に連座した農本主義者である。橘は、大正四年に一高を中退して、茨城県水戸市に帰り、兄弟を集めて「兄弟村」を名のり、そこに農村共同体（ユートピア）をつくろうと試みた。東の兄弟村、西の新しき村（武者小路実篤が宮崎県日向村につくった農村共同体）と並び称されながら、昭和初期の農業恐慌に遭って海軍軍人や民間右翼と接触し、事件に連座していった。

獄中、そして出獄してから、橘孝三郎は一転して「天皇論」の研究に没頭した。終生をその著述に捧げた。

トルストイアン、穏健な社会主義者、農本主義者、昭和前期の国家改造運動家、天皇制研究者――多様なレッテルを許容するこの思想家は、単にファシストとして片づけられない側面をもつ。『土とま心』は、その研究を進めようという雑誌だ。

本多は、この雑誌に遺書を公開することにとまどいもあった。「先生」は二・二六事件には関心を示したが、五・一五事件については筆をとったことがない。「先生」は、二・二六事件は「政治と道義の衝突」といったが、五・一五事件はまさに「政治と生活（貧困）の衝突」で、これには関心を示していない。しかし、その行動原理には共通項も少なからずある……。その共通項を自覚することで、許容してくれるであろう、と本多は考えた。

こうして本多への遺書は、十年を経て、広く世間に知らされた。『土とま心』への掲載の話が進んでいる折り、朝日新聞記者の取材を受け、昭和五十五年八月九日付の朝刊にも報道された。「三島由紀夫の遺書　10年ぶり明るみ　楯の会の一員に残す」と大見出しで、社会面のトップ記事になった。遺書は一人歩きをするようになった。自らの手を離れ、歴史的資料の位置へ飛び立っていった。そこに寂寥感《せきりょうかん》はある。しかし、十年目の決算とはこのことなのだと自らにいいきかせるのであった。

「先生」が、秘密保全の訓練と称して、三カ月間だけは自らが例会の呼びかけをするといった、あの暑い夏と同じ夏。だが十年の歳月は、本多が「抜手を切つて進みながら」成長してきた時間の刻みでもあったのだ。

三島由紀夫の遺書

倉持清氏への遺書

倉持君

まづ第一に、貴兄から、めでたい仲人の依頼を受けて快諾しつゝ、果せなかつたことをお詫びせねばなりません。

貴兄の考へもよくわかり、貴兄が小生を信倚《しんい》してくれる気持には、感謝の他はありませんでした。それについて、しかし、小生は班長会議の席上、貴兄を面詰するやうな語調で、激しいことを言つたのを憶えてゐてくれるでせうか？

貴兄は、小生が仲人であれば、すべてを小生に一任したわけであるから、貴兄を就職と結婚の祝福の道へ導くとも、蹶起と死の破滅の道へ導くことも、いづれについても文句はない、といふ決意を披瀝されたわけでした。

しかし小生の立場としては、さうは行きません。断じてさうは行きません。一旦仲人を引受けた以上、貴兄に対すると同様、貴兄の許婚者に対しても責任を負うたのであるから、許婚者を裏切つて貴兄だけを行動させることは、すでに不可能になりました。さうすることは、小生自身の名を恥かしめることになるでせう。

されぼこそ、この気持をぜひわかつてもらひたくて、小生は激しい言葉を使つたわけでした。

小生の小さな蹶起は、それこそ考へに考へた末であり、あらゆる條件を参酌して、唯一の活路を見出したものでした。活路は同時に明確な死を予定してゐました。あれほど左翼学生の行動責任のなさを弾劾してきた小生としては、とるべき道は一つでした。

それだけに人選は嚴密を極め、ごくごく小人数で、できるだけ犠牲を少なくすることを考へるほかはありませんでした。

小生としても楯の会全員と共に義のために起つことをどんなに念願し、どんなに夢みたことでせう。しかし、状況はすでにそれを不可能にしてゐましたし、さうなった以上、非参加者には何も知らせぬことが情である、と考へたのです。小生は決して貴兄らを裏切つたとは思つてをりません。蹶起した者の思想をよく理解し、後世に傳へてくれる者は、実に楯の会の諸君しかゐないのです。今でも諸君は、渝らぬ同志であると信じます。

どうか小生の気持を汲んで、今後、就職し、結婚し、汪洋たる人生の波を抜手を切つて進みながら、貴兄が真の理想を忘れずに成長されることを念願します。

さて以下の頁は、楯の会会員諸兄への小生の言葉です。蹶起と共に、楯の会は解散されますが、今まで労苦を共にしてきた諸君への小生の気持を、ぜひ貴兄から伝へてもらひたいのです。

三島由紀夫

昭和四十五年十一月

倉持　清大兄

（原文ママ）

楯の会会員たりし諸君へ

諸君の中には創立当初から終始一貫行動を共にしてくれた者も、僅々九ヶ月の附合の若い五期生もゐる。しかし私の気持としては、経歴の深浅にかかはらず、一身同体の同志として、年齢の差を超えて、同じ理想に邁進してきたつもりである。たびたび、諸君の志をきびしい言葉でためしたやうに、小生の脳裡にある夢は、楯の会全員が一丸となつて、義のために起ち、会の思想を実現することであつた。それこそ小生の人生最大の夢であつた。日本を日本の真姿に返すために、楯の会はその總力を結集して事に当るべきであつた。

このために、諸君はよく激しい訓練に文句も言はずに耐へてくれた。今時の青年で、諸君のやうに、純粋な目標を据ゑて、肉体的辛苦に耐へ抜いた者が、他にあらうとは思はれない。革命青年たちの空理空論を排し、われわれは不言実行を旨として、武の道にはげんできた。時いたらば、楯の会の真價は全国民の目前に証明される筈であつた。

しかるに、時利あらず、われわれが、われわれの思想のために、全員あげて行動する機会は失はれた。日本はみかけの安定の下に、一日一日、魂のとりかへしのつかぬ癌症状をあらはしてゐるのに、手をこまぬいてゐなければならなかつた。もつともわれわれの行動が必要なときに、状況はわれわれに味方しなかつたのである。

このやむかたない痛憤を、少数者の行動を以て代表しようとしたとき、犠牲を最小限に止めるためには、諸君に何も知らせぬ、といふ方法しか残されてゐなかつた。私は決して諸君を裏切つたのではない。楯の会はここに終り、解散したが、成長する諸君の未来に、この少数者の理想が少しでも結実してゆくことを信ぜずして、どうしてこのやうな行動がとれたであらうか？　そこをよく考へてほしい。

日本が堕落の淵に沈んでも、諸君こそは、武士の魂を学び、武士の練成を受けた、最後の日本の若者である。諸君が理想を放棄するとき、日本は滅びるのだ。

私は諸君に、男子たるの自負を教へようと、それのみ考へてきた。一度楯の会に属したものは、日本男児といふ言葉が何を意味するか、終生忘れないでほしい、と念願した。青春に於て得たものこそ終生の宝である。決してこれを放棄してはならない。

ふたたびここに、労苦を共にしてきた諸君の高潔な志に敬意を表し、かつ盡きぬ感謝を捧げる。

天皇陛下万歳！

昭和四十五年十一月

楯の会々長　三島由紀夫

（原文ママ）

三島由紀夫が本多（事件当時・倉持）清に託した遺書は二通あった。一通は「倉持清氏への遺書」で、もう一通は「楯の会会員たりし諸君へ」と題する遺書である。二通の遺書は便箋に書かれて通しナンバーが打たれているが、倉持宛てのは1から4であり、5から8は会員宛てのものである。十年目に公開されたのは、倉持宛てのもので、会員宛ての遺書はこのときから二十年後、事件からは三十年後の平成十一年十二月に本多によって公開された。

第一章　「最後の一年は熱烈に待つた」

昭和四十五年十一月二十五日

作家三島由紀夫と楯の会会員四人が市谷の自衛隊東部方面総監部に乱入した事件は、その直後からマスコミによって詳細に報じられた。いままたここで、それをなぞるようなかたちで微細に再現するつもりはない。が、本書では、事件の概要はときに重要なモメントになるので、ごく大まかにだけ描写しておく。

十一月二十五日。三島由紀夫と森田必勝《まさかつ》ら四人の楯の会の会員は、中古車のコロナで自衛隊の警衛所にはいった。五人とも楯の会の制服を着ていた。時間は、午前十時五十五分である。午前十一時に、総監・益田兼利に三島由紀夫は面会の約束をしていた。

益田の証言（『裁判記録 三島由紀夫事件』）では、この約束には、三島個人が来ると思い、楯の会会員が同行するとはきいていなかったという。午前十一時すこし前、三島は楯の会の会員と共に入って来て、応接のソファーセットに座り、楯の会で表彰する隊員たちですと四人を紹介した。

しばらくの間、三島が持っていた日本刀について話しあった。益田は「いい刀だ」と褒《ほ》めた。

そのうち三島は、刀をふくためにか、「ハンカチを持ってこい」と会員に命じた。それが合図だったのか、益田の後ろに回った会員の一人が、益田の首を絞め、口をふさぎ、両の手を押さえた。残りの会員も、益田の後ろに回り、細引を取り出してすばやく手足を縛り、日本手拭《てぬぐい》で猿ぐつわをかませた。益田は行動の自由を失った。

このときになっても、益田は、これは悪ふざけか、レインジャー部隊の訓練のつもりなのだろうと思い、ひととおりの行動を終えたら、「われわれもこんなに強くなりましたよ」といって、細引を解くにちがいないと考えていた。だが、三島は日本刀をぬいたまま、益田をにらみつけていた。その表情を見て、〈ただごとではない〉と益田は思った。

三島事件の裁判で、検事側は、冒頭陳述書の中でこの間の模様を克明に公表している。それによると、益田の自由を拘束したあとで、「三島は日本刀を振りかざし、森田は総監室正面入口、幕僚長室および副幕僚長室に各通ずる出入口の三カ所に椅子《いす》、テーブル、植木鉢等でバリケードを構築した」とある。

総監室の異常状態を知った隣室の幕僚たちは、部屋に飛び込み、三島や楯の会の会員との間で乱闘状態になる。「三島らは、日本刀を振りかぶる等して脅迫し、『出ないと総監を殺すぞ』と怒鳴り、右山崎副長らに対し、三島は、日本刀で、森田は、短刀でそれぞれ斬《き》りつけ、被告人小川は特殊警棒で殴りつけ、被告人古賀は、椅子を投げつける等の暴行を加え、この間、被告人小賀は、手で総監の口を猿ぐつわの上からふさぎながら、全般の監視をしていた」（検事側の『冒頭陳述書』から）

このあと、三島は、総監室の窓ガラスを割り、日本刀を示して、「要求書があるからこれをのめ。そうすれば総監の命は助けてやる」と要求書を示した。そこには、前庭に自衛官を集めろ、そこで三島が演説をすることを認めろという内容があった。第三項には、「楯の会残余会員（本件とは無関係）を急遽《きゅうきょ》（注・バルコニー前に）集合させよ」ともあり、自衛隊の指揮官たちはそれも受け入れ、市ケ谷会館に連絡して、そこに集まっている会員たちにその旨伝えるよう命じた。会館に集まっている会員は、楯の会会員の三分の一にすぎず、その他の会員もここに集めるのかどうかは、三島の要求書では不明であった。

指揮官たちは、マイクを通じて、庁内の自衛官に総監室前の中庭に集合するよう命じた。自衛官たちはくわしい事情も判らずに集まってきた。その数約千人である。

午前十一時五十五分頃、森田と小川が総監室前のバルコニーから、要求項目を書いた垂れ幕をおろし、用意してきた檄文《げきぶん》を撒《ま》いた。正午、三島はバルコニーに出てきて演説を始めた。マイクをもたないので、三島の地声がバルコニーから広がるのだが、上空にはすでに報道陣のヘリコプターが乱舞していて、明確にはきこえなかった。

演説の内容は、撒かれた檄文と同じものであった。文化放送が収録したテープには、つぎのような個所がはいっている。

「……諸君は、去年の一〇・二一（国際反戦デーを指す）からあとだ、もはや憲法を守る軍隊になってしまったんだよ。自衛隊が二十年間、血と涙で待った憲法改正ってものの機会はないんだ。もうそれは政治プログラムからはずされたんだ、それは。どうしてそれに気づいてくれなかったんだ。

昨年の一〇・二一から一年間、俺は自衛隊が怒るのを待っていた。

もうこれで憲法改正のチャンスはない！　自衛隊が国軍になる日はない！　建軍の本義はない！　それを私は最もなげいていたんだ。

自衛隊にとって建軍の本義とはなんだ。日本を守ること。日本を守るとはなんだ。日本を守るとは、天皇を中心とする歴史と文化の伝統を守ることである……」

この間、自衛隊員の間からは、「バカヤロ！　おりてこい」「おまえに何がわかるか」「ひきずりおろせ」という怒声がわき、三島はそれに応じながら、にぎりこぶしをふりあげ絶叫した。

「おまえら聞けエ、聞けエ！　静かにせい。静かにせい！　話を聞け！

男一匹が、命をかけて諸君に訴えてるんだぞ。いいか。いいか。

それがだ、いま日本人がだ、ここでもってたちあがらなければ、自衛隊がたちあがらなきゃ、憲法改正ってものはないんだよ。諸君は永久にだねえ、ただアメリカの軍隊になってしまうんだぞ。諸君と日本の……（野次のため聴取不能）（中略）……シビリアン・コントロールに毒されているんだ。シビリアン・コントロールというのはだな、新憲法下でこしらえるのが、シビリアン・コントロールじゃないぞ」

「諸君は武士だろう。諸君は武士だろう。武士ならばだ、自分を否定する憲法を、どうして守るんだ。どうして自分の否定する憲法のため、自分らを否定する憲法というものにペコペコするんだ。これがある限り、諸君てものは永久に救われんのだぞ。諸君は永久にだね、今の憲法は政治的謀略に……、諸君が合憲だかのごとく装っているが、自衛隊は違憲なんだよ。自衛隊は違憲なんだ。きさまたちも違憲だ」

野次と怒声がさらに高まる。三島はかまわずに絶叫しつづける。午後の太陽が、茶褐色の楯の会の制服を照らしだす。三島が、総監を人質にしただけではなく、幕僚たちに斬りつけたという情報が、自衛官のなかを走っていく。「われわれの総監を傷つけたのはどういう訳だ」という野次も飛ぶ。

三島の演説は、最終部分にはいっていく。彼の声は枯れ、腹の底からしぼりだす声が嘆願調にかわっていく。

「諸君の中に、一人でも俺といっしょに起つ奴はいないのか……」

そして五秒ほど、三島は沈黙する。依然として、「バカヤロー」「気違い」「そんなのいるか」という野次がつづく。むろん、それは三島も予想していたであろう。「よし、それではあなたと共に起ちましょう」といって、手を差しのべてくる隊員がいることなどありえようはずもない。

「一人もいないんだな。よし！　武というものはだ、刀というものはなんだ。自分の使命……（聴取不能）……それでも武士かァ！　それでも武士かァ！

まだ諸君は憲法改正のために起ちあがらないと、みきわめがついた。これで、俺の自衛隊に対する夢はなくなったんだ。それではここで、俺は天皇陛下万歳を叫ぶ」

三島は皇居にむかって正座をし、天皇陛下万歳を三唱した。
この間、十分間ほどであった。

総監室にもどった三島は、誰にともなく「こうするより仕方なかったんだ」とつぶやいたと、益田は公判で証言している。そして、バルコニーに向かいあうようにして、制服をぬぎ、正座した。両手で短刀を握り、気合いをいれて左脇腹に突き刺して割腹した。三島の左後方に立っていた森田が、三島の頸部《けいぶ》に斬りつけたが、「一回目のとき、首が半分か、それ以上、大部分切れ、そのまま静かに前の方に倒れた」（法廷での益田証言）だけなので、他の隊員が「もう一太刀《ひとたち》」とか「とどめを」といって、森田がさらに二太刀、小賀が一太刀して介錯《かいしゃく》を終えた。

ついで森田が制服をぬぎ、正座し、短刀を腹にあてて割腹した。森田が、「よし」と合図するや、古賀が一太刀で介錯した。その後の様子を、検事側の冒頭陳述書はつぎのように書いている。

「被告人三名は、三島、森田の介しゃくを終えて両死体をあお向けに直して制服をかけ、両名の首を並べて合掌した。そのあと、総監を縛ったロープを解き、総監も、両名の首に向かって瞑目合掌した。次いで、被告人三名は、総監室前に総監を連れて出て、日本刀を自衛官に渡し、午後零時二十分警察官に逮捕された」

午前十一時から午後零時二十分までの一時間二十分、三島由紀夫と楯の会会員四人が自衛隊に乱入しての経過は、以上のようなものである。二人が自決し、七人の自衛隊幕僚が日本刀で傷つき、三人の楯の会会員が逮捕されたという事実――それが〝事件〟といったときの表面的な現象である。

事件の報道は、初め実態からかけ離れたものだった。いくつかのテレビ局のフラッシュ・ニュースは、「七人の男が自衛隊に乱入」と報じた。自衛隊に乱入というかぎりでは、この時期にあっては、赤軍派など新左翼系の活動家が自衛隊に突入し、なんらかの政治的意思表示を行なったものと考えられても仕方がなかった。おいおい本書で明らかにするように、この時期は、新左翼の〝政治的季節〟が最昂揚期をむかえていたからだ。

しかし、事件報道は少しずつ事実に近づいていく。午前十一時二十二分に、東部方面総監部から警視庁指令室に一一〇番がはいり、同二十五分には、警視庁公安第一課が警備局長室を臨時本部にして関係機関に連絡を始めた。同時に、百二十人の機動隊を市谷に出動させている。

新聞記者の動きもこのころから始まり、テレビ局は中継車を東部方面総監部に出動させる。しかし、三島がバルコニー上から演説している姿は、どこのテレビ局も撮影する時間的余裕がなく、この写真は新聞社の報道カメラマンが撮影したものが広く流布されていくことになる。

この頃、つまり正午近くになると、「右翼が自衛隊に乱入」と事件報道されるが、三島がバルコニーで演説を始めてからは、「三島由紀夫が自衛隊に乱入」とテレビやラジオもはっきり三島を名ざしして、報道するようになった。

三島由紀夫という名前が登場してからの事件報道は、困惑ぶりを見せていく。ここに至って、新聞も号外を刷りはじめ、作家三島由紀夫が自らの私兵・楯の会会員を伴って市谷にある自衛隊に乱入したという事実の報道が始まったが、これ自体、きわめて衝撃的だった。著名な作家が何のために自衛隊に乱入したのか――。しかも三島は、自衛隊とはきわめて親密な関係にあるのではないか――。三島の真意はどこにあるのか。あるいはクーデターなのか――。そういう疑問は、事件を報道する側にもあったろうが、一般国民の平均した感想でもあったのだ。

つぎに三島が、バルコニーに立って何やら演説を始めたという報道もされ、バルコニーから垂れた幕に書かれている六項目の要求は、報道陣の目にふれることによって初めて三島の意思として報じられることになった。三島は、自らの行為が自衛隊と警視庁の力によって、世間から隠蔽《いんぺい》され闇から闇に葬り去られるのを極端に懸念していたが、この垂れ幕によってその懸念は取り払われることになったのである。

要求書の最後の項目には、もし要求事項が守られなければ、「三島はただちに総監を殺害して自決する」とあり、三島が自決覚悟で自衛隊への決起行動を起こした事実が、まず世間に伝わったわけである。

三島がバルコニーから去ったあと、情報はまた途絶した。テレビ局のなかには、「三島と楯の会会員を逮捕」という誤報を流した局もある。午後零時半頃からテレビ局は、ほぼ事実に近いかたちで、「三島由紀夫と楯の会会員が自衛隊に乱入」と報道するようになり、その動機についてはまったく不明と伝えるだけだった。

午後零時半すぎ、総監部の記者会見場では、新聞記者と警視庁の係官が興奮した状況でやりとりしていた。それをラジオ局がそのまま収録しているが、その録音はニュースを追いかける者と現場の模様を伝える係官とのナマの人間性が、露骨に衝突した様子をナマナマしく伝えている。

「待ちなさい」とか「押さないで」といった声がいりまじったあとで、係官が口火を切る。

「二人が……状況では、自決した模様です。これが総監室からの発表です」

新聞記者が、「怪我《けが》をして倒れているのか、それとも死んでいるのか」と性急にたずねる。

「死んでいます。死んでいます」と絶叫する係官。

「二人ともね？」と確認する新聞記者。

それを係り官が大声で肯定して、つぎのように話す。

「二人とも！　あとの三人はですね、状況としては、その首をはねたと思います」

新聞記者たちのあいだから、うめき声が洩《も》れている。

「えー」、係官はそれをさえぎるように叫ぶ。「署長が十二時二十三分、総監室に入って確認しました」

新聞記者が、「首がないって……首が」と大声で仲間うちで叫ぶ。係官は興奮し、とりとめもなく、「首はあります」といってから、「首は……」と言葉に詰まる。

「要するに首がとれたという状況です」

新聞記者が、「二人とも……とれているのか」と反芻《はんすう》すると、係官は、大声で「はいっ」と答える。再び、うめきにも似たどよめきが広がっていく。

以上は、朝日ソノラマ臨時増刊号『三島由紀夫の死（ソノシート〈衝撃の現場！〉）』から引用したものである。緊迫した現場実況録音の中に、世論が受ける衝撃のナマナマしさがすでに含まれている。

割腹、介錯、というすでに何十年も前に死語になっている言葉が、事件報道の中に盛りこまれていく。どの新聞の号外も、「三島由紀夫、自衛隊に乱入。割腹自決」と伝え、それはたちまちのうちに、人びとの手に奪いとられていった。

その日の夕刊は、「三島由紀夫が割腹」（朝日新聞夕刊は「三島由紀夫が自衛隊に乱入」）を一面トップで扱い、写真は、いずれもバルコニーで右手をふりあげ絶叫する三島由紀夫を掲載している。そして、事件の経過は、克明に夕刊で報道された。この事件に驚く著名人のコメントも、各紙競って掲載している。

事件の〝事実〟は伝えられたが、〝真実〟はどこにあるのか。つまり三島は、何を目的にこの挙に出たのか。それをさぐるべく三島の心底にはいりこもうとする解説記事も、すでに夕刊には盛りこまれ始めていた。

三島の真意を知るべく理解の一助として、どの新聞も、「檄文」を全文掲載した。本書でも、次に三島の「檄文」全文を掲載してある。この檄文に含まれている疑問点、不明確さについては、後章に譲るが、三島がバルコニーから演説した内容と檄文の内容は、骨子が見事なまでに一致している。檄文を書き、楯の会の会員と共に煮つめていく途次で、三島は何度も復唱していたものと思われる。

三島由紀夫の檄文

檄　　　　　　　　　　　　楯の會隊長　三島由紀夫

われわれ楯の會は、自衛隊によつて育てられ、いはば自衛隊はわれわれの父でもあり、兄でもある。その恩義に報いるに、このやうな忘恩的行為に出たのは何故であるか。かへりみれば、私は四年、学生は三年、隊内で準自衛官としての待遇を受け、一片の打算もない教育を受け、又われわれも心から自衛隊を愛し、もはや隊の柵外の日本にはない「真の日本」をここに夢み、ここでこそ終戦後つひに知らなかつた男の涙を知つた。ここで流したわれわれの汗は純一であり、憂国の精神を相共にする同志として共に富士の原野を馳駆した。このことには一点の疑ひもない。われわれにとつて自衛隊は故郷であり、生ぬるい現代日本で凜冽の気を呼吸できる唯一の場所であつた。教官、助教諸氏から受けた愛情は測り知れない。しかもなほ敢てこの挙に出たのは何故であるか。たとへ強弁と云はれようとも、自衛隊を愛するが故であると私は断言する。

われわれは戦後の日本が経済的繁栄にうつつを抜かし、国の大本を忘れ、国民精神を失ひ、本を正さずして末に走り、その場しのぎと偽善に陥り、自ら魂の空白状態へ落ち込んでゆくのを見た。政治は矛盾の糊塗、自己の保身、権力慾、偽善にのみ捧げられ、国家百年の大計は外国に委ね、敗戦の汚辱は払拭されずにただごまかされ、日本人自ら日本の歴史と伝統を瀆してゆくのを、歯嚙みをしながら見てゐなければならなかつた。われわれは今や自衛隊にのみ、眞の日本、眞の日本人、眞の武士の魂が残されているのを夢みた。しかも法理論的には、自衛隊は違憲であることは明白であり、国の根本問題である防衛が、御都合主義の法的解釈によつてごまかされ、軍の名を用ひない軍として、日本人の魂の腐敗、道義の頽廃の根本原因をなして来てゐるのを見た。もつとも名誉を重んずべき軍が、もつとも悪質の欺瞞の下に放置されて来たのである。自衛隊は敗戦後の国家の不名誉な十字架を負ひつづけて来た。自衛隊は国軍たりえず、建軍の本義を与へられず、警察の物理的に巨大なものとしての地位しか与へられず、その忠誠の対象も明確にされなかつた。われわれは戦後のあまりに永い日本の眠りに憤つた。自衛隊が目ざめる時こそ、日本が目ざめる時だと信じた。自衛隊が自ら目ざめることなしに、この眠れる日本が目ざめることはないのを信じた。憲法改正によつて、自衛隊が建軍の本義に立ち、真の国軍となる日のために、国民として微力の限りを尽くすこと以上に大いなる責務はない、と信じた。

四年前、私はひとり志を抱いて自衛隊に入り、その翌年には楯の會を結成した。楯の會の根本理念は、ひとへに自衛隊が目ざめる時、自衛隊を国軍、名誉ある国軍とするために命を捨てようといふ決心にあつた。憲法改正がもはや議会制度下ではむづかしければ、治安出動こそその唯一の好機であり、われわれは治安出動の前衛となつて命を捨て、国軍の礎石たらんとした。国体を守るのは軍隊であり、政体を守るのは警察である。政体を警察力を以て守りきれない段階に来てはじめて軍隊の出動によつて国体が明らかになり、軍は建軍の本義を回復するであらう。日本の軍隊の建軍の本義とは、「天皇を中心とする日本の歴史・文化・伝統を守る」ことにしか存在しないのである。国のねじ曲つた大本を正すといふ使命のため、われわれは少数乍ら訓練を受け、挺身しようとしてゐたのである。

しかるに昨昭和四十四年十月二十一日に何が起つたか。総理訪米前の大詰ともいふべきこのデモは、圧倒的な警察力の下に不発に終つた。その状況を新宿で見て、私は「これで憲法は変らない」と痛恨した。その日に何が起つたか、政府は極左勢力の限界を見極め、戒厳令にも等しい警察の規制に対する一般民衆の反応を見極め、敢て

「憲法改正」といふ火中の栗を拾はずとも、事態を収拾しうる自信を得たのである。治安出動は不用になつた。政府は政体維持のためには、何ら憲法と抵触しない警察力だけで乗り切る自信を得、国の根本問題に対して頰つかぶりをつづける自信を得た。これで左派勢力には憲法護持のアメ玉をしやぶらせつづけ、名を捨てて実をとる方策を固め、自ら護憲を標榜することの利点を得たのである。名を捨てて実をとる！　政治家にとつてはそれでよからう。しかし自衛隊にとつては致命傷であることに政治家は気づかない筈はない。そこで、ふたたび前にもまさる偽善と隠蔽、うれしがらせとごまかしがはじまつた。

銘記せよ！　実はこの昭和四十五年（注・四十四年の誤りか）十月二十一日といふ日は、自衛隊にとつては悲劇の日だつた。創立以来二十年に亘つて憲法改正を待ちこがれてきた自衛隊にとつて、決定的にその希望が裏切られ、憲法改正は政治的プログラムから除外され、相共に議会主義政党を主張する自民党と共産党が非議会主義的方法の可能性を晴れ晴れと払拭した日だつた。論理的に正に、この日を境にして、それまで憲法の私生児であつた自衛隊は「護憲の軍隊」として認知されたのである。これ以上のパラドックスがあらうか。

われわれはこの日以後の自衛隊に一刻一刻注視した。われわれが夢みてゐたやうに、もし自衛隊に武士の魂が残つてゐるならば、どうしてこの事態を黙視しえよう。自らを否定するものを守るとは、何たる論理的矛盾であらう。男であれば男の矜りがどうしてこれを容認しえよう。我慢に我慢を重ねても、守るべき最後の一線をこえれば決然起ち上るのが男であり武士である。われわれはひたすら耳をすました。しかし自衛隊のどこからも「自らを否定する憲法を守れ」といふ屈辱的な命令に対する男子の声はきこえては来なかつた。かくなる上は、自らの力を自覚して、国の論理の歪みを正すほかに道はないことがわかつてゐるのに、自衛隊は声を奪はれたカナリヤのやうに黙つたままだつた。

われわれは悲しみ、怒り、つひには憤激した。諸官は任務を与へられなければ何もできぬといふ。しかし諸官に与へられる任務は、悲しいかな、最終的には日本からは来ないのだ。シヴィリアン・コントロールが民主的軍隊の本姿である、といふ。しかし英米のシヴィリアン・コントロールは、軍政に関する財政上のコントロールである。日本のやうに人事権まで奪はれて去勢され、変節常なき政治家に操られ、党利党略に利用されることではない。

この上、政治家のうれしがらせに乗り、より深い自己欺瞞と自己冒瀆の道を歩まうとする自衛隊は魂が腐つたのか。武士の魂はどこへ行つたのだ。魂の死んだ巨大な武器庫になつて、どこへ行かうとするのか。繊維交渉に当つては自民党を売国奴呼ばはりした繊維業者もあつたのに、国家百年の大計にかかはる核停条約は、あたかもかつての五・五・三の不平等条約の再現であることが明らかであるにかかはらず、抗議して腹を切るジェネラル一人、自衛隊からは出なかつた。沖縄返還とは何か？　本土の防衛責任とは何か？　アメリカは真の日本の自主的軍隊が日本の国土を守ることを喜ばないのは自明である。あと二年の内に自主性を回復せねば、左派のいふ如く、自衛隊は永遠にアメリカの傭兵として終るであらう。

われわれは四年待つた。最後の一年は熱烈に待つた。もう待てぬ。自ら冒瀆する者を待つわけには行かぬ。しかしあと三十分、最後の三十分待たう。共に起つて義のために共に死ぬのだ。日本を日本の真姿に戻してそこで死ぬのだ。生命尊重のみで、魂は死んでもよいのか。生命以上の価値なくして何の軍隊だ。今こそわれわれは生命尊重以上の価値の所在を諸君の目に見せてやる。それは自由でも民主主義でもない。日本だ。われわれの愛する歴史と伝統の国、日本だ。これを骨抜きにしてしまつた憲法に体をぶつけて死ぬ奴はゐないのか。もしゐれば、今からでも共に起ち、共に死なう。われわれは至純の魂を持つ諸君が、一個の男子、真の武士として蘇へることを熱望するあまり、この挙に出たのである。

（全文ママ）

市ケ谷会館への集結

この事件当時、楯の会は八十八人の会員を擁していた。楯の会会員は、第一期生から第五期生までいたが、期の区別は、会員になるために自衛隊への一カ月間の体験入隊を受けた時期による。第四期生は、昭和四十四年七月二十六日から八月二十三日までの二十九日間、第五期生は、昭和四十五年三月一日から三月二十八日までの二十八日間、それぞれ御殿場市の陸上自衛隊富士学校滝ケ原分屯地に体験入隊し、厳しい訓練を積んだうえで選抜されたものであった。

この日、十一月二十五日、月一回開かれる楯の会定例会の召集令状を受けた会員は、三十人であった。第四期生、第五期生が中心で、楯の会のリーダー的存在である班長や副班長は、招かれていなかった。午前十時に、防衛庁共済組合の市ケ谷会館三階G・H室に集まるようにという命令を受けた会員たちは、楯の会の制服を着て、会場に集まった。

定例会は、いつも午前十時から始まる。隊長三島の講演か、ときに外部の協力者を呼んでの勉強会のあと昼食の時間となり、カレーライスを食べ、コーヒーを飲みながら雑談し、そして散会となる。いつもそういう順序で進んだ。

この日は、それが逆になって、初めにカレーライスを食べ、食事をして来た者はコーヒーを飲んだ。隊長三島が少々遅れてくる、という連絡がはいっていて、その順序を入れかえるようにといわれていたのだ。

会員たちは、食事をしながら談笑していた。彼らは、今日起こるであろう事件をまったく知らなかった。月に一度、三島と接し、それ以外は班長の口をつうじて楯の会の方針や行動の指示を受けるだけであり、三島や森田ら中枢会員の動きなど知る由もなかった。楯の会にはいって一年足らずの会員たちは、それぞれ班長の指示に従いやすいように、班長の下宿に共に住むか、あるいはその周辺に住んでいた。そのほうが連絡をとる上でも便利であったからだ。

市ケ谷会館の一階ロビーには、ふたりの会員が人待ち顔で立っていた。TとKのふたりの会員は、第五班の班長小賀正義の傘下にあり、同じ下宿に住んでいた。この日朝、小賀が家を出て行く際に、二通の封筒が渡され、これを「午前十一時に市ケ谷会館に来る二人の記者（NHK記者、サンデー毎日記者）に渡すように……」と命じられていた。それが、どういう意味をもつのか、二人の会員は知る由もなかった。

いつもと異なる定例会の空気――三島隊長も遅れ、班長や副班長がひとりも出席しない定例会の空気に、集まった会員たちは、とりたてて不審は感じなかった。それを感じるほど、彼らは楯の会の内部の動きをくわしくは知っていなかったのだ。

ふたりの記者は、事件のあと、それぞれ三島に呼びだされた経緯を発表している。サンデー毎日の徳岡孝夫記者は、事件直後の『サンデー毎日』（昭和45・12・13号）に、「その朝、死に場所に呼ばれた本誌記者」として、NHKの伊達宗克記者は著書『放送記者』に「三島由紀夫事件の体験」と題して、詳細に書いている。

二十四日午後、ふたりの記者は、三島から電話を受け、「二十五日の朝十一時に来てもらいたいところがある」といわれ、二十五日午前十時に再び電話をして、その場所を指定するといわれていた。そして、翌日午前十時に、約束どおり連絡があり、市ケ谷会館に来てもらえば、玄関にいるTとKが案内するという内容を告げられた。

徳岡記者が書いているところでは、午前十時四十五分に市ケ谷会館に着き、玄関にいた楯の会の制服を着た青年に声をかけると、ふたりともTでもKでもないと答えたという。三階の会員が集まっている部屋を覗《のぞ》いて、TとKをさがしたが、そこにもいないといわれた。

それで三階ロビーで待っていると、午前十一時五分すぎになって、先ほど玄関にいた会員のひとりが近づき、「自分がTです。先ほどはお尋ねを受けましたが、時間を厳守せよとの指令でしたので……」といった。そして、封筒を手渡したというのである。

それを開けると、三島ら五人の写真、檄文、そして私文があった。その私文には、つぎのような一節があったと徳岡記者は書いている。

「(略)何らかの変化が起るまで、このまま市ケ谷会館ロビーで御待機下さることが最も安全であります。決して自衛隊内部へお問合せなどなさらぬやうお願ひいたします。この連中が警察か自衛隊の手によつて移動を命ぜられるときが、例会のため集つてをります。市ケ谷会館三階には、何も知らぬ楯の会会員たちが、変化の起つた兆でありま す。そのとき、腕章をつけられ、偶然居合わせたやうにして、同時に駐屯所へお入りになれば、全貌を察知されると思ひます。市ケ谷会館屋上から望見されたら、何か変化がつかめるかもしれません。しかし事件はどのみち、小事件にすぎません。あくまで小生らの個人プレイにすぎませんから、その点御承知置き下さい(以下略)」

事件の目撃者となるよう、三島からの依頼を受けたのだ。

それはさておき、この文中でいっているように、楯の会会員が、「移動を命ぜられるときが、変化の起つた兆」というのは、三島が要求書の第三項にあげた「……楯の会残余会員を急遽集合させよ」ということと合致する。そして、楯の会会員をバルコニー前庭に集合させ、彼らに三島が訓示する演説を、自衛隊員にも静聴させよとも要求しているのだ。

これは何を意味するのか。複雑な想定がいくつも成り立つ。たとえば、もし自衛隊の中に三島の演説に呼応して決起する者がいるならば、楯の会の会員もそれに応じて、何らかの行動を起こそうとしたのか。いや、三島は、自衛隊が呼応するとは考えていなかった節があるから、楯の会の会員に、自らの最後の演説を説ききかせ、その遺志を継ぐようにと訴えようとしたのか。その真意は不明である。

楯の会の若い会員だけを、この日の例会に集めたのは、前に指摘したように、三島と接触した回数が少ないことを埋めあわせるため、自らの強い信念を彼らに披瀝《ひれき》しておこうと、三島が考えたとみるべきであろう。もうひとつ考えれば、計画が手違いで中止になったときは、すぐに、この市ケ谷会館にもどってきて定例会に出席するつもりだったのだろう。そうすれば、益田総監に会う理由も、楯の会会員を連れていったことも辻褄《つじつま》があう。三島の細心な心配りと慎重な計算が、楯の会定例会の挙行の裏側にはひそんでいたといってもいいだろう。

徳岡記者の文章を読むと、楯の会のT、Kのふたりは、機密保持という点では万全の措置をとっていると感服している。いちどは素知らぬ振りをし、定刻より五分遅れての接触の方法。封筒を手渡す前に「身分証明書を見せてもらえませんか」と確認する慎重さ。そこには「三島が計画遂行のために払った、なみなみならぬ機密保持の努力がみられる」という。

楯の会の会員は、相応の訓練を受け、それを着実に守れるだけの行動がとれるということを、この事実は物語っている。では、この会員たちは、つぎにどのような反応を起こしたであろうか。

検事側の冒頭陳述書には、「三島は、右要求の際、市ケ谷会館にいる楯の会の会員をも集合させるよう要求し、吉松副長は、これを容れ、集合措置を講じたが、右会員らは集合する理由がわからず、ついに集合しなかった」とある。会員たちは、自衛隊側から集合するように命じられたが、何故、集合を命じられたのかがよく判らず、意識的に集合しなかったかのように、この陳述書ではきめつけられている。

では、市ケ谷会館にいる楯の会会員は、いつ事件を知ったのか。午前十一時を過ぎても、隊長三島は現われず、いつもと様子が異なる空気を会員たちは感じはじめた。パトカーのサイレンがきこえ、外は騒然としていく。〈何があったのか〉と、彼らは不安そうに互いの顔を見合わせた。
すると自衛隊の将校が来て、事件の概略をそれとなく伝えて、この場を動かぬように
と命じた。
〈先生が総監を人質にして……〉〈森田さんが……〉〈小賀さんが……〉と、彼らはひそ
ひそ話を始めた。しかし、このときも事件の内容はくわしく知らず、不安気にささやき
あうだけであった。
まもなく、警視庁の係官も来て、彼らを監視しはじめた。当初、自衛隊も警視庁も、
楯の会の会員たちが三島と連動していて決起行動にはいると考えていた。実際、そう考
えても不思議ではない状況だった。自衛隊東部方面総監部と市ケ谷会館は五一メートル
ほどしか離れてなく、しかも三十人が集合するように「命じられて」集まっているとい
うのだ。
ある時期から、事件の様子があるていどくわしく伝えられるようになった。つまり、
お前たちも何らかの計画をもっているのではないかという意味でである。三島がバルコ
ニーから演説しているときかされたときか、あるいは三島と森田が割腹自決したときか
されたときか、そのへんは明らかではないが、会員の間に激しい動揺が起こった。
とくに第一班の班員は、直接の〝上司〟でもある森田の行動を耳にいれるや、興奮状
態になった。
班員たちは、新宿・十二社《じゅうにそう》にある森田の下宿と同じ棟で生活をしていた。日常生活も

森田と共にあり、森田に強い畏敬の念をもっていた。興奮した会員は、「じっとしているように」という係官の命令に叛《そむ》いて部屋を出て、その場に行くといいだした。それを制止する自衛隊や警視庁の係官との間にこぜりあいが起こった。「行かせろ」と興奮する班員と、「動くな」と命じる係官の間で、なんどもこぜりあいがつづいた。

そのこぜりあいに終止符が打たれたのは、ある会員によると、係官がピストルをつきつけ、「動くな」と制してからだという。しかし、さらに出ていこうとする会員三人が、公務執行妨害で逮捕された。

状況は、かなり深刻な様子だったようだ。そのような混乱のあと、会員たちは任意同行を求められる。彼らは整列し、「君が代」を唱い、そして四谷署に連れていかれた。深夜まで、ひとりずつ住所、氏名、経歴などをたずねられ、そして釈放された。直接には、会員たちは三島の計画を知らず、何らの具体的行動計画ももっていなかったことが明らかになったからである。

市ケ谷会館に集まっていた会員たちの様子は、ほぼ以上のような経過を辿《たど》ったと推測される。

もっとも、当時の報道では、「この報（三島がバルコニーから演説しているという情報）が会館に伝わると、三十人の会員は部外者を排して一室にこもった。約十五分、会員は会の制服で現れ、警察の任意同行に応じた。この十五分間に、彼らのその後を律するなにかが、厳然と確立されたようである。そのなにかは、無気味なほどに徹底した沈黙となって現れた」（『週刊朝日』昭和45・12・11号）とある。動揺がなく、平穏に意思統一をしたかのようである。しかし、会員たちは、まだ楯の会の会員になって日も浅く、楯の会の動向を決定する権限などはなく、相当困惑のなかにあったことは間違いあるまい。

しかも、このとき市ケ谷会館に集まっていた会員たちは、隊長三島に対する尊敬の念とは別に、班長である森田必勝や小賀正義に強いシンパシーと共鳴をもっていたというのである。まだ語られざる軋轢《あつれき》があったと推測する方が的を射ているように思う。

事件への多様な反応

三島由紀夫と四人の楯の会会員の行動、それに市ケ谷会館に集合した楯の会会員の動き。「三島事件」といわれる折りの彼らの行動の全軌跡は、ほぼ以上のとおりである。行動そのものは、政治的テロ、クーデター計画を伴った行動というものではない。

政治的主張をし、それに伴った政治的展望を個人ないし集団で示そうとしたことは認められるにしても、権力を奪取するとか、権力主体を交代せしめるとか、そういったドラスチックな政治的動きは、この事件の過程には明確になっていない。三島が、両記者に宛てた私信のなかに「事件はどのみち、小事件にすぎません。あくまで小生の個人プレイにすぎませんから……」という一節があるが、事件そのものはまさにそのようなものだった。

しかし、事件の規模や時間が政治的・社会的影響を決めるのではない。社会の底流にある矛盾が肥大していればいるほど、マッチ一本、針一本で、それが浮上してくることもある。三島の自決が事件として報じられ、その訴えが詳細に伝えられるにつれ、〝事件〟は社会的・政治的意味をもちだした。

ここで、当時の新聞、週刊誌、月刊誌（週刊誌は別冊を出版し、月刊誌のすべては、「三島特集」を組んだ。これは日本のマスコミ史上初めてのことといってよい）、それに単行本などから、この事件に、有識者がどのように反応したかを取り上げてみよう。発言内容は、事件の〝熱っぽさ〟の直後だけにいくぶん興奮気味だが、その後、自らの発言を取り消したり、軌道修正するようなケースもあった。しかし、事件直後の興奮ぶりこそ、発言者の地肌を示したものといってよい。

太平洋戦争が終ってから二十五年目、当時、〝戦後民主主義〟は新左翼の側からと、民族主義的視点を持つ三島らの側から、同時にその意味を問われたといっていい。多くの有識者の発言の背後に、その問いかけへの何らかの反応が潜んでいることが理解できるだろう。

当時の政治指導者佐藤栄作は、「三島は気が狂ったのか」と素朴に反応した。防衛庁長官中曾根康弘は、「常軌を逸した行動というほかなく、せっかく日本国民が築きあげてきた民主的な秩序を崩すものだ。徹底的に糾弾しなければならない」と発言した。さらに「この事件によって自衛隊内に動揺はない」とつけ足している。中曾根は、

「暴力によって法秩序を破壊することは、民主主義を真向から否定することであり、政治上の問題は政治家の手にゆだねられることこそ民主政治の原則であることを改めて想起し、自衛隊員は国家から与えられている任務に徹し自衛隊員としてなすべき教育訓練に励まなければならない」と、自衛隊内部へ訓示したこともあわせて発表した。

事件の翌日に、総監室入口の前に菊の花束が置かれ、自衛隊員のなかにも三島らに共感を示す者がいることが表示されたことも、とりわけ、防衛庁首脳陣には衝撃であったのだ。

政治指導者たちにとって、三島の行動は、理解の外にあった。体制の利益を甘受している筈《はず》の著名な文学者が、なぜこうした「愚」にも似た行為に走るのか、それを理解することはできないと意思表示をしたわけだ。体制の忠実な守護者である筈の人が、その立場を放棄してまでこうした行動に走る裏には、現実政治への抗議ともいうべき意味が含まれていることに、政治指導者たちは故意に目を向けなかった。

事件後の自民党関係者の発言は、いずれもそのことを露呈している。つまり、理解の外にあるものは「狂気」でしかないという判断である。これは佐藤や中曾根の個人的な感情というものではなく、政治指導者であれば、誰でもが考える通弊の思考といっていい。

社会党や共産党の反応も、この思考と表裏の関係にあった。「自民党政権の憲法無視の政治姿勢が生んだ事件」（社会党）、「軍国主義的国家主義的宣伝の禁止を要求する」

（共産党）という党声明のなかには、事件を体制の政治が生みだした必然的産物と受けとるニュアンスがある。「狂気」といい「愚」といい、「体制の産物」といい、そこにあるのは、とにかく高度経済成長社会の中で与党と野党が認めた社会論理から外れたものは切り捨てるという発想である。この論理（三島は、後述するようにこれを唾棄《だき》し、そして檄文の中でも罵倒している）に対する〝右〟側からの挑戦とはいえ、三島の行為はもたれあった体制と反体制の政党総体を根本からくつがえそうとする決起ともいえた。

高度成長社会の政治論理を、一方で強力に支えるのはジャーナリズム、とりわけ朝日、毎日、読売の有力大新聞である。三紙の社説は、もっとも無難で健全な筆致で、この事件を糾弾した。白紙に太い墨字の線をひく。その右にあるのが自民党、左にあるのが野党、そしてこの線を中心に紙を折れば左右は対称になる。その折れ目のところに有力新聞の論調はあり、左右対称の領域からはみでた部分へは、つねに〝戦後民主主義の原点〟を掲げて批判するという構造がこのときもあらわになっている。

朝日は「三島由紀夫の絶望と陶酔」と題して、社説の末尾でつぎのように書いた。「彼は、現在の経済繁栄の空虚さと道義の退廃を怒り、『凡庸な平和』をののしってきた。彼の指摘してきた事実が、われわれの社会に存在することを認めよう。しかし、それを解決する道が彼の実行した直接行動主義ではないことを、歴史はくり返し、われわれに教えつづけてきたのではなかったか。民主主義とは、文士劇のもてあそぶ舞台ではない」

「〝三島事件〟のもつ反社会性」と、強く批判の調子を貫いた読売新聞の夕刊は、「とくに若い人たちに訴えておきたい。三島の行動が、一見いかに〝純粋〟であるかのように見えようと、民主主義社会とは縁もゆかりもない愚行であることを見誤ってはならない。その点では、三島のアジ演説に対し『こんなバカなことがあってたまるか』と敢然と抵抗の意志をぶつけた若い自衛隊員の感覚こそ正常であろう。それにしても、警備当局が『楯の会』を警戒していなかった怠慢と、自衛隊が、かれらを体験入隊させ、訓練に〝協力〟していたうかつさはきびしく反省されなければならない」と書いた。

「暴力的風潮をいましめる」と題した、毎日新聞の社説は、その結論において、「民主主義の体制を一層意識的に防衛し、強化してゆかねばならない」といっている。社説には、つぎのような一節も披瀝されている。「われわれは、三島事件を〝狂気の暴走〟と断ずるほかないが、三島のいうように、高度成長のもと、謳歌する繁栄の中で、一種の思想的空白の状況と、いくたの政治、社会のひずみが存在し、それがまた、左右の対立を招く原因ともなっている。そうした社会的状況のもとで、一部の過激な少数勢力が、左右を問わず、三島の死を契機として、一層の危機感を感じていることも想像に難くない」

当時の平均的な庶民の怒り、反応というのも、結局、この三紙の論点のなかにあるだろう。三島事件に無関心な層、無視しようとする層、反感をもった層、そういう階層の人びとの反応は、以上の三紙の社説に集約される。そして、この事件に対し、こういう原理・原則の初歩的ともいうべき確認を行なわなければならなかったところに、実は、事件のもっている衝撃性が横たわっている。

つぎに作家、評論家、学者といった人びとが、この事件にどのような反応を示したかを紹介しておこう。むろん、短い要旨の紹介なので、それぞれの発言の主旨が、以下に紹介する部分にはないかもしれぬという危惧はある。しかし、私が、その部分に本旨があるのではないかと判断したという条件付きで記述していきたい。順序はアトランダムである。しいていえば、人間的、思想的に三島に近い順になっているといってもいい。

「自殺者の数は古来多くありましたが、これほど純粋な死は歴史上稀《まれ》でしょう。権力も名誉も関与していません。政治は大きらいなのですから権力欲は問題外ですし、生きてさえいれば、ノーベル賞をもらえたかもしれないのです。三島さんの子煩悩と、家族への愛情のこまやかさは知人の間では有名でした。それらのすべてを押し切って、三島さんは死への道を驀進《ばくしん》したのです。《昭和元禄》への死を以てする警告である、と私は思っています」（『週刊時事』昭和45・12・26号）

三島ともっとも親しい交友のあった文芸評論家村松剛は以上のようにいっている。村松は、『新潮――三島由紀夫読本』（昭和47・1月臨時増刊号）での武田泰淳との対談でも、「三島さんの死は非常に凄絶な死だし、同時に、完全な諫死《かんし》だと思います」と断言している。

諫死という見方は、三島に親しい友人、思想的に同じ系譜に連なる作家が共通して指摘している。この意見には、三島を免罪に、と謀《はか》る面がある。作家林房雄は、三島の追悼集会でも「彼の死は諫死であります。死をもって反省を促したのであります」といい切っている。では、何ゆえの諫死だったのか。林は〈美しい日本、美しくあるべき日本〉を取りもどすために……というのである。そして、つぎのようにも語っている。

「彼はただ占領憲法という偽憲法第九条によってがんじがらめにされて、国を守る軍隊の機能と気力を失っている現自衛隊に本来の『名誉ある国軍』にかえれと呼びかけただけだ。中曾根康弘氏は『自衛隊は健全である』という希望的観測を流し、外人記者クラブにまで出張して弁明しているが、もし日本を守る機能を憲法的に喪失させられている現自衛隊が健全なら、爪《つめ》と脚をもがれたカニも健全である」

林房雄は、後述するように、三島由紀夫との間で主に思想上の交流が深かった。楯の会創設に至る人脈も、林房雄の線から始まっている。

日本浪曼派の保田与重郎らの著作は、少年期から青年期にかけての三島に著しい影響を与えた。その保田は、「……三島氏は人を殺さず、自分が死ぬことに精魂をこらす精密の段どりをつけたのである。人を殺さずして巨大機構を根底でゆり動かした。怖れた者は狂と云ひ、不安の者は暴といひ、またゆきづまりといひ、壁に頭を自らうちつけたものといつたりしてゐる。想像や比較を絶した事件として、国中のみならず世界に怖ろしい血なまぐさい衝動を与へた点、近来の歴史上類例がない。その特異を識別することは怖れをともなふ故に、それを無意識にさけて、政論的類型的に判断する者は、特異のふくんでゐる創造性や未来性や革命性に恐れる、現状の自己保全に処世してゐる者らである。創造性以下のことばは、イデオロギーや所謂《いわゆる》思想と無縁の人の生命の威力そのものである」（前出・『新潮』別冊）と述べた。

そして保田は、五・一五事件、二・二六事件、相沢中佐事件、中野正剛の自刃、山口二矢《おとや》少年の自決とも、「一個重々しい点で異なるものがある」と書いている。ここに指摘された事件と、今回の三島事件とは、事件に傾斜するパッションが三島のほうには薄く、しかしその手段はもっとも激烈だという相違がある。そこに判断の鍵もある――保田はそのことをいっているのであろう。

明治大学教授橋川文三は、三島と同世代の思想史家。『日本浪曼派批判序説』などの著書がある。三島と思想史上の立場は対極にあるが、三島思想を着実に検証し、その批判の論調にも一貫した脈絡がある。三島の著作『文化防衛論』をめぐっての応酬もあった。

その橋川は、事件翌日の朝日新聞夕刊に「狂い死の思想」と題し、つぎのように書いた。「三島はこの一、二年来、狂気か死をめざす非常にむずかしい生き方を考え続けてきたような気がする。彼は何物かへのノスタルジア（郷愁）に猛烈に襲われていたらしい。ノスタルジアというのは、もともとは『死に至る病』である。彼は戦後一貫して、その『死病』を抱き続けていたのではないだろうか。しかし、彼が具体的にこんな形の狂気か死に行きつくとは感じていなかった。（中略）私はノーベル賞候補作家というよりも、その意味では、むしろ無名のテロリスト朝日平吾あるいは中岡艮一《こんいち》などと同じように考えたい。三島はそのことを別に不満とはしないであろうと、いまのところ考えている」

この文章中で、橋川は、褒めことばだといって、「三島は私の知るところでは非常に『愚直』な人物である」とも書いている。「愚直」な三島の自決は、神風連《しんぷうれん》から相沢三郎中佐に至る「狂」のワクにはおさまらないところがあり、それが謎であるといっている。

興味深いのは、先に紹介した保田与重郎と橋川文三の間には、〈これは従来の日本のテロ事件とは異なる〉という共通認識があることである。保田は、行為の重々しさをいい、橋川は行為に潜む無名性をあげているというちがいはあるが……。

評論家村上一郎と三島には、屈折した交流があった。村上は、海軍主計大尉で敗戦をむかえ、その後一時期共産党の側にいたが、ナショナリズムとインターナショナリズムを折衷した形態の革命を期待する側に移った。『北一輝論』が有名だが、三島は、これを評価して自衛隊員や楯の会会員にも愛読をすすめたという。

「……（注・自らの元に届いた知人の和歌を評したあと）思うにこの事件は、無償であった。むだであった、犬死であったという輩よ、よく聴け、こういう義肝のような歌の群れが両士（三島・森田を指す）の死に感《うご》いてぞくぞく生れているのだ。これらの風潮をもって『万葉』『新古今』にもってゆけるなら、いまひとがもっとも疎外され、であるがゆえに、世間でいちばん美しい詩の生れる可能性のあるのはアメリカ、西独と日本なのだから、両士の死は御一新以上の変革に比さるべき文明大革命の緒《いとぐち》となるのである。何が犬死であるものか。三島・森田両士を犬死だと書いたり、村上一郎がまた二番煎じなんぞやったらかなわん、なんぞとおひゃらかす者は、その文章に何の苦心も加えず、まごころに欠け、少しも在るべき変革のことぶれをなさない」（前出・『新潮』別冊）

その村上一郎も、昭和五十年に自害して果てた。当然、三島を意識していたであろう。

「……三島氏の最後の心境は、おそらく永久にだれにもわからないのではないか。もしこの了解にだれかが完全に到達したとすれば、その人もまた三島氏と相似的行動に出て自ら命を絶たなければ、その了解はウソだという危険と逆説につき当たらざるを得ないと思う。〝直接行動〟とは通常の思考が上昇し尽した切れ目から開始されるのであるからだ。（中略）三島事件直後にも、この『狂か愚か』の批判が出たが、三島氏も野中大尉も、それを先取りして自決したのである。問題の根は深いと思う。さもないと、相沢事件どころか、三島の楯の会の制服、その経歴からして、制服を着たダヌンツィオのフューメ占領のときのバルコニー姿にまで類推が飛躍して、この事件のもつ戦後史にとっての大きな意味が、見失われはしまいかと思うのである」（『二・二六事件』『昭和の軍閥』などの著者、昭和史研究家・高橋正衛）

作家は概して「三島美学の完結」と受け止めている。三島の天賦の才能と、たとえ自らが気にいらぬ作家でも、文学作品そのものには割合客観的な評価をする三島に対して、素朴な畏敬の念は広く文壇にあった。

当然なことだが、三島の才能を惜しむ声があった。マスコミから感想を求められるたびに、「人が命を賭けてやったことに対し、事情のわからないうちから、党派的偏見や自己慰安的な注釈を加えるのは私は好かない」と断わっていた大岡昇平は、「しかし、あれだけのことになぜ命を賭けねばならないのか、というようなことを、よく晴れた冬の街を行きながら、思うことがある。現在の自衛隊は日蔭者などでは決してない。もはや憲法改正の必要もない。四次防、五次防を重ねていって、三十八度線防衛の希望に燃えている。ほかにやり方はなかったものか。……なぜこの才能が破壊されねばならなかったのか」(『文藝春秋』昭和47・2月号「生き残った者への証言」)と無念さを正直に語る。

武田泰淳も、「私と彼とは文体もちがい、政治思想も逆でしたが、私は彼の動機の純粋性を一回も疑ったことはありません」(『週刊現代』昭和45・12・12号)と語ったし、北杜夫も、「私は三島さんをあくまでも作家として考えたいし、また私にはそれしかできぬことです」(同)と答えている。

三島の文学上の師であった川端康成は「ただ驚くばかりです。こんなことは想像もしなかった。もったいない死に方をしたものです」(『週刊サンケイ』昭和45・12・31号)と溜《ため》息《いき》を洩《も》らしたが、のちの彼の驚くべきほど静かな自害は、三島自決の衝撃もあったのであろうか。

「私は現在の『日本人が日本の運命をしっかり握れぬ時代』は、なお続くと考えている。待ちきれぬ人はまだ今後も形も変えて過激な行動に出ることだろう。待ちきれずに異常な行動に走るのは、一言でいえば『普通の日本人との連帯』を信じきれなくなった悲しい人たちである」（江藤淳「日本経済新聞」昭和45・11・26朝刊）

「三島文学を思い返してみれば、ほとんど一切の指針が死という極北を目ざしている。だからこんどの三島さんの激烈な行動と自決も美学的にはいかにも三島らしいといえるだろう」（佐伯彰一「読売新聞」昭和45・11・26夕刊）

「三島君にとっては、あれが精一杯ぎりぎりのところだったのではないか。彼の潔癖な理念が、いまの社会に対して我慢できず、行動をもたらしたのだろう」（立野信之『週刊現代』昭和45・12・12号）

「社会的影響としては、天皇の問題があります。しかしこれも、究極的には三島美学の問題になってしまう。クーデターも含めて、すべてが三島文学、三島美学の完成であったわけです。切腹しただけではすまなくなり、介錯して首まで落とさせる。これこそ、三島美学そのものです」（丹羽文雄『週刊現代』昭和45・12・12号）

美学をもっと具体的に表現するコメントもあった。三島自決を解明する手がかりは、エロチシズムから……と説く澁澤龍彥は、「人間の本質、人間性というものを考えていくと肉欲に突き当たる。そして肉欲のその裏をさらにさぐっていくと、結局死まで行きつかざるを得ない。……エロチシズムの極致として『男と一緒に死にたかったのだ』としかいいようがない」（『週刊現代』昭和45・12・12号）

草柳大蔵も、「男の情死・三島由紀夫と森田必勝との心中事件であった……」といっているが、この事件と太宰治の情死と関連づけて見る作家、評論家も少なからず存在した。

作家真継伸彦は、『朝日ジャーナル』誌上で、「三島ロマンチシズムの自己崩壊」と題して、三島の行動を批判した。いかなるかたちの殺人、テロも否定すると激しく糾弾したあとで、文中の一節につぎのように書いている。

「私は、最後に、三島由紀夫の自殺の、真の原因と思われる事柄に言及したい。明確な自意識家である彼は、これまで私が指摘したぐらいのことはすべて承知している。死とエロチシズムとの合一も、予知すればばかばかしいことぐらいはとうに知っている。にもかかわらず決行したのだが、作家の自殺の根本原因は、文学に自信を失なったこと以外にはない」

べ平連運動の指導者であった小田実は、自らにとって、三島は「敵」だときめつけたうえで、「三島氏らの死を『時代への警鐘』だと受けとるなら、今すぐにでも、自衛隊をつぶせ、という運動を起こしていただきたい。三島氏らの死が私にとって意味があるとすれば、そうしたかたちにおいてでしかないと思うんです」（『文藝春秋』昭和45・2月号）といっている。

評論家山田宗睦は、「錯誤の愚行である。錯誤は二つある。一つは時代錯誤で、戦中の天皇神聖観を、戦後という時代のあとにも復活できると盲信した。もう一つは、三島自身の人間的錯誤で、虚構を通じて、かえって現実の欠陥を衝《つ》く作家としてのあり方を実人生、実行動で虚をおう愚人の狂疾にふりかえてしまった」（『週刊現代』昭和45・12・12号）といった。戦後民主主義の忠実なイデオローグでもある山田は、「この事件の影響については、警戒すべきであるが、要は三島の狂を狂としてしりぞけるかどうかである。首相や長官が狂気といったから、三島を狂とするのは、それと軌を一にするとためらう必要はない」ともいっている。

野間宏は、『朝日ジャーナル』（昭和45・12・6号）に書いている。「この事件をきっかけにして、危機意識が形成され、しかもその危機意識が歴史と反対の方向へ形成されていくとき、反社会的な方向に流れていって、民主主義に反対するような思想が力を得、また武器をもったそういう勢力が糾合されるおそれがある」――野間のこの視点こそ、戦後知識人の平均的なものであっただろう。そして、この視点の意義がもっとも問われていたのがこの時代であったのだ。

中野重治は、「三島事件」という呼称や「三島や楯の会の自衛隊乱入」というときの「乱入」という語に苦々しい思いを隠さない。「何が乱入か。本所吉良屋敷への赤穂浪士団の討入り、あの乱入にいくらか物質的に比べてみることさえできるものがそこにあるのかないのか。自衛隊と『楯の会』とのあいだ、そこに何のそもそもの対立があったか。『クウデター』をうんぬんするにいたっては図々しい。三島を『狂気』に仕立てようとするにいたっては一そう図々しいだろう。『三島事件』の最大の意味はどこにあるか。すくなくとも、その一つは、これによって自衛隊に新しくレーゾンデートルがあたえられたことである。佐藤も中曾根も、こんどの『楯の会』を前髪でつかんだ」（『週刊現代』昭和45・12・12号）。そして、自衛隊が合理的、理性的なもの、市民的常識に違反しない非暴力組織であるかのような印象を社会に与えるチャンスに使ったと怒っている。

三島事件後の新左翼の側の反応を語るとき、もっともよく引用されるのはつぎの言葉だ。

「まさにわれわれ左翼の思想的敗退です。あそこまで体を張れる人間をわれわれは一人も持っていなかった。動転したね。新左翼の側にも何人もの〝三島〟を作らねばならん。体制側の動きがそういう人間を作ってくれる」（京大パルチザン軍団・滝田修）

これは、ある週刊誌に語ったコメントとなっているが、正確にこういう感想を述べたのかどうか。なにしろ、滝田はこの事件後、赤衛軍のメンバーが自衛隊員を殺害した事件の共犯として追われ、三島事件についての発言がないからだ。

しかし、滝田発言は、当時の新左翼活動家の心情を代弁しているといえる。昭和四十三年から四十五年にかけての政治闘争は、当初の学園闘争的なスケジュール闘争から、不断に日常的に革命家を生みだす状況をつくり出そうとする闘いになっていった。新左翼党派は、五流十三派といわれるほどの分裂状態にあり、自らの党派の優位性を具体的に示すには、まさに「死を賭して」闘う必要性が論じられていたのである。滝田発言は、そういう党派の活動家の想いをあからさまに示していた。

当時の新聞、週刊誌の報道を繙《ひもと》くと、東大、京大などいくつかの大学構内には、全共闘の名で、「悼　三島由紀夫割腹」の垂れ幕が下がったとある。これを評して、『赤旗』は、「三島も全共闘も本質的には同じ。……その思想である行動の哲学、能動的ニヒリズムは一致する」と論評した。だが、全共闘、新左翼各派が示した三島への〝連帯〟は、自らの政治思想に殉じた一作家への素朴な哀悼であり、「死そのものに意味をもたせようとしたのが三島の死だが、われわれは、自決に意味を与えたりはしない。『自己の内なる東大を否定する』というように、自己の存在の仕方を否定し、革命の主体に自己をつくりかえていく。その過程で、命を落とすこともあるかもしれないが、その死は三島のようなナルチシズムの死とは無縁です」と、東大全共闘の幹部が発言しているように、そこにはニュアンスの違いがある。既成左翼は、状況を教条的に分析し、結局、自らの論理から外れた部分は、体制の産物、反映として処理することで、社会的事件を見てきたが、新左翼の側には、その傲慢《ごうまん》さはない。社会論理の破壊に挑む側は、逆の側から挑んだ者に関心の一端は示すが、その質の相違は冷たくつき離して見ているのである。

　ごく平均的な新左翼党派の活動家の意見を当時の新聞がいくつか紹介しているが、「左翼は口舌ではいけない。実践のときだ」「思想に殉じるのはカッコいい」といった心情ラジカル派の弁は別にして、新左翼の有力党派の幹部が語っているつぎの言葉が、この時代と三島の死をもっとも象徴的に示している。

「位相は違うが、三島のような心情で生きている人間は左右を問わずたくさんいます。しかし、われわれは三島の〝死の美学〟に対して〝生の哲学〟でいきます。死ねば何ができるというものではないですから。でも死ぬことを避けるというのではありませんよ。われわれが死ぬときは、殺されて死ぬのです」

　この事件直後に、これは「三島事件」ではなく、「平岡事件」ではないかと指摘する声もあった。評論家志水速雄の次の見解（『諸君！』昭和46・2月号「三島事件批判の盲点」）は、その声のもっとも代表的なもので、現在にあっても示唆するところが多い。

「私は三島事件の核心を的確に理解し、問題を真正面にすえるためには、たとえ困難であっても、作家三島由紀夫の顔を一切消さなければならないと考えている。なぜなら彼は作家として行動したのではなく、独特の政治思想をもった行動家平岡公威《きみたけ》として行動したからである。正確にいうならこれは三島事件ではなく平岡事件である（あるいは少なくとも「楯の会」事件とすべきである）」

第二章　三島由紀夫と青年群像

三島由紀夫の変貌

三島由紀夫の年譜を見ていると、政治的色あいの濃い評論、随想を書き始めたのは、「英霊の聲」を発表した昭和四十一年の六月ごろからと容易に理解することができる。政治的色あいの濃さというのを、「二・二六事件への発言」と置きかえてもいい。とにかく、彼はこの時期から急速に、政治的領域の中に文学的・社会的活動をとけこませ始めた。このことは、記憶されていていいことだ。

三島は、このとき四十一歳である。

才能に恵まれ、すでに多くの文学作品を発表する一方で、戯曲をつうじて演劇活動にも立場を築いていたし、剣道、空手、ボディビル、果てはボクシングのジムにまで通って肉体的鍛練にいそしんでいた。自らは〝文武両道〟を叫んでも、所詮《しょせん》は一作家の戯言《ざれごと》と受けとめられていたころである。三島の政治的発言は、その戯言の延長線上にあると決めつけられ、芸術至上主義者がほんの出来心で政治に口をはさんだだけの、シニカルな体制肯定だと、広く世間では理解されていた。

それ以前にも、三島の書く評論には、戦後時代状況にあきあきしているというニュアンスが常にこもっていた。「私の戦争と戦争体験――二十年目の八月十五日」には、「さて、戦後の時代は、といふと、私にとつては、一種の聾桟敷に置かれて見物させられた芝居だつた、とでも表現すべきか。すべてに真実がなく、見せかけだけで、何ら共感すべき希望も絶望もなかつた、といふのが、当時の私の正直な感想だが……」とあり、自らが生きた時代を悪しざまに罵《のの》しっていた。

だが、これさえ三島の諧謔《かいぎゃく》であり、本心からそう思っているとは考えられていなかった。戦後民主主義の忠実な信奉者たちへの、嘲笑とからかいのなせる故であると、許容されてもいたのである。

六〇年安保の翌年に、「十日の菊」、「憂国」を著わしているが、これは二・二六事件における権力者像と決起将校を素材にした作品だった。これを発表するに及んで、三島の関心は、現実の政治的事件の中に自らの美学を求めるところにあると理解されるようになった。政治領域へのこのアプローチは、とくに社会派の作家、評論家からは危険視された。しかし、その素材の処理の仕方は、依然として日本浪曼派の流れを汲む美学の延長と受けとめられていた。

昭和四十一年六月、三島は「英霊の聲」を『文芸』誌上に発表した。盲目の少年の口を借りて、二・二六事件の決起将校の霊と特攻隊員の霊があらわれ、天皇がこの二度（つまり二・二六事件で討奸《とうかん》を叫んだ天皇の人間的な怒りと、終戦後の人間宣言をさす）、人間であったがゆえに、軍の魂は失われ、国の魂は失われたと訴えるというプロットである。この主題の意味は重い。戦後二十年を基本的部分から批判し、戦後天皇制への怨念を語っているからだ。

文学作品とはいえ、登場人物にここまで自らの思想を語らしめ、自らの生きている時代を罵倒しつくしたのだ。三島は、当然、それに応えて具体的な行動を起こしていかなければならなくなった。

『英霊の聲』は「十日の菊」「憂国」の二作を収めて、その六月に単行本として上梓《じようし》された。この「あとがき」に、三島は「二・二六事件と私」を書いた。

三島が自らの美学を政治的領域にもちこもうとした公然たる宣言、これがこの「あとがき」である。

まず、この三作品を「二・二六事件三部作」と称し、作品の概容を説明する。その行間に挟まれた三島の人生観は、驚くほどの諦観の中にあることを窺わせる。

「私の癒やしがたい観念のなかでは、老年は永遠に醜く、青年は永遠に美しい。老年の智恵は永遠に迷蒙であり、青年の行動は永遠に透徹してゐる。だから、生きてゐればゐるほど悪くなるのであり、人生はつまり真逆様の頽落である」「……たしかに二・二六事件の挫折によつて、何か偉大な神が死んだのだつた。（中略）それを二・二六事件の蔭画とすれば、少年時代から私のうちに育くまれた陽画は、蹶起将校たちの英雄的形姿であつた。その純一無垢、その果敢、その若さ、その死、すべてが神話的英雄の原型に叶つてをり、かれらの挫折と死とが、かれらを言葉の真の意味におけるヒーローにしてゐた」――。

三島が、実際に「自決」したことを前提に読めば、彼はまさにまったく嘘をついていないことになる。三島は、常に、本心を語り、そのとおり生きてきたといえる。

ある作家はここに盛られた文章を「悪魔の誘惑」と評した。ありえないものを求め、現にあるもの（誰でもが老人になるのだ）を否定したがために、死によって自己完結する以外になかったというのである。

しかし、「二・二六事件と私」で、三島がもっともいいたかったのはつぎの点であろう。十一歳の学習院初等科の生徒は、その周囲で、血なまぐさい現実が起こっているとき、「不如意な年齢」によって、事件から拒まれていた。だからこそ、事件は異常に美しく空想することができたのだ――という言を継いで、三島はつぎのように書いているのだ。


私の精神状態を何と説明したらよからうか。それは荒廃なのであらうか、それとも昂揚なのであらうか。徐々に、目的を知らぬ憤りと悲しみは私の身内に堆積し、それがやがて二・二六事件の青年将校たちの、あの劇烈な慨《なげ》きに結びつくのは時間の問題であつた。なぜなら、二・二六事件は、無意識と意識の間を往復しつつ、この三十年間、たえず私と共にあつたからである。

私は徐々にこの悲劇の本質を理解しつつあるやうに感じた。

北一輝の思想が、否定につぐ否定、あの熱つぽい否定の颶風によつて青年の心をとらへたことは、想像に難くないが、二・二六事件の蹶起将校は、北一輝の国体観とだけは相容れぬものを感じてゐた。幼年学校以来、「君の御馬前に死ぬ」といふ矜りと国体観は一体をなしてゐたにかかはらず、北一輝は、スコラ哲学化した国体論を一切否定し、天皇を家長と呼び民を「天皇の赤子」と呼ぶやうな論法を自殺論法と貶し、君臣一家論を大逆無道の道鏡の論理となし、このやうな国体論中の天皇を、東洋の土人部落の土偶に喩へてゐたからである。

二・二六事件の悲劇は、方式として北一輝を採用しつつ、理念として国体を戴いた、その折衷性にあつた。挫折の真の原因がここにあつたといふことは、同時に、彼らの挫折の真の美しさを語るものである。この矛盾と自己撞着のうちに、彼らはつひに、自己のうちの最高最美のものを汚しえなかつたからである。それを汚してゐれば、あるひは多少の成功を見たかもしれないが、何ものにもまして大切な純潔のために、彼らは自らの手で自らを滅ぼした。この純潔こそ、彼らの信じた国体なのである。

昭和四十年代にはいって、日本の高度経済成長は物質的繁栄の極へ登りつめていった。あらゆる経済指標が前年度一〇パーセント増の割合で伸びていく時代であった。現実の生活にはいりこんだ電化製品による恩恵や、レジャー・娯楽の頽廃《たいはい》的現象は、〝西欧化〟へのあくことなき追走でもあった。

この時代、公害はまだ局部にしか現われていず、高度成長にたいする信仰は、ほとんどの日本人にいき渡っていた。高度成長の大量消費社会は、一切を「商品」に組み込み、ひたすらなる利益追求の社会に変質していた。時代の異様な水ぶくれを予見する論は、相手にされず、たまにそういう論者が現われても、その警鐘さえバランスの一角を占める「商品」に転化した。思えば〝昭和元禄〟という語が自嘲気味に流行語となった時代であった。

三島が、「二・二六事件と私」を書き、戦後日本は天皇の「人間宣言」以来、虚構の上に存在しつづけてきたといってみたところで、その歯止めになる力をもつことなどできはしなかった。この時期、一般の二・二六事件への関心は、もっぱら〈ファシズムへの綱引き〉というていどの理解しかなく、北一輝を単なるファシストから状況変革への革命家と見る視点は、まだ一般的にはなっていなかった。その意味で、三島の、二・二六事件への発言は、真の論敵を捕捉できずに始まったといっていい。

三島は、この戦後日本にあきあきし、やがてそれは彼自身の日常的な怒りにかわった。昭和四十一年夏、三島は林房雄と対談して、それを単行本として世に問うた（『対談・日本人論』）が、その冒頭で、「だんだんこの十年くらいでイライラすることが多くなって、これは年取ったのではないかと思うのですが、何だか知らないが、腹が立ってる。……何が気に入らないのかよくわかりませんが、そういう心境になることが多い」と訴えている。そうした怒りが、歯止めのない〝昭和元禄〟の進行ぶりに基づいていることはいうまでもない。

単に社会の質が、消費社会への無制限な拡張に進んでいるというだけではない。時間的な経過によって、つまりこの偽善は放置すればするほど、二乗、三乗になり、偽善総体が現実と化すという怒りもあったにちがいない。

三島は、状況が偽善の二乗へ向けて歩むことに対する揺り戻しのために、なおいっそう〝強く〟戦前の状況を対比させるのだ。しかもさかのぼって神風連(この対談前後、三島は熊本で荒木精之に会い神風連の取材を進めている。『豊饒の海』第二部「奔馬」に引用されている)の反近代性と個々の反乱者の人間性を讃え、それを戦前の社会を理解する地点にひきこもうとする。一例としてあげれば、戦前の社会を彼は幸福感で生きてきたとさえいってのける。三島はつぎのように語っているのだ。

「天皇陛下万歳と遺書に書いてもおかしくない時代がまたくるでしょうかね。もう二度と来るにしろ、来ないにしろ、僕はそう書いておかしくない時代に、一度は生きていたのだ、ということを何だかおそろしい幸福感で思いだすんです。いったいあの経験は何だったんでしょうね。あの幸福感はいったい何だったんだろうか。僕は少くとも、戦争の時代ほど自由だったことは、その後一度もありません」

戦時下の社会そのものを、幸福感で過ごしたといっているのではない。名実共に天皇が神聖の地位にいたその時代のほうが、この欺瞞に満ちた社会よりはるかに幸福に満ちていたといっているのだ。

だが、ここまで語ったとき、三島は、次の世代にたいして冒瀆《ぼうとく》をおかしていたといわねばならぬ。なぜなら、彼の幸福感はあくまで個人的なものであり、それを論として組みたてるには、最後まで己れの領域にとどめておかねばならなかったからだ。

三島が、自らの信念を明らかにしていった昭和四十一年六月頃から、彼は自らの「美学」が結局「天皇制」そのものであることにいきつき、それに目をつぶったまま「生き長らえる」ことはできぬと、気づいてくるのである。この現世で、戦後の偽善に毒されていない場、しかも肉体の鍛錬という格好の場、そして何より忠誠をシンボライズできる場、そこに着目するのだ。それは自衛隊であった。

昭和四十年ころから、三島は、自衛隊への体験入隊の希望を口にするようになる。四十一年秋ごろから、それはより熱心になり、そのためのルートをさがすようにもなった。と同時に、三島は、自らの「美学」を「政治」に転化させるためのきっかけにも積極的に応じるようになるのだ。

そこに、ある青年がたずねて来る。

『論争ジャーナル』グループとの出会い

『論争ジャーナル』という民族派の雑誌は、昭和四十二年一月に創刊された。中辻和彦と萬代潔のふたりの青年が中心になって興《おこ》した雑誌である。

ふたりの青年は、明治学院大学を卒業し、一度は社会に出たが、当初の計画である民族派雑誌を刊行する計画をあきらめきれず、出版活動に乗り出すことになって、昭和四十一年暮れに支援者を求めて走り回っていた。中辻も萬代も、戦前の皇国史観のイデオローグ平泉澄（東大名誉教授）の門下生であり、"六〇年安保以後の日本の虚像を正す"ために、民族派活動を進めたいと願望していた。当時、ふたりは二十代半ばの青年であり、持っているのは情熱と行動力であり、不足しているのは人脈と資金であった。

平泉門下生に列するとあって、著名人が陰に陽に彼らを応援した。たとえば、文部省の教科書調査官村尾次郎、皇学館大学教授田中卓のような人物も裏側から応援する手筈《てはず》になっていた。

ふたりの青年は、この政論雑誌を平泉色だけで埋めたくはなかった。論壇で右に位置する〝健全保守〟とみなされる学者や評論家、作家などの文化人を登場させて論陣を張りたいと考えていた。そこで、彼らを支える人脈の紹介で、そういう人物の間を訪ね歩くことになった。萬代青年が、村尾次郎の紹介で林房雄を訪ねたのも、その一環である。

林房雄は、のちに自著『悲しみの琴――三島由紀夫への鎮魂歌』の中で書いている。

林は、小沢開作（満州青年連盟の創立者のひとり、石原莞爾《かんじ》の東亜連盟系の人物）の紹介で萬代に会ったとして、「……君に紹介したい青年たちがいると言った。それが後の『論争ジャーナル』グループで、B君の名は出なかったと思うが、関西出身のNという青年が中心で、彼は敗戦日本の立てなおしを志し、せっかく就職した会社を辞め、少数の同志と共に学生に働きかけ、青年自身の力を集めて、いずれ小新聞か小雑誌を出すことを計画している。どこからの援助も受けず、同志と共に土工の仕事や廃品回収などを行って最低の生活に甘んじつつ着実に運動を進めている〝感心な連中〟だ、と語る小沢氏の頰《ほお》は北京時代のように紅潮していた。私も感激した。私もまた、そういう青年たちの出現を待望し、もうそろそろ出て来てもいい頃だと思っていた一人であったのだ」。

そこで林は、三島宛ての紹介状を書く。めったに紹介状を書かない林が、紹介状を書くだけでなく、直接電話をかけたかもしれない、と書いている。これが楯の会結成の伏線になるわけである。

林房雄の紹介状を持って、萬代青年は三島由紀夫を訪ねた。この出会いは、三島にとって運命的な意味をもつ。三島が、いかにこの出会いに触発されたかは、三島自身が「青年について」という小論で明らかにしている。

三島は、「本質的に青年ぎらひ」で、自らの小説に青年男女をとりあげはしたが、「それでもなほ、私は生身の青年はきらひだつた」と断言したうえで、つぎのように書いているのだ。

ところが、一年足らず前、私に革命的な変化を起させる事件があつた。忘れもしない、それは昭和四十一年十二月十九日の、冬の雨の暗い午後のことである。林房雄氏の紹介で、『論争ジャーナル』編集部の萬代氏が訪ねて来た。私はこの初対面の青年が訥々と語る言葉をきいた。一群の青年たちが、いかなる党派にも属さず、純粋な意気で、日本の歪みを正さうと思ひ立つて、固く団結を誓ひ、苦労を重ねて来た物語をきくうちに、私の中に、はじめて妙な虫が動いてきた。青年の内面に感動することなどありえようのない私が、いつのまにか感動してゐたのである。私は萬代氏の話におどろく以上に、そんな自分におどろいた。それからあとは御承知のとほりである。考へてみると、私は青年を忌避しつつ、ひたすら本当の青年の出現を待つてゐたのかもしれない。

三島がいかに感動したかが判るではないか。「本質的に青年ぎらひ」だった三島が、いかなる党派にも属さず黙々と活動をつづけてきた彼らに心打たれ、それは精神、物質両面での協力を約させるに充分な条件となったのである。

この文中に、「それからあとは御承知のとほりである」というのは、これが昭和四十二年十月の『論争ジャーナル』に書かれているからで、その間の協力は、この誌上での座談会に出席するというかたちで果たされたことを意味している。

昭和四十二年一月、二月。中辻、萬代ふたりの青年と三島は、三日とあけずに会った。会えば数時間は話しあい、民族派運動の将来について論じた。こういうとき、三島はふたりの青年に、

「『英霊の聲』を書いてから、俺《おれ》には磯部一等主計の霊が乗り移ったみたいな気がするんだ」

と真顔でいい、あるときは書斎から日本刀を三振もちだして、それを抜き放ち、

「刀というのは鑑賞するものではない。生きているものだ。この生きた刀によって、六〇年安保における知識人の欺瞞をえぐらなければならない。きみたちのいう新しい言論は、生きた言葉によってこそ語られなければならない」

といったという（以上のエピソードは、藤島泰輔著『天皇　青年　死』による）。

三人の間では、六〇年安保後の〝戦後民主主義〟知識人の口舌の徒ぶりが論難され、戦後民主主義の基点のごまかしがこのような虚構の日本をつくりあげてしまったと、慨嘆しあったことが推測される。それは、「反共」を第一義に唱える既成右翼とは、いくつかの点でニュアンスの異なるものであった。

この時期、もうひとりの青年が、『論争ジャーナル』の線で、三島の許を訪ねている。持丸博である。彼は、当時、早稲田大学の学生で、民族派学生団体、日本学生同盟（日学同）の情宣担当の中央執行委員（のち書記局長）だった。やはり平泉学派に傾倒していて、その意味では、『論争ジャーナル』の中辻や萬代と同じ系譜であった。のちの楯の会の初代学生長は、この持丸が務めるが、理論家肌のこの学生は、ことのほか三島と意気投合し、楯の会結成に至る過程で三島の右腕になった人物である。

持丸は、昭和四十二年一月に三島を訪ね、日学同の機関紙『日本学生新聞』への寄稿を依頼している。三島は、「本当の青年の声を」という原稿を書き、そのなかで、「偏向なき学生組織は久しく待望されながら、今まで実現を見なかつた。青年には、強力な闘志と同時に服従への意志とがあり、その魅力を二つながら兼ねそなへた組織でなければ、真に青年の心をつかむことはできない。目的なき行動意欲は今、青年たちの鬱屈した心に漲つてゐる。新しい学生組織はそれへの天窓をあけるものであらう。日本の天日はそこに輝いてゐる」と、激励している。

三島は、紛れもなく、民族派学生への肩入れを本格的に行なうつもりになったのだ。

この時期、三島は、『豊饒の海』の第二巻「奔馬」を『新潮』に連載し始めている。十九歳の少年飯沼勲がテロを計画し、それが官憲に洩れ、弁護士本多繁邦の尽力で刑を免れる。しかし、勲は、日ごろ願望している「太陽の、……日の出の断崖の上で、昇る日輪を拝しながら、……かがやく海を見下ろしながら、けだかい松の樹の根方で、……自刃すること」を瞼《まぶた》に浮かべながら、崖《がけ》で割腹する。時代背景は昭和初期である。この作品のモチーフは〈純粋〉であり、〈武〉がそれを支えていると、文芸評論家の長谷川泉は評している。

『論争ジャーナル』の青年たちが、三島のこの作品にどのような影響を与えたのかは明らかではない。むしろ逆に、「奔馬」執筆中の三島こそが、作中の登場人物の「純粋な性格」を青年たちの中に見たかったのかもしれない。あるいは、三島は依然として、「本質的には青年ぎらひ」であり、この時期だけは、それが歯止めを失い、律義な三島が青年との交流に一定の責任をとるつもりでのめりこんでいったのかもしれない。

なぜなら三島は、前述の「青年について」のなかで、なぜ青年が嫌いだったかを自問して、青年に関わることは、ただちに年長者の責任を意味するからといっているのだ。

「無限定のものに対して責任を負ふほど怖ろしいことがこの世にあらうか。しかるに青年の本質こそ無限定なのである」と自答しているのだ。

しかし、どうあれ三島は、『論争ジャーナル』のメンバーと、「年長者の責任」を自覚しながら、短期間のうちに政治的同志としての交流を深めていったのである。

持丸博が登場したところで、日学同について説明しておかなければなるまい。この学生組織は、楯の会のメンバーに多くの人材を送りこんだからだ（もっとも、楯の会に入会したために、後述するように除名処分を受けた者もあるという）。

昭和四十年から四十一年にかけて、早稲田大学で授業料値上げ反対闘争が起こった。昭和三十九年に慶応大学でも授業料値上げ反対闘争が起こっていたが、それは学校側の巧妙な分断作戦で、短期間に終息していた。早稲田での反対闘争は、私立大学の総本山的意味をもって始まり、すべての学部がストライキ態勢に入り、各学部を結集して全学共闘会議（全共闘組織のさきがけでもあった）が結成され、学内にある各セクトの指導者を集めての反対闘争の指導組織が生まれた。

全学スト、大学側の白紙撤回拒否と、早稲田の杜《もり》は大揺れに揺れた。

この間、授業料値上げ反対闘争は、単なる学生生活困窮への反対や、「貧乏人の子供は大学に来るな」式の発言（大浜信泉総長）への反発という、素朴な次元にのみあったのではない。私学経営の矛盾を一方的に大学側に持ちこむだけの文部行政への不満や、

〈大学教育とは何か〉の本質的問いかけが起こっていたし、大学と企業の癒着で〈文句をいわずよく働く社員の供給場〉と化している私学のあり方にまで論点は及んでいた。

こうした論点をもちだしての授業料値上げ反対闘争は、日本共産党を左から批判する反日共系各セクトの、一般学生掌握のための問題提起でもあった。早稲田には、右から左まであらゆるセクトが存在したというが、左の部分でその指導を担ったのは社青同解放派と革マル派であり、バリケード封鎖を含めての闘争を強めていった。

これに対して、体育会や国防研究会、日本文化研究会、雄弁会など右寄りのサークルを糾合して、学園正常化の動きもあった。彼らの動きは、この授業料値上げ闘争が〈左翼〉の革命運動の予行演習と化しているとの認識から出発していた。その視点から、バリケード封鎖の撤回、学園正常化運動を起こして、ときに暴力的な対立も引き起こした。しかし、このグループは、早稲田では少数派であった。

授業料値上げ闘争が、大学側の執行部交代、値上げ案再検討で終止符を打たれると、学園正常化運動のグループは、早大学生連合（早学連）を結成した。左の学生組織に対抗しての意味がある。そして、昭和四十一年十一月に、早学連を中心にして日大、東大などの有志も集めて日学同が結成された。結成時には、全国の三十九大学七十二サークルを集め、その基本方針には、「自主独立・自主防衛」があったが、「われわれの運動の志向する最大目標は、祖国日本のアジアに於ける、或いは国際社会に於ける新しい勇気に満ちたリーダーシップの確立である。この峻嶮《しゅんけん》で創造的な道を、われわれは青年としての理想と勇気と団結とで、真摯《しんし》に切り拓いてゆかなければならない」と唱っていた。委員長、書記局長、中央執行委員の多くは、早稲田大学生であった。そして、このなかの持丸博、阿部勉、森田必勝らは、のちに楯の会の中枢メンバーになるのである。

このころ三島は、かねてからあるルートで頼んでいた自衛隊への体験入隊が可能になったことを、『論争ジャーナル』のメンバーに告げている。当時、三島は文壇関係者には、このことをまったく洩らしていないだけに、その信頼はよほど深かったともいえる。

昭和四十二年四月十一日から五月二十七日までの四十五日間（五月の連休中は帰宅）、三島は、久留米陸上自衛隊幹部候補生学校、富士学校教導連隊、習志野空挺《くうてい》旅団に「平岡公威」（本名）名で体験入隊した。

入隊の前日、親友の村松剛と三島担当の編集者との三人で、秘かに、送別会を催したという。村松が武田泰淳との対談（『新潮――三島由紀夫読本』）で明らかにしているところでは、編集者が、「大事な作家なんだから馬鹿なことをしないでくださいよ」と忠告するのにも、三島は嬉しさを隠さずに、「文武両道だよ」と答えたという。

事件後、三島に対する体験入隊は、自衛隊の過剰サービスではなかったかといわれた。事実、体験入隊が制度化した昭和三十五年七月からこのときまで、四十五日間もの入隊者はいない。しかも、楯の会のような体験入隊のケースもなかった。ほとんどが二泊三日であり、長くても一週間が限度であった。当時の防衛庁事務次官がとくに便宜をはかってのち異例のケースだったことが、のちに明らかになった。さらに二週間を限度とするという内規に合わせて、二週間と二週間の間に、休息日をつくり、名目上は規則に準じているかのような細工も行なっていたという。

このときの体験入隊の模様は、〝除隊〟してから、三島自身が、『サンデー毎日』（昭和42・6・11号）誌上に「特別手記　自衛隊を体験する」と題して書いている。その中からいくつかの個所を抜きだしておこう。

（体験入隊は）誰にたのまれたわけでもない自発的な行為であり、また、私が、徴兵制度には反対であつて、本来民主国家の国民的権利に属する国防の問題を、義務化することには反対であることを、自衛隊の内部でもたびたび明言してきたことは、附記しておいたはうがよからう。要はその権利の考へ方の問題なのである。

ここ一ト月半の間に私のしたことは、陸上自衛隊といふ大きなヴアラエテイーに富んだ食品デパートの、いろんな棚の食品を、片つぱしから試食してみた、といふにとどまる。多くの食品は私の口に合つたが、空挺とレインジヤーだけは、とても固くて強烈で嚙みこなせなかつた。これを逆に言へば、この二種の固い強烈な食品を嚙みこなせる丈夫な若い歯を持つた人たちだけが、本当のプロの軍人と云へるのであらう。

私はまづ四月十二日に、久留米の、陸上自衛隊幹部候補生学校に隊付になつた。

（略）ここでは予告なしに、朝礼時の服装点検があり、何か指摘されると、自己反省のために、十回腕立て伏せをする慣習がある。私も胸ボタンが外れてゐるのを指摘されて、十回腕立て伏せをやつた。課業の関係で制服に身を正して居並ぶ朝礼時など、朝風のなかで、上着の茄子いろの裏地をひるがへして、反省の腕立て伏せをする学生の姿には、一種のさわやかな男らしさがあつた。

ＡＯＣは中級幹部課程であり、その主要な課業は戦術で、戦術こそは旧軍以来、将校と兵とを峻別する秘教的《エソテリック》な学問とされてきたものである。私が今まで興味を感じた学問は、刑事訴訟法とこの戦術だけで、いづれも方法論とプロセスの学問であり、結論乃至『決心』にいたる、論理的な思考過程をはじめから規定してしまふといふ特色を持つてゐる。ここで詳述する暇はないが、戦術のやうな面白い学問に一般社会人が触れる機会がないのは惜しいことだ。

特別手記のあとに、記者のインタビューにこたえる三島の話がでている。特別手記は、もっぱら、体験入隊での素朴な感想をつづったもので、自衛隊に入隊することで、世間が自衛隊にもっている反感や批判に言質を与えないように気をつかっている節があるのに、このインタビューでは一転して、自らの信条を率直に披瀝している。活字では慎重に、弁舌は大胆にという心配りがみられる。

そこに発言にメリハリをつける三島の性格が垣間見える。そして、このメリハリこそ、三島の人生を支えるコアになっていることが、徐々に明らかになっていくのである。

生死観ですが、自衛隊の精神教育については、私はだいたい不満足です。というのは、隊員の反発を恐れてか世間の反発を恐れてか、生死観につながるような教育をやっていないのです。私の意見では、隊員には幸福追求を、幹部には死の覚悟を、それぞれ別途にはっきりわけて教育すべきであると思います。しかし、その裏付けには退役後の生活保障などを充実してやる必要があるので、いま、それがないことが、彼らの生死観をコン濁させる一因になっています。

少なくとも私は、いまの段階では憲法改正は必要ではないという考えに傾いています。というのは、憲法改正に要する膨大な政治的、社会的なエネルギーの損失を考えるなら、それを別のところに使うべきだと思うから。

ある若い候補生が私にこう聞いたことがあります。「私たちに〝戦争待望心理〟というものがあるという人があるがどうでしょうか」と。私は答えました。「消防隊員が火事を待望するのはあたりまえじゃないか。火事がなければ、どうして火消しがウデを見せることができるんだ。〝備える〟ということと〝待つ〟ということは、人間の心理のウラ表である。〝待つ〟という気持がなければ〝備える〟気持もないだろう。だから世間の思惑など忘れて、自分たちの危機に備える意識に毎日毎日、生きる覚悟をしなくちゃならない」とね。

私は、考えようによっては、現在ただいまが危機だと信じている。私は国民が危機感を持っていないことに焦燥しています。そして国民が危機感を持ち、自衛隊員の持つ危機感を孤立させないことが、むしろ危機感を最終的に解消させる方法ではないかと信じます。

私の考えはこうです。政府がなすべきもっとも重要なことは、単なる安保体制の堅持、安保条約の自然延長などではない。集団保障体制下におけるアメリカの防衛力と、日本の自衛権の独立的な価値を、はっきりわけてＰＲすることである。たとえば安保条約下においても、どういうときには集団保障体制のなかにはいる、どういうときには自衛隊が日本を民族と国民の自力で守りぬくかという、〝限界〟をはっきりさせることです。

私は、徴兵制度にははっきり反対です。

率直にいって、自衛隊員のほうが好ましいと思います。若者としては。ただ、しかし、彼らのなかに環境や生活の必要に迫られて隊員になったものが多いことは否定できないでしょう。私は彼らが、もしできれば自律的にそういう好もしい素質を得たらもっとよかっただろうと思います。彼らの素朴さや団結心といったいい素質が、いわば月給をもらって身につくのでは困る、もっとなかから出てきたものであれば理想的だと思うのです。若者にとって団体生活が必要だという私の考えは、徴兵反対となんら矛盾しないのです。いまの青年に自制心とか規律とかが欠けているのは事実ですから。

（新入社員の体験入隊についてきかれて）これを喜んでいる自衛隊の気持もまったくわかりません。企業体の社員が、新入社員を自分に好ましく服従させるために自衛隊を利用しているように思うし、自衛隊も一企業体の利益に奉仕する必要はないんじゃないですかね。

三島は、ここで明確に政治的な意思表示をしている。その意思とは、つぎの七点に分けていいと思う。

㈠自衛隊の精神教育不足には不満である。

㈡現段階では憲法改正は必要ではない。

㈢現状の危機感を国民は理解していない。
㈣日米防衛の境界線を明示する。
㈤徴兵制度には反対である。
㈥現在の青年層には自制心や規律が欠けている。
㈦企業の体験入隊は経営者のエゴである。

この七点を並べてみて、容易に理解できるのは、自衛隊を明確に「国軍」たる地位に置き、それにふさわしい精神教育を行なうと同時に、日本の自主防衛の明確な範囲をつくれということだ。そのことは、現在の政治システムの中で可能だと、三島はいっているる。だが、三島は実質的に憲法改正が不可能な以上、これらの自らの政治スローガンを、現在の政治システムの中でいかにして実現するかという政治的展望には具体的にふれていない。この時点では、三島の信念と政治思想はまだ混乱していて、ひとつの輪郭をつくりあげるだけの説得力をもっていないといっていい。さらに、このときの危機感も、「間接侵略」の恐怖にあると受けとめていたことを、まもなく三島は明らかにする。それは戦後冷戦構造下の反共主義者のもっとも安易な論理を継承しているようにみえる。

祖国防衛隊構想

昭和四十二年十一月に、三島は、『論争ジャーナル』グループとの間で、ひとつの試案をつくった。「祖国防衛隊構想」なるものがこれである。

体験入隊からもどって以来、三島と彼らの間には、より深い討論がつづいたと思われる。タイプ印刷による「祖国防衛隊はなぜ必要か」という文章は、それをはっきりと裏づけている。

体験入隊からこの年の暮れまで、三島はほとんど政治的な評論は、どの雑誌にも発表していない。「朱雀《すざく》家の滅亡」を書き、空手を習い、書き下ろし評論『葉隠入門』を書き、インド政府の招きで夫婦でインドに行き……という生活の中にあった。

しかし、『論争ジャーナル』では、二度にわたって対談に出て、二・二六事件を語り、現代日本の革新とは——について語っているのである。この間を通じて三島と『論争ジャーナル』のグループは、民兵組織について話しあい、そのための具体案を、三島自身が筆をとって明らかにしたのが「祖国防衛隊構想」である。このタイプ印刷には署名がなく、三島自身の生存中は公表されなかった。従って、それまでの三島の思想と、この構想の間には〝いくつかの変化〟があることが検証されていなかった。

そこで、まず、「祖国防衛隊構想」を説明しよう。

その冒頭は、「戦後日本の安寧になれて、国民精神は弛緩し、一方、偏向教育によってイデオロギッシュな非武装平和論を叩き込まれた青年たちは、ひたすら祖国の問題から逃避して遊惰な自己満足に耽る者、勉学にはいそしむが政治的無関心の殻にとぢこもる者、『平和を守れ』と称して体制を転覆せんとする革命運動に専念する者の、ほぼ三種類に分けられるにいたりました」で始まる。しかし、六〇年安保以後、青年層の一部に、「日本はこれでいいのか」との反省をもたらし、真摯な研究をつづける、団を生むに至ったとつづける。

戦争の概念（注・核時代のボタン戦争）は変わったというが、ベトナム戦争に見る如く、通常の兵器をもって国民が国防に参加できる事態は変わらないといい、現在の日本には「間接侵略」の危機があると訴える。間接侵略とは、共産主義者の合法・非合法をつかっての共産革命をいい、「間接侵略の形態も亦、一様ではありません。革命の客観的条件の成熟と向うが認めた時点が何時であり、そこへ向つて、いかなる一連の動きによつて『間接侵略』といふ内戦段階へ移行するかは予断を許さぬのみならず、現に今日只今の平和な日常生活にも、間接侵略の下拵へは着々と進められてゐると考へていいのです」と訴えている。

これに対抗するために、国民は、「自らが一朝事あれば剣を執つて、国の歴史と伝統を守らんとする決意と気魄が必要だ」と結論づけている。この結論は、ひとつの方向を示している。つまり、祖国防衛のための「民兵組織」づくりを想定し、それを明確に試案として打ちだしたことだ。

民兵組織づくりのために、各国の具体例を研究したとして、英国、スウェーデン、ノルウェー、スイス、フランス、中共の実情を伝え、そこから日本として参考にすべき点も抽出している。その上で、「いかにして志操堅固な者たちにのみ武器を携行させるか」

が重要であり、それがわれわれの「解決しようとする問題」だといっている。

ここに至って、「祖国防衛隊」構想が出てくる。「民兵という言葉はみすぼらしく、魅力的ではないので、われわれは『祖国防衛隊』という言葉を使ひます」という点に、三島の人生上のあるスタイルがでているが、とにかく祖国防衛隊の基本原理はかなり詳細で明快だ。

のちに結成される楯の会の組織原理の下敷きとなっているので、それを以下に紹介しておこう。

一、祖国防衛隊は民兵を以て組織し、有事の際の動員に備へ、年一回以上の訓練教育を受ける義務を負ふ。

一、民兵は志願制とし、成年以上の男子にして年齢を問はず、体格検査、体力検定に合格したる者にして、前科なき者を採用する。

一、隊員の雇傭主は、隊員訓練期間の有給休暇を与へる義務を負ふ。隊員には原則として俸給を支給せず。

一、隊員はこれを幹部と兵とに分け、幹部教育には、年一ケ月、兵には年一週間の特殊短期訓練を施す。

一、隊員には制服を支給する。

概ね、右のとほりでありますが、無給である以上、隊員には強い国防意識と栄誉と自恃の念の養成が必要とされます。又、まだ法制化を急ぐ段階ではありませんから、純然たる民間団体として民族資本の協力に仰ぐの他はなく、一方、一般公募にいたる準備段階に数年をかけ、少くとも百人の中核体を一種の民間将校団として養成することが先決問題と考へられたのであります。

隊員に、制服を支給するという一項は、きわめて三島らしい発想である。これには三つの理由があって、第一に、陸戦法規慣例規則第一条第二項により、「遠方より認識し得べき固着の特殊徽率を有すること」に則る必要がある、第二に、現代青年を魅《ひ》きつけるには、「制服といふ感覚的美的媒体が必須」と考えられる、第三は、自恃の観念、団結心の養成には制服の着用が効果的というのである。

楯の会の派手で人目を魅く制服の意味は、この点にあったと考えていいわけだ。

この「祖国防衛隊構想」の末尾には、三島自身が作詞した隊歌も添付されている。三番までであるが、一番だけを紹介しておく。三島の文学性が寸分も浮かんでこないのは妙な気もするが、それは三島自身が、政治的志向を強めていくときにあえてそれを払拭《ふっしょく》していこうと意図していたからと考えていい。

強く正しく剛くあれ
文武の道にいそしみて

正大の気の凝るところ
万朶《ばんだ》の花と咲き競ふ
日本男子の朝ぼらけ
われらは祖国防衛隊

半年まえの体験入隊直後に、三島がサンデー毎日記者のインタビューに応じたことと、この祖国防衛隊構想との間には、自らの思想・信念を具体化した側面と、それまでの一定の枠を踏み外して変貌した側面が窺える。

自衛隊の精神教育不足をカバーし、現状の危機感を理解し、間接侵略に備える志操堅固の青年を軸とした民兵組織をつくりあげるというのがその具体化の側面である。自衛隊を補完する市民防衛組織といっていい。一般公募に到るまでの準備には数年を要するが、百人の中核体を組織するにはすぐにでも手がつけられるというのだ。

これに対して、体験入隊時にあった三島の〝ある種の配慮〟は、ここにきて完全にぬぐい去られたという面を指摘できる。つまり三島が、体験入隊時直後に、「左翼の人は、なんでも一口に〝右傾〟というが、もうちょっと厳密に考えてほしいですねえ」と洩らしていた〝世間への思惑〟は、寸分も見当たらない。三島は、堂々と文中で思惑をはねのける展開をしてみせたのである。

といっても、それは三島の周囲の人たちにしか判らなかった。この構想は、前述したように三島の署名がなく、しかも一般には公表されなかったからだ。秘かに変貌している三島の思惑は世間には明らかにしていなかったのである。

三島の変貌ないし、より具体的な行動へのきっかけは、『論争ジャーナル』グループとの討論の中で練り上げられ、むしろ『論争ジャーナル』グループの強い示唆を受けたとも推測されるが、その間の詳細な動きは不明である。

つけ加えれば、三島が『論争ジャーナル』グループと「祖国防衛隊構想」に熱中している折り、彼の作品がノーベル賞候補になっているとの外電がはいってきている。サミユエル・ベケット、アンドレ・マルローらと共にである。三島は、日本文学を代表する作家として、世界にその名を知られることになったわけである。

ところで、「祖国防衛隊構想」は、間接侵略に敵意を燃やし、現在の日本が間接侵略の危機にあることを盛んに訴えている。

もともと〝左翼〟には、状況を切り開こうとする理論があり、その政治行動もそれに基づいている。ところが〝右翼〟は、本質的に状況を変革する思想をもっていない。常に、〝左翼〟と拮抗するかたちでレーゾンデートルがある。〝左翼〟が体制破壊の行動をラディカルな方向に進めていけば、〝右翼〟もまたそれに呼応してラディカルになる。両者の関係は、相互に鏡のような機能があり、〝反面教師〟としてある。

間接侵略の論理は、〝右翼〟が伝統的にもっている便法で、反体制運動が多様化し深化すればするほど、共産主義者の策動が巧妙に社会の各部分に浸透していると受けとめる。六〇年安保の際に、反対運動の広がりを、岸信介首相が「共産主義者の策動である」と断じたが、この便法は体制指導者にとってもしばしば使われ、そしてまたもっとも安易な状況認識でもあるのだ。この用語は、一九五〇年代の米ソ冷戦下でアメリカ側の指導者（とくにアレン・ダレス国務長官）が用いて、国内の容共的分子の一掃をはかった。

この時期（昭和四十二年当時）、三島が間接侵略の危機を名実共に自覚していたとするなら、どういう時代状況があったのかを具体的に理解しておかなければならない。

昭和四十一年から四十二年にかけては、中国では文化大革命が起こり、紅衛兵が毛沢東の意を受けて実権派の追いだしをはかっていた。中ソ対立は極度に高まり、米ソともデタント下でのバランスオブパワーで世界戦略の固定化をはかっていたときだけに、中国の動きは世界各国から神経質に見守られていた。極端な排外政策を進めることで、毛沢東が何を狙っているのか、皆目不明であった。

中国とアメリカの間には、ベトナム戦争をめぐっても対立があり、ベトナムは代理戦争の観を呈しつつあった。アメリカは、米軍四十七万三千人を投入し、本格的な介入にはいり、キナくさい臭いがしていたときである。

日本では、佐藤首相がジョンソン大統領の意を受けて、東南アジア諸国をこの年（四十二年）だけでつごう四回も訪問して、アメリカへの支持を呼びかけた。しかし、日本のアメリカへの積極的な加担に、学生や労働者・市民は幅広い反対行動を起こし、「アメリカによるベトナム戦争反対、解放戦線支持」の動きを強めていた。八月、米軍の軍需物資輸送反対闘争で、立川では新左翼各セクトが警官隊と衝突した。

そして、十月八日には、東南アジア歴訪の途につく佐藤首相を阻止しようとして、羽田周辺で機動隊と各セクトの活動家とが衝突、京大生の山崎博昭が死亡した（第一次羽田事件）。十一月十二日の佐藤首相訪米時には、反日共系の三派全学連（中核派、社青同解放派、社学同）が、再び警官隊と衝突した（第二次羽田事件）。

この二つの衝突によって、反日共系のデモ隊は、ヘルメットをかぶり、ゲバ棒をもつことを当然のこととした、武装デモの始まりである。

大まかにいってこういう情勢下にあったわけだが、〝右翼〟の側からみれば、こういう武装闘争は左翼陣営の側で進められる革命行動に映る。反日共系各セクトの行動（彼らは共産党と同根とみていた）は、状況を暴力的に崩壊させ、常に街頭宣伝活動や整然としたデモに終始する共産党＝民青は巧妙に革命の勃発時まで勢力を温存し、一定の時期に到れば暴力的な決起を行なうだろうと考えていた。その折りには、ソ連、中国の全面的な支援を受ける筈だというのがその図式であった。

間接侵略の危機とは、つまりこういう構図をさしている。三島は、この視点に一定の共鳴を示し、そのための防波堤になろうと考え、それを青写真にえがいたのが、祖国防衛隊構想であった。

三島と『論争ジャーナル』グループは、この構想をもって、財界人の間に協力者を求めて歩いた。具体的には資金援助の依頼である。祖国防衛隊構想にある「民族資本」の協力が必要であるという字句の実践である。構想に賛成する経営者、有力者、企業などの協力を呼びかけたのだ。

この間の事情については、巷間《こうかん》さまざまな噂が流れている。

日経連常任理事桜田武が、三百万円の金をだしながら、「三島君、こんな計画じゃだめだよ」といって関心を示さなかったという話。財界の革新派が「いくらでも金をだそう」と執拗に誘いかけたという話。真偽とりまぜて噂された。

三島事件後、東大教授西義之と三島と親しかったと自らいう教育評論家伊澤甲子麿が、「三島由紀夫〝決起〟までの新事実」（『現代』昭和46・2月号）と題して対談しているが、そこにつぎのような興味深いやりとりがある。

西　財界人との接触は、ほかにどんな人がいます？

伊澤　堤清二さんにも会いました。彼とは思想的というより、三島さんが個人的に親しくなった。堤さんの紹介で、小坂徳三郎さん、桜田武さんにも会いました。

西　しかし、その後すぐ財界とは縁を切っていますね。これはどういういきさつですか。

伊澤　そうなんです。私が財界との接触はやめたほうがいいといい出しましてね。お金が介在すると、運動はどうしても不純なものになるし、結局キズがつくのは三島さんだけだ。財界人は三島さんの名前を利用して得になるかも知れませんが、三島さんにはマイナスにしかならない。堤さんとも相談しましたら同意見で、結局、一度接近していた関係をすぐに切ってしまった。


三島は、財界人の間を回って不快な思いもしたらしい。財界人特有の〝利用価値〟があるかないかを尺度とする応対を敏感に感じとり、これでは利用されるだけだと受けとめたようだ。しかも、三島が資金の無心に歩いているという噂もとんだという。

この時期、『論争ジャーナル』編集次長の地位にあった持丸博が、三島と行動を共にして財界人のあいだを回った。持丸の話では、三島は、財界人から一円の資金援助も受けておらず、桜田から三百万円を受けとった事実などまったくないといい、同席していただけに情景を説明しながら怒りをあらわしている。

最終的に財界人と会うのをやめたのは、ある有力財界人が、「三島をリモート・コントロールしているのは自分だ」とふれ回ったのに憤慨したからだという。

三島と持丸は、ここに来て、自分たちの手で資金をつくり、自分たちの手で隊員を集めて、この構想を現実化していく以外にないと決めた。以来、三島は財界人にはいちども会わなかった。これが昭和四十二年の暮れのことである。

資金は自力で捻出することに決めた頃、はからずも三島と自衛隊将校との接触が始まった。祖国防衛隊構想は、自衛隊出身でのちの参議院議員の藤原岩市の手にも届けられていたが、この線で自衛隊の情報将校山本舜勝《きよかつ》とのつながりができた。山本は、『三島由紀夫　憂悶の祖国防衛賦』を、昭和五十五年六月に刊行し、三島との交流をつぶさに記述している。

山本は、このパンフレットを読んで、「一文人の遊びとは思えぬ真摯な姿勢が、確かに行間から見えて来たのである」と受けとめ、ぜひ三島に会って、意見を交換しなければならないと思うようになったという。山本は、藤原とやはり自衛隊の一佐とともに、四十二年の暮れに、三島と会った。山本が、「文人は書くことで、目的を達すればいいのではないですか」と問いかけると、三島は、山本の目を見据え、きっぱりとつぎのようにいったという。

「もう書くことは捨てました。ノーベル賞なんかには、これっぱかりの興味もありませんよ」

山本は、その意気ごみに驚き、呟《つぶや》くように申し出たと告白している。

「私でできることでしたら、お役に立ちましょう。何か間接侵略対処の訓練面で、お役に立てることもあると思いますので……」

第一回体験入隊

祖国防衛隊構想の頓挫とは別に、三島と持丸らは、自衛隊の体験入隊を具体的に進めることにした。『論争ジャーナル』編集部には、持丸のつてで、日学同の学生たちが出入りするようになっていたし、彼らはまた三島とも会い、「憂国」の志を同じくしていった。

持丸が早稲田で主宰していた日本文化研究会は、彼の離れたあと、倉持清、阿部勉らが継ぎ、会の名称も尚史会（日本歴史を尚《たっと》ぶという意味）と改めていた。この尚史会のメンバーは、そのまま日学同の中枢でもあるのだが、持丸のもとにはこのメンバーが熱心に出入りしていた。

第一回の体験入隊は、四十三年三月一日から二十八日まで、御殿場にある富士学校滝ケ原駐屯地の教導学校で行なわれたが、このときの第一期生は、『論争ジャーナル』グループと持丸の個人的なルートで集めたメンバーであった。早稲田大学以外の学生は、日学同のメンバーか、持丸が「活動歴があり志操堅固」と目星をつけた神奈川大生とか明治大、東京外語大などの学生である。こうしてメンバーをそろえているうちに、とにかく意気ごみは燃えたぎってきた。

三島や『論争ジャーナル』グループ、それに早くからこのグループと接触していた尚史会のメンバーがいかに意気盛んであったかを示す出来事がある。

入隊の一週間前、二月二十六日のことである。『論争ジャーナル』編集部で打ち合わせをつづけているうちに誰もが感情を昂《たか》ぶらせる状態になった。体験入隊で腕を磨き、小さな「軍隊」をつくり、それをもって「左翼革命」を阻止する捨て石になろうと激した会話が飛び交った。

この日、三島も自分たちの新しい試みに期待をもって臨んでいた。彼は、二・二六事件の決起将校にこの「軍隊」を擬するかのような言い方さえした。

山本舜勝に決意を表明したのは不退転の決意をもっていたことの現われでもあった。この時期、三島は、『週刊読売』の二・二六事件の特集号に、「二・二六事件について」を書き、本章の初めで紹介したような次元より、もっと大胆に二・二六事件を語っていた。

以前から、自分は二・二六事件を肯定していると断じ、戦後は社会主義者や自由主義者が、二・二六事件の将校たちをファシストとして否定するのみならず、国家社会主義者すら、彼らを否定することで自らを免罪してきた事実に怒りを示す。「政党政治は腐敗し、選挙干渉は常態であり、農村は疲弊し、貧富の差は甚だしく、一人として、一死以て国を救はうとする大勇の政治家はなかった」のであるから、「青年が正義感を爆発させなかったらどうかしてゐる」とまで決めつける。

そしてつぎのようにいうのだ。二・二六事件について、三島がここまで語ったのは初めてのことである。

「二・二六事件は、戦術的に幾多のあやまりを犯してゐる。その最大のあやまりは、宮城包囲を敢へてしなかったことである。北一輝がもし参加してゐたら、あくまでこれを敢行させたであらうし、左翼の革命理論から云へば、これはほとんど信じがたいほどの幼稚なあやまりである。しかしここにこそ、女子供を一人も殺さなかつた義軍の、もろい清純な美しさが溢れてゐる。この『あやまり』によつて、二・二六事件はいつまでも美しく、その精神的価値を永遠に歴史に刻印してゐる」

政治的戦略に言及しながら、それと「美学」を対比させることによって、辛うじて政治的論文の領域から身を遠ざけているにしても、とにかく三島のもつ二・二六事件のイメージは、青年たちとの交流を通じて次第に明確になってきていた。

議論がはずみ、「左翼革命」の防波堤となる使命感が高まった極点で、つぎのような光景がくり広げられた。

「この場で血判を押すことにしよう」

政治的計算の働く一人が提案し、全員が血判を押すことになった。コップを洗い、そこに小刀で小指を切り、血を垂らした。ありあわせの筆をつかってまず墨で、一メートルぐらいの巻き紙に、三島が、「我我ハ皇国ノ礎ニナランコトヲココニ誓フ」と大書した。

そのあとで、コップの血に筆をつけ、それぞれ署名していった。

「先生は三島と書きますか、平岡と書きますか」とある者がきき、三島はどちらでもいいと答えたが、すぐに「本名で書いておくよ」といい、平岡公威と署名した。

『伜《せがれ》・三島由紀夫』（平岡梓）によると、三島は、「血書しても紙は吹けば飛ぶようなものだ。しかし、ここで約束したことは永遠に生きる。みんなでこの血を呑みほそう」といい、自ら血のコップを口にもっていったが、消毒のために食塩をいれようといって、食塩をいれてから飲んだ。全員がそれを飲んだ。全員の歯が真っ赤に染まったのを見て、三島は、「ドラキュラのような面相になったな」と笑った……。

三島と血判状――。〈知〉と〈血〉である。容易には結びつかない。文学作品の上では、血のイメージがないわけではない。政治上の挫折を、三島は切腹という形式で文学には表現している。しかし実際に血判状を書くという行為とは結びつかない。

三島の評論を読んで感じるのは、彼がどういおうと、知性に裏打ちされた近代合理主義のかたまりのように見えることだ。論理を尊び、知性が現実を整合させていることを尊ぶ。情念は、あくまで知性を補完するものとして存在するかに見える。にもかかわらず、なぜ血判のような、まるで戦前右翼の秘密結社のようなかたちで〝血盟〟しなければならなかったのか。

この場に居合わせた者の証言では、血判はその場の雰囲気でそうなったもので、とりたてての意味はなかったという。私も、たぶんそれが当たっていると思う。それは、次のエピソードをきいたからである。

昭和四十五年十月のことである。事件の一カ月前である。

持丸はこのとき、後述するように、楯の会からは身を退《ひ》いていた。その持丸のところに、三島から電話があった。「会いたい」というのである。そこで持丸は、浪曼劇場に三島をたずねた。

「あの血判状はどうしたかなあ。もうあれは意味がないので、処分しようと思うんだ」

血判状は、『論争ジャーナル』編集部にのこされていたが、その後、ここが閉鎖になり、中辻、萬代も楯の会を去り、持丸も身を退いてからは、持丸が自宅に持っていた。それを確かめると、三島は「持ってきてくれないか」と頼んだ。一週間後、持丸は三島の許に血判状を持って行った。浪曼劇場の庭で、その血判状は焼かれた。

そのあと、三島と持丸は、六本木のアマンドに行ってコーヒーを飲んだ。そのとき、三島はつぎのようにいった。

「お前がやめたあと、会の性格もかわったよ。これからは会のかたちを変えようと思う。お前も、会のことはよく知っているので、外部からひとつ応援してくれよ」

それが、事件を暗示している言葉といえば、いえないこともない。事件後、持丸はそのときの三島の様子から不審な点をさがすとすれば、それしか思い浮かばなかったという。

もっとも、持丸はなぜ今になって、血判状にこだわるか不思議であった。それで、三島に血判状を渡す前に、コピーをとっておいた。

三島は自らの軌跡と血判状は、相容れぬものと知っていたのかもしれない。だから、死後それをもって〝知性の屈伏〟とでもいわれることに恐れを抱いたのかもしれない。三生を清算するにあたって、軌跡の確認をしてみたとき、血判状を汚点と考えていたのかもしれない。

午前六時のラッパで起床し、八時から訓練が始まり、午後五時に終わる。最初の一週間は、新兵としての基本訓練である。それからは通信一般の訓練、地図の見方（コンパスをつかっての山中探索訓練）、四十キロ行軍、匍匐《ほふく》訓練、執銃訓練、分隊訓練など多岐にわたる。

なかでも非常呼集は辛《つら》い。無差別に行なわれる。これには五分以内に集合しなければならない。服装点検もある。これらに失敗を犯すと、反省のために腕立て伏せを十回行なう。四十キロの行軍は、平地を歩くだけではない。急勾配《こうばい》の坂道を小銃、天幕、円匙《えんし》を背負った完全武装で行軍しなければならない。

こういう訓練とは別に、訓練プラン作成に参加した三島は、「なかんずく、幹部教育の専門課程である『戦術』の紹介に重きを置いてもらった。これは社会人としてももっとも役に立つ、プラクティカルで、論理的で、男性的な学問であり、これの基礎を身につけなければ、軍人というものの論理構造もわからず、防衛問題の技術的背景もわからないのである」（『わが自主防衛』より）といっている。

第一回体験入隊には、二十五人の学生が参加したといわれている。

このとき参加した学生のコメントが、事件後の『週刊現代——三島由紀夫緊急特集号』（昭和45・12・12号）に掲載されている。楯の会元会員という肩書きである。

「……三島先生は私たちと一緒に訓練を受けたり、ディスカッションをして過ごされたのですが、先生はよく中隊長と議論をかわされておいでてでした。その議論も、日本の文化や伝統を天皇を中心として守ってゆくというところまでは中隊長などと同じでしたが、先生はここまでくると、すぐ『自衛隊はいまの憲法を守ってゆくのか』と話を切りかえられたものです。ふつうの自衛隊などに入りこんでゆく場合には、低いレベルから議論をはじめるのですが、先生は最初から思想的なことをいうんですね。しかし、レインジャー部隊の人など、三島先生の意見に賛同する人が多かったようです」

三島自身、体験入隊をつうじて自衛隊将校とのコミュニケーションをもちたかったのであろうし、ある期待ももっていたのであろう。それを試すように、相当、突っこんだ話をしたものと思われる。

しかし、第一回体験入隊のこの期間に、実は三島は大きな衝撃を受けていた。まだ二十代前半の学生が、体力もなく、考え方も充分固まっていないことに少々落胆するようになったのである。

学生長となった持丸は、しばしば三島とディスカッションをして、この体験入隊の結果をどの方向にもっていくかを練っていた。祖国防衛隊構想——一万人の将校を養成するという目論見は、財政上も事実上不可能であることを確認していたが、それよりも学生たちの体力、気力のなさにも失望した。それを根底に据えながら、今後の方向を模索した。

ふたりのあいだには、つぎのような意味のやりとりが交わされたという。

――頼りになるのは十人前後とは恐れいった。

――本当に精鋭の者たちで入隊しなければならないですね。

――今度からは、もっと厳しく事前にチェックする必要がある。これでは、日暮れて道遠しだ。

――先生、一万人構想は、実際には無理ということですよ。この調子ではなかなかそこまでいきません。それに多人数になれば、それだけ転落者をかかえることになります。十人いれば、必ず二、三人の転落者は出ますよ。これは組織の宿命です。志、心情というところで結びつくのですから、これは避けられません。

――最終的には多ではなく個だ。それは〝斬り死に〟の思想だ。

――かえって組織をまとめると集団エゴになってしまい、意味がありません。

――集団主義、集団エゴはやめよう。戦時中の狂態をよく知っているよ。

三島は、戦時中の集団エゴをよく知っていると何度もくり返した。こうしてふたりの間で、確認されたのは、「いまは革命に対する反革命の季節なのだから、衆の多寡ではなく、百人の将校を養成し、それを中核にした会をつくろう」ということだった。

集団生活の辛さに耐え、統制行動がとれ、志をいつまでも堅持できる学生を対象にすることにした。学生長持丸は、そういう質のいい学生を集めることになった。

第一回の体験入隊は、このような教訓を残して終わった。三島と持丸の会のイメージは、この時点で固まったといっていいであろう。

第一回体験入隊者のうち、体力がなかった者や志操面で自らついていくのが不可能と悟った者は、この「名もなき会」から遠ざかった。

持丸と三島のあいだには、この体験入隊以後おのずと機能分担が行なわれた。すなわち、持丸は次回の体験入隊に耐えられるような学生を集めること、三島は、自らの防衛思想とこの会のPRともいうべき面を意識的に行なうようになった。早稲田大学の構内には、「体験入隊募集」の看板が立ち、若者に人気のある週刊誌『平凡パンチ』には、三島と学生たちの体験入隊の模様がレポートされ、ときにグラビアを飾るほどになった。それほど意欲的に学生を集めようと動きはじめたのだ。

早稲田大学国防研究会の森田必勝や神奈川大学の古賀浩靖、小賀正義らは、このころ日学同や全国学協（全国学生協議会＝生長の家青年部が母体）に加入していたが、持丸のところに訪ねてきて面接を受けている。この時期に神奈川大学生が多いのは、同大学では授業料値上げ闘争などをめぐって、社青同解放派（反帝学評）の路線で活動がつづいていたが、それに反感をもった一般学生を吸収すべく、全国学協の活動家が、かなり精力的に勉強し、力をつけたからだという。

三島由紀夫と共に体験入隊をしたいと志す学生は、まず『論争ジャーナル』編集部に赴くことになる。ここで、持丸の面接試験を受ける。第一次選考というわけである。面接の根底にあるのは、〝左翼〟学生であるかないかということと体力の確認である。文学者三島に関心をもち、そのためにやって来る学生は、だいたいが除外された。そういう学生は、初めから相手にしないことにしていたのだ。

持丸の話では、面接は一時間、それもとくべつに構えたものではない。喫茶店で雑談をする。使う用語、時代への関心のもち方、真面目さ、そして気力・体力が充実しているか否かをさぐる。これだけの時間があれば、思想傾向も人間性もつかめる。持丸がとくに注意したのは、〈目が輝いているか否か〉ということで、目に気力が浮かんでいる者は文句なしにパスするようにとりはからった。それをまた三島が望んでいたからである。

明らかに、〝左翼〟と思われる学生がいないでもなかったという。つまり、組織から送りこまれてきた学生たちだ。そういう学生は、初めは用語に気をつけていても、しだいに左翼用語を口走る。そこで即座にお引き取り願うことになった。

こうして持丸の面接試験に合格した者が、三島の自宅を訪ねるように命じられる。三島は、持丸の面接試験を全面的に信用していて、名前や学校名、出身地をきくていどで、あとは雑談して彼らの気持ちを和らげるのに努めた。こうしたときの三島は、サービス精神に溢れたひとりの年長者であったという。

一方、三島はこの頃（昭和四十三年五月、六月）から、意欲的に評論活動を行なうようになった。それまで書いたこともなかった雑誌に、青年を鼓舞するような評論を書きつづけるのである。しかも、政治的には明らかに右翼陣営にあることを告白する内容がめだっていった。三島は、もう誰に遠慮することなしに、自らの情念や信条を、あからさまに書きはじめるのである。

文学活動としては、『豊饒の海』第二部の「奔馬」を六月下旬に脱稿し、ついで第三部の「暁の寺」の準備に入り、起稿し始めるという時期だ。この作品に全力を投入する傍らで、「命売ります」を『プレイボーイ』誌に連載し始める。楽々と気軽に書き流した作品だろうといわれているが、なぜかこういう作品も書きだす。

そして、六月からは『Ｐｏｃｋｅｔパンチ0h！』に、エッセイ「若きサムラヒのための精神講話」の連載を始め、七月には『中央公論』に「文化防衛論」を書く。と同時に、六月十六日には、一橋大学に行って、「国家革新の原理」のテーマのもとに、一橋大生とのティーチインを試みる。そして、後述するように第一回体験入隊者が集まっての勉強会にも顔をだすのである。

著述活動の時間をさいて、こういう時間をつくっていく三島は、世間の目を意識せず、少しずつ特異な活動家への転進をはかっていくのである。この頃の三島は、編集者にとって会いづらい作家といわれていたのも、日程が時間刻みでつまっていたからであろう。

三島は、この時期、どんなことを書いたのだろうか。

「若きサムラヒのための精神講話」は、文字どおり若者たちへの精神講話で、人生、芸術、政治を素材にして、男子の生きる術をときにユーモアを交じえて説いている。

注目されるのは、「文化防衛論」である。のちに、三島自身が〝政治的言語〟で書かれているといった著作のひとつがこの論文である。一読して判るとおり、ここでは刺激的な政治的用語が頁を覆い、政治的主張が随所にちりばめられている。その政治的主張（ないし糾弾）は、日本文化本来の機能とそれが象徴するもの（つまり歴史的継承者）を守ることにそそがれているが、結局、三島の結論は末尾のつぎの部分にあるといっていいだろう。

時運の赴くところ、象徴天皇制を圧倒的多数を以て支持する国民が、同時に、容共政権の成立を容認するかもしれない。そのときは、代議制民主主義を通じて平和裡に、『天皇制下の共産政体』さへ成立しかねないのである。およそ言論の自由の反対概念である共産政権乃至容共政権が、文化の連続性を破壊し、全体性を毀損することは、今さら言ふまでもないが、文化概念としての天皇はこれと共に崩壊して、もつとも狡猾な政治的象徴として利用されるか、あるひは利用されたのちに捨て去られるか、その運命は決つてゐる。このやうな事態を防ぐためには、天皇と軍隊を栄誉の絆でつないでおくことが急務なのであり、又、そのほかに確実な防止策はない。もちろん、かうした栄誉大権的内容の復活は、政治概念としての天皇をではなく、文化概念としての天皇の復活を促すものでなくてはならぬ。文化の全体性を代表するこのやうな天皇のみが窮極の価値自体《ヴェルト・アン・ジッヒ》だからであり、天皇が否定され、あるひは全体主義の政治概念に包括されるときこそ、日本の又、日本文化の真の危機だからである。

三島の政治的主張は、少しずつ輪郭を明確にしていく。天皇と軍隊を栄誉の絆でつないでおくことが、当面の急務ではあり、日本文化を守るのはこれしかないというのが、彼の主張の根源である。もっともピュアなかたちで、彼の主張は人びとの目前に浮かびあがってきた。

だが、三島は、行動への傾斜を彼なりに手の込んだ仕方で説明している。橋大学のティーチインには、それがよくあらわれている。なんとここでの討論の大半は、「暗殺」にさかれているのだ。

ティーチインの最初に、三島は、短い講演を行ない、ここで、政治の本当の姿とは、人間が全身的にぶつかり合い、相手の立場、相手の思想、相手のあらゆるものを抹殺するか、あるいは自分が抹殺されるかの決闘の場であると論じた。それが言論をつうじて徐々に高められてきたのが政治の姿だといって、言論の底に血がにじんでいるのを忘れたときに、言論は偽善と嘘に堕落するといっている。

「私が一番好きな話は、多少ファナティックな話になるけれども、満州でロシア軍が入ってきたときに——私はそれを実際にいた人から聞いたのでありますが——在留邦人が一カ所に集められて、いよいよこれから武装解除というような形になってしまって、大部分の軍人はおとなしく武器を引き渡そうとした。その時一人の中尉がやにわに日本刀を抜いて、何万、何十万というロシア軍の中へ一人でワーッといって斬り込んで行って、たちまち殴り殺されたという話であります。私は、言論と日本刀というものは同じもので、何千万相手にしても、俺一人だというのが言論だと思うのです」ともつけ加えている。

こうした言い方のなかには、戦後民主主義の規範の枠内で、暗殺は「絶対悪」との教育を受けてきた青年たちへの挑発の意味もあったと思われる。ティーチインは、さらに暗殺の実行行為から暗殺と政治の関係にはいっていく。ひとりの学生が、民主主義の徹底化をはかるために努力をつづけるのが僕ら若い世代の役目だといってから、いかなる暗殺も是認されるべきではないと説いた。三島は、この質問者の意味をもうひとつひねって答えていく。長い答のなかに、三島のいらだちが散らばっている。

暗殺の問題から、人を殺すか殺さないかという問題がいつもあなた方の頭の中で一緒くたになっている。そして暗殺というと熱狂的に否定して、すぐそれが人を殺しちゃいけないというふうになる。その考えの根底は、戦後のいわゆる人間主義の教育から来ていると私には思われる。つまり殺人という問題を客観的に扱うことができない。

すぐそれが、とにかく人を殺すことはいけないのだというふうにいっちゃう。

ですから、殺すことはいけないのだということは、一つの判断であり、一つの立場なんで、あなたは人間性というものを直視していないのです。それと同時に民主主義というものを直視していない。つまり民主主義というものが相対的な政治形態であることがわからない。

あなたがどういう教育を受けてきたか知らないが、民主主義なんて甘いものじゃない。これをどうやって純粋民主主義に近づけるかなんて、いつまでたっても無駄なんだ。人間は汚れている。汚れている中で相対的にいいものをやろうというのが民主主義なんだ。この点をわかってほしいのです。

ティーチインの最後は、三島の、「お互いに信念を行動で裏付けよう。それが大事だ」で終わる。複雑な意味あいをもったティーチインであった。

昭和四十三年七月二十五日、第二回目の体験入隊者三十三人（うち第一期生五人）が、やはり富士学校滝ケ原駐屯地に入隊した。八月二十三日までの三十日間の予定である。前日の二十四日、第一回体験者も出席して、市ケ谷会館で、壮行会が開かれている。ここで、第二回体験入隊者が除隊してから、改めて会の名称やその後の活動をどうするかの打ち合わせをすることが決められたと推定される。

第三章　「楯の会」の結成

「名もなき会」から楯の会へ

前章で少し触れたように、第一次羽田闘争（昭和四十二年十月八日）から、反日共系の学生・労働者を中心とする大衆闘争は、日に日に盛りあがった。ヘルメットにゲバ棒というゲバルト姿は、〝三派全学連〟のデモ姿と同義語になった。

四十二年の佐藤ベトナム訪問阻止と訪米阻止闘争につづいて、四十三年にはいってからは、エンタープライズ佐世保寄港阻止闘争（一月）、王子野戦病院設置阻止闘争（二月から四月）、成田新空港反対闘争（二月）で、三派全学連（中核派・秋山勝行委員長）は、機動隊との衝突をくり返した。当初、このゲバルト闘争は、市民の間にも一定の〝支持〟を受けていた。王子や佐世保では、カンパも相当額が集まったことをみてもそれがわかる。

反日共系諸党派に指導された街頭闘争とからんで、各大学でも授業料値上げ反対、学生会館の管理運営などをめぐる学園闘争が起こった。そのもっとも顕著な大学が、日本大学と東京大学であった。昭和四十三年五月、日本大学では、大学の使途不明金をめぐって、経理公開という学生側の要求が高まり、全学共闘会議（全共闘）が結成された。大学側の管理が強く、自治会も認められていない日本大学では、体育会系学生の妨害などがあって、当初は全共闘側が押され気味であったが、そのうちゲバルト路線をとるようになってから、日大全共闘はこの闘争の〝主役〟に転じた。それと同時に、単に経理公開を明らかにせよという段階にとどまらず、日本大学そのものの体質転換を求め、古田会頭の退陣を要求して闘争の本質をより基本的な次元に据えていった。

一方、東京大学では医学部の学生が中心になって、「インターン制度反対、医局講座制解体」の運動がつづいていたが、六月十七日に、登録医制度反対の意思表示のため安田講堂を占拠していた医学部学生の排除に、警官隊が導入され、この段階から東大闘争が全学的な広がりをもつようになった。闘争は、大学そのもの、とくに開学以来〝日本帝国主義〟の人材供給源としての役割を果たしてきた東大の体質が問われることになり、東京大学にも全共闘が結成され、〈造反有理〉という中国の紅衛兵のスローガンも赤門の入口には掲げられた。

呼応するように、七〇年安保・沖縄返還闘争という政治スローガンが叫ばれ、反日共系セクトは競って武闘路線を採り、それによってシンパや活動家をふやしていった。

学生のこの動きは、労働者の間にも影響を与え、反日共系セクトが指導する反戦青年委員会が、職場に、地域にでき、昭和四十三年はまさに〝右翼〟から見れば革命前夜（ないし革命そのもの）に映る状態となった。

当時、学園にあっては、反日共系諸派全盛の時代で、右翼学生は、追いつめられ孤立していた。資料によると、当時、全国の大学自治会は社学同（四十二）、中核派（三十六）、革マル派（三十）、社青同解放派（十九）、第四インター系（六）、ML派（四）、のこりは民青が主導権をにぎっていて、学園闘争は、反日共系セクトの活動方針に基づいて指導されていた。

このような時期、三島由紀夫のもとで体験入隊を志す学生たちは、どのような学生であったろうか。

ひとつのタイプは、家庭環境がもともと戦後民主主義の理念とは無縁のところにあった学生たちだ。彼らは、真面目で良い子であればあるほど、戦前のままの尊皇の規範をもって育ってくる。つぎに中学・高校教育での教師への反発である。教師たちが、自らの痛みもなしに戦後民主主義の理念を説くことを鋭く見ぬいた学生である。口で民主主義を説きながら、その実、行動において家父長的態度に終始するか、はなはだしい時は権威丸だしに生徒を締めつける教師の欺瞞への反発。次いで、自らの学問対象のためである。国史を研究し、神道を学ぶがゆえの、三島への親近感である。そして、社会科学書を読んで、マルクス主義への基本的な反発をもった学生たちである。彼らは、前述のような反日共系セクトの政治行動に、日本の危機を見た。これを救うのは、もはやわれわれをおいてないと覚悟していくのである。

さらに、多くの政治行動への傾斜がそうであるように（たとえば、反日共系セクトへの加入にしても、友人や先輩、同郷の知人に勧められてというのが意外に多い）、三島への接近は友人関係から始まった者が多い。そして三島への接近以後は、人間的な感情の交流を基礎に、政治的同志としてやっていける者が残った。

私の取材したところでは、もうひとつもっとクールな動機の学生がいた。彼は、思想とか信条というのは妻子をもって生活者になってから身につくものだと信じ、大学時代に左翼に傾くのは流行病にすぎないと批判し、当時の社会風潮に厭気《いやけ》がさしたからといっている。

しかし、動機はどうであってもいい。彼らに共通するのは、たったひとつ〈天皇（制）護持〉の強い信念である。それが三島に近づいた最大の要因であったといってい い。

彼らは具体的にはどんな家庭に育ったのであろうか。この点について、私は、『伝統と現代』（62号・総特集三島由紀夫以後10年）に、「『楯の会』はどこに行ったか？」と題してAとBの会話体で原稿を書いている。それを引用しておく。

A　さっき農村出身者が多かったといったろう。それをきいて思ったんだが、あるパターンができるね。つまり農村地帯でわりにまじめに勉強して東京の大学にはいって、さあ一生懸命勉強するぞって、東京に来てみた……。ところが学園は授業どころではない、なにやら既成のモラルを破壊する整風運動が起こっている。革命前夜だと騒いでいる学生もいた。いや応なしに、あの時代はまじめであればあるほど何かしらアクティブに生きなきゃならん時代だった。そんなとき彼らは、一気にそこにかけていくだけのふんぎりがつかなかった。

B　それは農村出身者だけに限ったことではない……。

A　僕は思うんだけど、たぶん会員の実家というのは、農業という者もいるだろうが、公務員の子弟とか地方の有力企業や団体役員の子弟が多かったと推測するね。もっと深く推測すれば、儒教的色彩が濃い家庭だと思うんだ。

B　うん、そのへんは当たっている。教師、神官、僧職、町役場の幹部職、それに警察官の子弟が多かったという。

A　そうだろうな。とにかく〝まじめ〟ということでは共通している。礼儀も正しい。ことばづかいも長幼の序をわきまえている。そういう好感のもてる青年たちだったと思うね。

B　たしかに彼らに会うと驚くが、礼儀正しいのとことばづかいがきちんとしていること、それに視線をしっかりすえて話をする。すれっからしのひねくれ者はいない。政治的に彼らに賛成するか否かは別にして、このことは大切なことだと思う。もっとも君にいわせれば、それは絶対者への帰依とでもいうふうな言い方をするんだろうがね。

第二回の体験入隊のあと、「名もなき会」は、ひとつの組織として形づくられることになった。八月から九月にかけて、三島は、第一期、第二期の学生たちを率いて空手の練習をする一方で、組織をどのように運営するかの案を討論させたりして、意思統一をはかっている。

『論争ジャーナル』グループと体験入隊の学生たち、そして三島由紀夫をつなぐ紐帯《ちゅうたい》は、共同で組織をつくることの喜びで固まっていた。それは、三島の感情を昂揚させていたようである。九月には、ある学生が考えてきた「御楯《みたて》会」という名称に賛成し、それはたちまち全員の諒解を得た。

「楯」の出典は、「大皇《おほぎみ》の　醜《しこ》の御楯《みたて》といふものは　ここになるものぞと　進め真前《まさき》に」（橘曙覧《あけみ》）だという。ところがまもなく、三島は「御楯会」では固いイメージがあり、日本語の「の」という助詞はやわらかいニュアンスがあるのだといって、「楯の会」のほうがいいといった。会員たちもすぐにうなずいた。

この名称が決まってから、三島は、周囲の人びとに、「楯の会を中心にして斬り死にするんだ」といっていたと、村松剛は証言している。

「祖国防衛隊を楯の会という名前にしたのは、集団生活をするのに、祖国防衛隊じゃまるで右翼団体だ。そこで楯の会という名前にした。その楯の会を中心にして、斬り死にするんだとよくいっていました。ほとんど会うひとごとにいっていました。世の中は全部冗談として受けとっていましたけれど、私は全部が冗談とは思っていませんでしたから、三島に一つだけ約束してくれと頼んだのです。何か始めるときは前もって相談してほしい、事前にいつやるかを相談してくれなければ困る。三島さんは約束するといっていたのです」（『新潮――三島由紀夫読本』での武田泰淳との対談から）

四十数人の信頼できる学生をとにかく確保できたことは、三島に、喜悦と興奮をもたらしたと考えることができる。こういう信頼できる学生を身近に揃えることが可能だったのは、『論争ジャーナル』グループの力に依るところが多かっただけに、三島とグループの結びつきはいっそう深まった。これまで、大蔵省に十カ月ほど勤務した経験しかない三島は、自らが組織を主宰することへの新しい好奇心に満ちていたともいえる。のちに、三島と『論争ジャーナル』グループは決裂していくが、その過程にみられるのは、組織に対する彼自身の対応の悪さも一因となっている。

楯の会結成のメドがついたころ、三島は、西武デパート社長堤清二を訪ね、制服をさらに新たに注文している。「祖国防衛隊構想」の中で制服を着用する必然性を三点ほど指摘していたが、あの考え方に基づいて、堤に相談をもちかけ、すでに二十五着ほどつくり、第一回の体験入隊経験者には与えていたのである。

話は前後するが、あの制服にも、三島のある種の興奮ぶりが示されている。制服（当初は冬服だけだった）は、第一回の体験入隊のあとすぐに、三島が堤のもとに行って、西武デパートでつくってくれるよう依頼しているのだ。「この軍服（注・制服のこと）はド・ゴールの軍服をデザインした唯一の日本人デザイナー五十嵐九十九氏のデザインに成る、道ゆく人が目を見張るほど派手なものだ」（「『楯の会』のこと」）と自らいうように、人目を魅《ひ》く制服である。写真で見るとおり、軍服をファッション化してあり、「感覚的美的媒体が必須と考へられる」という狙いをみごとに具象化している。

「三島さんとは十年来の友人ですが、あるとき日本の自衛隊は外見的にも格好が悪い。

……何かいい制服はないかというわけで、まあ個人的な関係で引き受けたのです」（『週刊現代——三島由紀夫緊急特集号』での堤清二社長の話）。そこで、西武デパートの子会社であるファッション・メーカーがつくることになった。このときの担当者が、当時、話しているところでは、三島は、実にこまかく注文をだしたという。襟《えり》の格好、帽子のカーブの具合いから線の引き締め方まで、三面鏡に写して、自らあれこれ指示を与えた。布地もサンプルの中からカーキ色を選び、それが品薄ときいても一カ月以内に作ってほしいといい、そのためにメーカーは全国に手配をして布地を集めたともいう。

帽子の紋章は、日本の古い兜《かぶと》を二種類組みあわせたものだが、このデザインも自分で書き、「この色をまぶせ」とこまかく指示した。デザイナーの五十嵐九十九が、やはり当時語っているところでは、「とくにきびしい注文が出たのは襟と袖当てのグリーンのフェルトと、サイドベンツの切れ込みの内側につけるふちどり。これは動いたときチラッと見えるように朱色を配して、機能的かつ独自なおしゃれなものとしました」（『週刊現代——三島由紀夫緊急特集号』）。

第一回体験入隊者が、この制服を初めて着用したのは、この年の四月二十九日、天皇誕生日であった。高輪プリンスホテルでのお披露めをかねた昼食会で、三島の親友村松剛ただひとりを招いて、派手な制服を公開した。

会員が着用した制服に、三島の表情は崩れっぱなしであった。

三島の機嫌の良さは、十月三日の早稲田大学でのティーチインにもあらわれている。三島の年譜をみて気づくのは、第二回体験入隊以後半年間ほど、まったく文学作品を書いていないらしいことだ（あるいは、『豊饒の海』第三部「暁の寺」の執筆はすすめていたかもしれない）。かわって、設立発起人に名を列《つら》ねた日本文化会議の打ち合わせなどに出席している。それもそれほど数多く開かれていたわけではないから、公的な活動は空白に近いといっていい。それだけ、三島は、「楯の会」設立に本腰をいれていたといえる。そこへ賭けるエネルギーの大きさと楽しさが、書斎にとじこもっての文学活動を遠ざけた因とみてもいいのではないだろうか。

早稲田大学のティーチインは、大隈講堂で行なわれ、昭和三十九年のロバート・ケネディが早稲田を訪れたときを上回るほどの学生を集めた。ボディビルや剣道で肉体の鍛錬をする三島のグラビア写真が、『平凡パンチ』や『プレイボーイ』にしばしば掲載されていたときである。しかも、学生、労働者を中心とする反体制運動が燎原《りょうげん》の火のように広がっているとき、あえて（世間の受けとめ方にはそういうニュアンスがあった）その広がりに水をさすような言動をとる自虐的な若くて才能のある作家の姿勢が、学生たちの人気を集めたともいえる。

このティーチインは、尚史会が主催したものであった。学内では右翼サークルと見られているグループであり、実際、楯の会の会員になるために早稲田での〈窓口〉のような役目を果たしていたサークルである。三島にとっては、同志が主催する気の置けぬテイーチインであったといえるであろう。

このティーチインで、『平凡パンチ』や『プレイボーイ』に登場するのはナルチシズムのためではないかとたずねられると、「私は少年時代にボードレールを読んで、ボードレールに非常にかぶれましたからね、ボードレールがダンディスムというものの定義をいっているのですよ。『ダンディスムというのは人にいやがられるという貴族的快楽である』と書いてある。私は一所懸命それを信奉している」と答えて、学生たちを笑わせている。

反共政府と言論の自由の関わりの質問には、「大体私の政治的な考えとしては、いま自民党の一党独裁が強過ぎると思うので、その力を弱めたいと思っているくらいです。端的にいっちゃえば、もっと民社が伸びて、自民党と時々政権交代しなければならぬと、私は思っています」と、民社党のとくに防衛政策に期待する政治的立場を明らかにしている。

また、反共にこだわる理由は、言論の自由が保証されないことと、無階級社会といいつつビューロクラシーが権力の分配を行なって恐ろしい社会をつくるためだとし、共産政権、容共政権誕生の折りには、たとえ一人であっても日本刀をもって駈けつけるといっている。

こうした問題が整理されて、討論の最後に、戦前に逆戻りするのを防ぐために、天皇と自衛隊の存在は現代的な感覚で捉えられるべきで、自衛隊は所詮国内治安のためにあるのではないかと、ある学生がたずねている。これは三島とこの学生の尖鋭的な対立部分になるはずであった。しかし、三島は、戦後天皇制からディグニティを消失せしめた小泉信三を批判するだけにとどめ、自衛隊には国内の治安出動しかないことを認め、それは、究極には日本人同士が殺し合うことだといって、最後に、言葉をにごしながらつぎのように発言して、ティーチインを終わらせている。

「……だからぼくは、自衛隊の治安出動ということは、そういう事態になったら殺し合えばいいので、その時にはこっちもやるほかないんだけれども……。ただ、殺し合う前にやることがいっぱいあるということを、私はさっきからいっているわけです。殺し合いが始まる前に……。どうも殺伐なところで終るのは残念ですが、今日は非常に愉快にお話ができて私もうれしく思いました。どうも……」（傍点筆者）

自衛隊の治安出動をする前にやることがいっぱいあるというのはどういう意味だろうか。実は、ここは意味深長なのである。〈殺し合い〉を避けたいがためにやること（たとえば言論活動で国民のコンセンサスをつくるとか）があるといっているのか、〈殺し合い〉は不可避なものであり、そのときに備えて三島自身が主体的にやること（つまり軍事的な準備をしておくという意味である）があるといっているのかが判らない。しかし、克明に辿ってくれば、三島の立場は、一見、前者のように見えながら、後者であることが判る。自衛隊が治安出動する事態になったとき、三島の組織がその側面から支援できる実力を貯えておくのが、「やること」なのである。

そして、三島は、反日共系三派全学連が「暴力」で、民青が「秩序」である、という一般的な世論の受けとめ方に不快感を表明している。「もし、私が民青の指導者だったら」と仮定したうえで、三派に極左冒険主義をとらせ、警察力をそこに投入させ、「政府が自衛隊の治安出動をためらっている間に、自ら治安維持の役割を買って出て、民衆に、治安出動の不必要をさとらせるであろう」と想定する。平和と秩序の共産党というわけだ。警察力が手薄になった地区に、解放区をつくり、「三派と戦ってヘトヘトになった警官が帰ってきた我が家は、すでに解放区になっているというわけだ」と断じている。

——三島のこの時代の社会情勢を捉える視点は、三派全学連が騒乱状態をつくることには反対しない。暴力は意見の表現だし、そのことによって日本の矛盾がシビアにあらわれるからだ。だが、それが一定以上の広がりを見せることには、懸念を示す。共産党が巧妙に統治の領域に進出してくるからだ。むろん、そのときには「たとえ一人でも日本刀をもって斬り死にする」と発言するにとどまっている。

騒乱状態が極度に高まったとき、自衛隊を治安出動させ、〈国体〉を守る国軍であることを明確にするという考えは、もうすこしあとに自覚していくのである。

早稲田大学でのティーチインの翌々日、つまり十月五日、虎の門の教育会館で、楯の会結成式が行なわれた。

四十数人の会員が制服を着て集まった。このときの会員のひとりが、「制服を着ることで、三島先生との連帯感は一気に強まった」と証言しているが、実際、三派全学連に抗して、〈反革命〉の側から意思表示を続けるには相応の重みをもった制服と受けとめたのである。男性の服飾雑誌では、ミリタリールックが幅をきかせていたときであり、『今に見てゐろ』と思っていた」(「軍服を着る男の条件」『平凡パンチ』昭和43・11・11号)三島が、「それを着る条件とは、仕立のよい軍服のなかにギッチリ詰つた、鍛へぬいた筋肉質の肉体であり、それを着る覚悟とは、まさかのときに命を捨てる覚悟である」という集団が、ここにできあがったのである。

結成式には、招待者はいない。四十数人の会員をまえに、三島は、演説し、そして規約を決めていった。組織(しかも統制のとれた組織)がもつ条件は、こうしてひとつずつ固められた。

いま、私の手元に、ある会員が貸してくれた黒い革ばりのタテ十五センチ、横八センチほどの「楯の会隊員手帖」がある。昭和四十五年一月一日発行となっている。結成時に作られた「楯の会規約草案」も載っている。その八カ条を全文紹介する。楯の会は、規約上はこのような組織だったというわけである。

㈠楯の会は、自衛隊に一ヶ月以上の体験入隊をした者によって構成され、同志的結合を旨とする。

(二)体験入隊は個人の資格で参加するものとする。
(三)一ヶ月の体験入隊を終えた者は、練度維持のため、毎年一週間以上の再入隊の権利を有する。
(四)一ヶ月の体験入隊を修了した者には制服を支給する。
(五)会員は、正しく制服等を着用し、服装及び容儀を端正にし、規律と品位を保つように努める。
(六)定例会合は毎月一回とする。会合は制服着用を原則とする。
(七)会規の変更その他は定例会合の討議に付する。
(八)本会の品位を著しく傷つける言動のあった場合は、定例会合に於て除名に処することがある。

ここには、楯の会を拘束する政治的・思想的規準はない。それは会員がそのような思想・信条を明確にもっていなかったということではない。多くは、民族派学生組織を経由していることで、一定のレベルの思想をもっていた。それが暗黙の諒解であった。

隊員手帖の冒頭には、「三原則」として、「一、軍人精神の涵養　一、軍事知識の練磨　一、軍事技術の体得」とあるように、究極には、制服を着た軍人に準ずる行動部隊の意味があった。行動を目的とした組織だったといってもいい。楯の会は設立から消滅に至るまで、一貫してこの原則をもとにして動いた団体であった。

ある新聞は、密かに結成された楯の会をスクープして、戯画化してこのニュースを伝えた。

「反革命宣言」

楯の会が結成された昭和四十三年十月は、既成左翼のデモと新左翼セクトの街頭行動が、激しい勢いでつづいたときである。

デモや街頭行動の直接の狙いは、ベトナム戦争への日本の〝参戦協力〟への抗議である。加えて、沖縄返還闘争、成田新空港反対闘争、学園闘争などすべての反体制運動が有機的に結合し、行動のエネルギーは大きく昂《たか》まりつつあった。

楯の会は、このような時期にそのエネルギーに抗する目的をもって結成された。状況に衝撃を与え、そこから革命への突破口を開こうとする各セクトの行動に、楯の会はその対極へと行動の原理と内容を深めていった。アクションとリアクションの関係である。革命への期待が高まれば高まるほど、革命への憎悪が深まる関係にあったといっていい。左翼総体が体制権力を憎悪する分だけ、楯の会は左翼総体に敵意をもった。しかし、だからといって、楯の会が体制権力を補完していたとはいえない。むしろ、この組織は、体制権力を左翼総体への憎悪とは異なった視点で憎んでいた。つまり、戦後体制が一貫して政治的プログラムをもたず、その時どきを対症療法で逃げてきたという背徳への怒りである。

十月八日（つまり楯の会結成の三日後）、新宿でひとつの騒乱があった。米軍タンク車輸送阻止行動を掲げた新左翼各派のデモ隊が、ここで機動隊と衝突して騒乱状態をつくりあげたのだ。そして、十月二十一日の国際反戦デーは、この規模を上回るだけの騒乱状態が新宿においてつくりだされるだろうと予想された。

二十一日が近づくと新左翼各派は、東京にシンパや活動家の大動員をかけ、大規模なデモを行なうことを意思表示した。当時の新聞をめくっていくと、まるで十月二十一日が騒乱の極であるかのように報じられ、緊迫した筆調でこの日を案じている様子がうかがえる。「新宿の散歩ご遠慮を　警視総監都民に呼びかけ」（朝日新聞　十月二十日付朝刊）という記事に象徴されるように、この日の新宿は〝戦争状態〟になるかのごとく論じられた。

十月二十一日は、国際反戦デーとして、ベトナム戦争反対に起ちあがったアメリカの市民が呼びかけたもので、日本でもこの二年前から社会党、共産党、総評などが、反戦の意思表示のために集会を開き、デモをすることになった。反日共系セクトも、それぞれの拠点で集会を開いたあと、新宿駅での集会をもとうと呼びかけていた。

こうした動きに、三島と楯の会はどんな反応を示したのだろうか。

この一〇・二一の動きを見る前に、楯の会のこの数カ月前からの〈軍事行動の予備訓練〉の模様をみておかなければならない。実は、三島と楯の会（結成以前のことだが）は、自衛隊将校の指導を受けて街頭訓練にいそしんでいた。情報将校山本舜勝《きよかつ》が、その指導にあたったのだが、その模様は、彼の前掲書にくわしく書かれている。当時、彼は、調査学校で生徒指導にあたっていて、その合い間をぬって三島と第一回体験入隊者に訓練を行なっていたという。

第一回の訓練は、五月上旬の土曜日、郊外のある旅館の二階で行なわれた。山本は前掲書に書いている。「私は、かねてから考えていた構想により、次のように教育を開始した。まず、日本に対する間接侵略、それを背景に行なわれるべき治安出動事態の基本戦略。それは対ゲリラ戦略であり、そのゲリラ戦略の基礎概念を教えることから始めたのである」――。

三島は、この講義に熱心になり、教室を手配するのにも率先して動いた。五月には、山本の講義は、連日のようにつづいた。講義から進んで、実際に街頭訓練にまで及んだ。三島はつけひげにサングラスをかけ、街に出て、任務に励んだという。山本の書いているところでは、三島とその許《もと》に集まった青年たちは、「間接侵略」に対抗する組織をめざしているというので、地域研究に全力をそそいだという。国内に騒乱状態が起こり、ついで内乱が起こり、〝左翼〟が外国勢力と手を結んで権力奪取をはかろうとの事態になれば、ゲリラ戦の様相を呈することになる。ゲリラ戦に勝ちぬくには、地域住民の協力が必要であり、そのための地域研究が欠かせぬというのである。

山本の著書を読むと、研究の細目は本格的な軍事学の様相を示していることが明らかである。

六月には、総合演習を行ない、街頭に出て、尾行訓練も行なっている。新宿、六本木、山谷と歩き回り、実際にゲリラ戦にはいったときの基礎訓練をつづけた。

こうした訓練は、反日共系セクトの行動が高まるにつれ、高度化していった。

十月二十一日は、山本の訓練にとっても格好の日であった。山本は、自宅に友人一人を招き、それに三島も呼んで、この日にどんな訓練をするかを練った。

「都心の要点に、中村（注・山本の友人）は数カ所の行動拠点を設置し、新潮社の臨時特別記者になってもらった三島氏には、腕利きの情報マンを側近として常に同行するよう命じた。さらに、三島氏の線から、総理官邸に出入りする方途にも目算をつけて、政府首脳の動向を把握する道も開いた」（山本舜勝・前掲書）

国際反戦デーは、まさに三島と楯の会の正念場でもあったのだ。


十月二十一日のデモは荒れた。

反日共系の各セクトは、都内各所で集会を開き、街頭に出た。火炎ビンがあちこちで投げられ、街頭には炎が舞いあがった。国会、防衛庁、お茶の水の学生街、銀座と、それぞれのセクトが闘争目標とする地域で、学生、労働者と機動隊の衝突がつづいた。そして夜になって、あらゆるセクトのデモ隊が新宿になだれこんできた。中核派のように、「新宿に騒乱状態をつくることがわれわれの任務」と、積極的に新宿に集まるよう呼びかけたセクトもあり、新宿は〈武装解放区〉のシンボライズされた地名と化した。

十月二十二日の各新聞の見出しには、「荒れ狂う角材学生　都内各所」「夜の新宿駅さながら廃墟」「電車も駅も破壊放題」「国電マヒ状態」という大きな活字が舞っている。新宿には、野次馬も含めて、五万人近い人の群れが集まり、機動隊のガス弾や、学生、労働者の投げる石、火炎ビンに逃げまどいながら衝突を見ていた。「無責任な群衆」という見出しをつけた新聞もあったが、たしかにそのとおりで、あちこちで学生や労働者をたきつける光景も見られた。

午前零時すぎになると、学生たちは、ほとんどが引き揚げてしまったが、むしろ野次馬のほうが騒乱に刺激されて騒ぎまわっていた。そして、新宿駅ホームに放火する野次馬まであらわれ、国鉄職員を軟禁、脅かしたりする事態になった。

午前零時十五分、警視庁は「騒乱罪」の適用に踏み切った。すでに学生、労働者は新宿から離れていたが、暴徒は根こそぎ逮捕の挙に出た。この日、七百三十四人の学生、労働者が逮捕された。

新宿騒乱がいかに大規模であったか。朝日新聞の記者は、地元では駅前がこんなに大混雑したのは空襲のときしかなかったといっている、と報じた。

この日の警備には、警視庁は一万二千人の警官を動員した。しかし、各セクトが多面作戦にでたため警備の手薄な所ができ、一斉逮捕できなかった。デモに対する専門訓練を受けている者二千五百人、デモ規制の経験のある警官をあわせても五千人足らずで、警備は後手後手に回った。

三島と楯の会会員は、山本の指導を受けて都内各所に散らばり、デモの実際の様子を見て回った。三島についていえば、山本と共にお茶の水から銀座に出て、火炎ビンが飛び、催涙弾が飛び交う中を、つぶさにその実態を見た。このとき三島は、「突然、銀座四丁目の交番の屋根によじ登った。飛び交う石の雨をものともせず、市街戦を見つづけた。その体はなぜか小刻みに震えていたが、それは初陣に臨んだ者の興奮のようなものだったろうか」と、山本の著書に描かれている。

二十一日午後十一時すぎ、三島と楯の会は、赤坂の拠点に集まり、この日の総括を行なった。それぞれの会員が見て確かめた危機意識を思う存分話しあった。ある会員は、警備のまずさや手ぬかりを見ておどろいたといい、またある会員は、危機はまぎれもなく現在このときだといって、われわれの側からの決起が必要だと語った。個人の感性と理論の違いが、この日の騒乱状態にたいする受けとめ方を分けていた。

苛《いら》だちの強い学生は、すぐにでも具体的な決起行動にはいるべきではないかと、熱心に説いた。だがこの段階では、焦慮の濃い学生のアジテーションでしかなかった。

楯の会の会員が燃やしていたエネルギーは、まだそれほど凝縮されたものではなかったが、一〇・二一はそれに火をつける小さなきっかけとなった。この火は徐々に燃えていき、翌年の一〇・二一につづくのである。

「われわれは新宿動乱で、モッブ化がどのような働きをするかつぶさに見た。あのモッブ化は日本の何物かを象徴している。あのモッブ化こそは、日本の、自分の生活を大切にしながら刺激を期待し、変化を期待する民衆の何物かを象徴している。そのモッブ化によって反革命がどのような攻撃にあうかは目に見えているけれども、それに立ち向うには、われわれは自分の中の少数者の誇りと、自信と、孤立感にめげないエリート意識を保持しなければいけない。

政府にすら期待してはならない。政府は、最後の場合には民衆に阿諛《あゆ》することしか考えないであろう。世論はいつも民主社会における神だからである。われわれは民主社会における神である世論を否定し、最終的には大衆社会の持っているその人間性を否定しようとするのである。……」(「反革命宣言補註」から)

「反革命宣言補註」は、一〇・二一のあとから十二月にかけて、三島と楯の会の会員が討論し、話しあった結果を、三島の口述筆記というかたちで文章化したものである。だからこの補註は、三島自身の筆になるものではない。村上一郎は、この補註がまったく三島の文体と異なっていることを指摘し、口述筆記による思想の体系化には無理があると忠告を与えたという。

私は、「反革命宣言」と「反革命宣言補註」は、楯の会の「綱領」といっていいと思う。楯の会の会員だった者たちも、実際に、綱領の役目を果たしたことを認めているし、ひとり三島だけがまとめたものでなく全員が加わっての討論の所産であることを隠していない。

発表されたのは、翌四十四年の『論争ジャーナル』二月号であるが、十一月の楯の会の集まりは、この討論に費やされたといっていいそうだ。楯の会の会員には、早稲田大学を中心とする旧日学同のメンバーが多いが、この「反革命宣言」には、日学同的色彩はあまりないと日学同系だった楯の会の会員は語っている。つまり、日学同などの学生組織は、〝状況を切り開くスローガン〟(たとえば自主憲法の制定とか、自主防衛といったことだが)を掲げているのに、三島と楯の会が打ちだした「反革命宣言」は、文字どおり、革命的社会状況を阻止せんとする彼我の力関係を問題にした文章だから、というのである。

この「反革命宣言」が公表されたのは、前述のように、昭和四十四年二月である。その折り、日学同出身の楯の会の会員(十数人という)は、日学同の主流の学生たちと対立し、結局、追いだされている。このあと楯の会の活動ひとすじに専念する。民族派組織の状況には、まったくうとい私は、この間にどのような軋轢《あつれき》があったのかは知らない。しかし、日学同主流から「容共分子」と名ざしされたうえ、除名処分を受けたという楯の会の会員たちは、ひとつの組織内での権力闘争に敗北したということはできる。そして、ここで楯の会と日学同の関係が切れた。そういう対立の図式があったからこそ、三島事件以後の憂国忌をめぐっても、相克を生んだということがいえる。

「反革命宣言」は、そのタイトルが示すように、革命に対する反革命の側に立つと明言した相当度胸のある宣言である。宣言自体は、三島が筆を執ったのだが、五項目に分かれていて、自分たちの政治的立場を規定している。

第一項は、「われわれはあらゆる革命に反対するものではな」く、共産主義と行政権を連結せしめようとするあらゆる企図、あらゆる行動に反対する者であると明らかにする。共産党宣言でいう「一切の社会秩序を暴力的に転覆する」の「社会秩序」の中には、日本の文化、歴史、伝統が含まれており、われわれはそれを守ろうとするからだと理由づけている。

第二項では、「われわれは、護るべき日本の文化、歴史、伝統の最後の保持者であり、最終の代表者であり、且つその精華であることを以て自ら任ずる」といい、左翼が唱える〝未来を信じてその礎となる行動〟を嗤《わら》い、これこそ過去（文化・歴史・伝統）への冒瀆であると批判する。三島と楯の会は、過去に固執し、未来への予見的行動はいっさい拒否すると主張している。

第三項は、「われわれは強者の立場をとり、少数者から出発する。日本精神の清明、闊達《かったつ》、正直、道義的な高さはわれわれのものである」として、戦後民主主義の多数派尊重主義への嫌悪感を示す。

第四項は、「なぜわれわれは共産主義に反対するか？」と自問し、共産主義体制が言論の自由を保障する議会主義的民主主義の政体をもっていないことも理由のひとつに掲げている。

第五項では、あらゆる困難（民衆の罵詈《ばり》讒謗《ざんぼう》、嘲弄《ちょうろう》、挑発など）をものともせず、「かれらの蝕《むしば》まれた日本精神を覚醒させるべく、一死以てこれに当たらなければならぬ」と、闘いの起点を明確にしている。

この文章は、当然ながら、三島と楯の会を批判的に見る人びとには不評である。「反共一本やりの政治音痴」「資本主義経済機構の諸矛盾についての言及がない」など、それこそ悪口の数々が投げられた。しかし、それを当の三島も楯の会も平然と聞き流していた。彼ら自身がよく知っていたからである。経済や産業構造の変革は、当面の彼らの目標でなく、その土俵にあがってしまえば、あとはマルキシズムの論理（たとえば、下部構造が上部構造を規定するという）に組みこまれてしまう恐れをもっていたのだ。

「反革命宣言」がもっている意味は、この前後から三島が語りだす「戦後の偽善にあきあきした」「戦後を鼻をつまんで生きてきた」という戦後の全否定にある。戦後の全否定は、つまり戦後民主主義政治の欺瞞（憲法や占領政策の巧妙さに幻惑された政治、経済、文化総体を欺瞞とみる）に対する怒りであり、その欺瞞が拡大してつくりあげてきたもの全てを虚像と見る立場である。

戦後民主主義の経過は、自由と民主主義といった抽象的概念の定着化のプロセスである。たとえアメリカに〝押しつけられたもの〟であろうと、それが一定の時間的経過をたどると、そこに事実の累積が生まれ、それが自己運動を始める。国民の多くには、それは偽善ではなく、事実そのものと映っている。自己運動が、〝押しつけられ、意図された〟次元を越えて、民主主義そのものの理想化された現実を生みだすことさえある。それこそ歴史の判断するところだが、三島と楯の会は、この現実を虚偽や偽善の無限に拡大された憂《うれ》うべき社会だと認識していくのである。三島が、少数者であると覚悟することは、こうした大衆の現実認識を認めつつそれに抗するという意味があり、実生活から離れた理論構築の当然の帰結でもある。三島は、市谷のバルコニーの演説で、「生命以上の大切なものを見せてやる。それは日本だ」といった。いみじくもここで用いられた〈生命の重さ〉は戦後民主主義のもっとも重要なイデーである。このイデーは、戦前・戦時下の〈生命の軽さ〉に対置される重みをもっている。

この重みは、戦後民主主義社会の基本的なプラスであろう。国民の多くは、このプラスを肌身で知っている。戦後が偽善であろうとなかろうと、このイデーは事実として定着している。もっとも、ときに政治的領域ではこのイデーが反対派や政府を攻撃するときの格好の口実になる。そこに偽善がないとはいえない。しかし、三島のいうように全否定すべき存在とまでいえるだろうか。

三島と楯の会の見方は、たぶん以下のような点にあると推測される。

〈生命の重さ〉というイデーは、暴力の全面否定であり、際限なき弱者の社会の倫理である。しかも、この倫理は、言論や思想がいかほどに過激であろうとも、行動をしないことを前提にそれを許容してしまう。そこでどんな事態が起こるか。

思想や言論は空論化し、空論化するがゆえに人間を怠惰にし、行動を伴なわぬことを免罪する。たとえば新左翼系のイデオローグであった幾人かの大学教授や評論家の、口で唱える思想と実際の行動がいかにかけ離れたものであったか、容易に理解できるではないか。

思想や言論は死んだのだ。思想がもてあそばれる時代になったのだ。そういう退廃が、三島には許せなかったのだ。許せないがゆえに、己れの生き方はその一線を守ろうとした。「反革命宣言」には、その熱情がこもっている。

こうした三島と楯の会の戦後民主主義理解は、戦後の革命思想こそ、もっとも唾棄すべき弱点をかかえたものだと認識することになる（第三項）。だからこそ、戦後民主主義がアイデンティティとしてきた規範や常識に抗するかたちで、この宣言は練られている。まさに名実共に〈反革命の宣言〉といっていいのである。

この宣言をまとめていたと思われるころ、三島は、茨城大学の学園祭（十一月十六日）に招かれて、学生とティーチインを行なっている。六月から十一月までの半年間に、一橋大学、早稲田大学、そしてこの茨城大学の三大学で講演したわけだが、一橋では「暗殺」を論じ、早稲田では心中の興奮を示すかのように本音を吐き、最後には自衛隊の「治安出動」のまえにやることがあるとまでリップサービスしている。そして、この茨城大学では、「反革命宣言」の内容を、くどいほどこまかく説明している。直接、反革命宣言という用語はつかっていないが、講演の内容はほとんど第五項目の説明に費やしている。学生の質問はまじめで、多くは、三島の思想に対立していた。しかし、三島は丁寧にそれに答えている。

三島は、正直な人である。たぶん、彼は原稿に書くまえに、頭の中で推敲しつくしているのだろう。「反革命宣言」の内容は、このティーチインで部分的に確認され、そしてまとめられているのだ。

講演の中から、つぎのような個所を拾いだすことができる。

というのは一九七〇年にもいわゆるスチューデント・パワーで警察力が追いまくられちゃうという情勢になった場合に、一般市民の治安は誰が保つのか、警察力が全部そっちへ持っていかれちゃうと、あとは強盗、強姦、空巣ねらい、スリ、あらゆる犯罪が平気で横行する。我々平和な市民はどうしていいかわからないでうろうろしている。その段階では治安出動ができれば簡単かもしれないが、自衛隊の出動というのは私は非常にむずかしいと思います。そうしますと自衛隊が出動できない間の治安の不安ということが、向うの共産党側からはどういうふうに利用されるかということ、私はそれを大体予測しておいて間違いがないと思う。彼らは必ず平和勢力の名で治安の隙間に乗じて、むしろ治安の責任を、我々が守ってやるのだ、自衛隊なんか出なくていいじゃないか、我々が諸君の生活を守って大切にしてやる、諸君の子供や老人を大事にしてあげる、こういう形でくる可能性が非常に強いと思います。まあ老人、子供を大事にしてもらえば共産党でもいいじゃないか、その考えがこの第一の問題であります。

人間は未来ということを考えると、必ず現在というものを犠牲にするか手段化するという不思議な動物だと私は思います。未来社会がもし理想的な社会になる。その社会のために現在我々が動いているとすれば、我々はその社会への橋であり、プロセスであり、道具なんですね。ですから我々には最終的な責任がなくて、未来社会においてすべてが許されるであろうことのためにいま暴力をふるい、物を破壊してもかまわない、これがあらゆる未来というものに関する思想の——私は左とか右とかいうのじゃない、未来というものを想定した思想にからむ一つの危険だと思います。それに比べますとさっきの文化という問題は文化の未来ということと非常に微妙なつながりを持っている。我々は文化を過去から伝え、未来に与えるかもしれない。また我々は現在文化を創造してこれを未来へ伝えるかもしれない。しかし伝えるために我々は創造するのかどうかということになると、そこが未来観に関する大きな観点の相違がでてくると私は思います。

私が未来はないといいますと、あいつはニヒリストだ、あいつは後ろ向きだというでしょう。そして世間では進歩的、未来に向って、明るい未来に向って、人類の将来に向って、お手々をつないでというのが大好きですな。これは非常にミーハー受けがするんです。ですが私はそういうミーハー受けのするスローガンにはいつも疑いの目を向ける。なぜ私が未来がないかと申しますと、未来ということを考える暇がないほど現在の時点における自分の存在の中に、連綿たる過去の日本の文化伝統と日本人の長い民族的蓄積とが、太古以来ずっと続いている、その一番ラストに自分はいるんだ、自分が滅びたらもうお終いなんだ、自分は日本というものの一番の精髄をになってここにいま立って、そこで自分は終るのだ。そういうことがなければ、ぼくは人間の最終的な誇り、日本人としての最終的な誇りは持てないと思います。

さらに、つぎのような会話も交わされている。

学生D　こんなこと発言して学友会の人達に後で袋だたきにされやしないかと、びくびくしながら発言するのですけれども……。あなたは共産主義が相当お嫌いのようですけれども、どういう意味で共産主義が嫌いなんですか。それだけお聞かせ願いたいと思います。共産主義のよろしくない圧政なら資本主義国家にだってあるし、ファシズム国家のほうがもっと酷いと思いますけれども……。単純な頭ではこれだけしか質問できません。

三島　一言にいえば、私が共産主義を嫌いなのは美名をもって人間をたぶらかすからです。そして私は偽善というものが嫌いなんです。共産主義は自由な未来に向って人間を唆《そその》かす毒薬だと思います。

そして、学生との討論で、三島は天皇のあり方（自ら望むような天皇制）を語るのだが、それは明確なイメージを伴って浮かんではこない。とにかく現在の象徴天皇制はまったくアメリカの占領統治の残滓《ざんし》でしかないといいながら、しかし、明治憲法下の天皇制もまた政治的に中途半端であったことを指摘するのみである。問題のひとつは統帥権の運用にあったと三島は認めている。

軍部が政治をわがものにできたのは、統帥権の悪用にあったというのは否定できない。事実、昭和の歴史をみれば判るが、軍部は天皇の大権を狡猾《こうかつ》に用いてクーデターまがいの行動になんどかでている。そのことで、実質的に政治指導を行なってきたといってもいい。

三島は、統帥権独立には、「非常にこれ問題多いと思いますね」といったあとに、「ですから今後はあくまで、天皇は栄誉の中心ではあられるけれども、また文化の象徴ではあられるけれども、政治的責任を負うような立場へ天皇を持ってくることはできないと思いますし……」とつけ足している。

もともと、三島は、統帥権独立に代わってシビリアン・コントロールを押しだしてきた戦後の自衛隊への規制にも反感を示してきたのだから、ここにきて、三島が一体どのような天皇制軍隊を想定していたのかが明確になってこない。三島と楯の会は、反革命の側に立つことは明らかにしているが、その具体的な状況への透視は、いまなおつかめていなかった。

三島が、現行憲法改正に関心をもつのは、統帥権にまで話を及ばせていってからであった。現行憲法を呪い、嗤《わら》い、罵倒する段階から、もっと有効性のある方向へ足をふみだそうとするのは、この一年後のことであった。

民族派青年群像

十二月二十一日から四日間、山本舜勝と自衛隊将校による楯の会の訓練が集中的に行なわれている。山本が明らかにしているところでは、このときの講義内容は一段と高度化した。遊撃戦概説、図上演習の遊撃戦闘一般要領、遊撃戦運用、遊撃戦闘要領と、三十一時間も軍事知識をつめこんだのである。

楯の会の会員四十数人は、講義をノートにとり、質問をし、実際に図上演習に参加した。むろん世間的にはこういう訓練は秘密にしている。そういう秘密と相俟《あいま》って、本来、自衛隊内部でしか聞かれない軍事知識が、特定の民間人に教授されているのだから、教える側も教えられる側も共通の非公然活動ともいうべき緊張感を以て練磨したであろうことと想像される。そこに同志的な人間的交流が始まったとしてもうなずけぬわけではない。

やはり山本が書いているところでは、講義の休憩中に森田必勝から、唐突につぎのような質問をぶつけられたという。

「人の殺し方を教えてください。刀をどう使えば、失敗なく人を殺せるのですか」

そして、つぎのようにたずねたともいうのだ。

「日本でいちばん悪い奴は誰でしょう？　誰を殺せば日本のためにもっともいいのでしょうか」

山本は、死ぬ覚悟がなければ人は殺せない、また真の敵が見えていないという意味の答をした。森田が何を考えているか、もっと深く会話を交わしておけばよかったともいっている。

三島との一週間に二、三度の語らい、それに学生たち同士の交流、軍事知識の豊富な教育、これらによって、昭和四十三年暮れには、第一期、第二期の体験入隊者四十数人は、現在の日本の状況が〈間接侵略〉そのものの状態にあると考えるようになっていた。

楯の会の会員になるには、三島も学生長の持丸も〈学生〉であることを条件にしていた。「『楯の会』の会員になるには、大学生であることが望ましい。理由は、若くて、暇があるからで、それだけのことだ。社会人は勤めを勝手に一ヶ月休むことはできまい」と、三島は「『楯の会』のこと」に書いているが、まったくそのとおりの理由で、学生が会員とされた。

しかし、単に学生であればいいというのでもなかった。持丸は、体験入隊のときに、活動歴があり、目の輝いている学生を選んだ。とにかく理論より行動、そして気力のあふれた学生を選ぶのを目標としていた。その結果、どのようなことが起こるか。

私の取材に応じた楯の会の会員は、「われわれは理論にはうとく、甲論乙駁《こうろんおつばく》といった場をもたなかった」と一様に証言した。政治行動に入る動機やそこに入ってからも、志向したのは革命の防波堤になるという認識であり、それ以上でも以下でもなかったというのである。楯の会は、思想を練磨し、理論家となるための団体ではなく、反革命の側に立ち、革命的状況が起こったとき、あるいは近づいたとき、ゲリラとなって百人単位の民間人を指揮する将校の養成の場であった。

一〇・二一以後、反日共系各セクトは、東大闘争に照準をあて、ここに精力をそそいだ。東大を握れば、セクトの勢力は、いっそう誇示されたものになるからだ。全国どこの大学、高校でも、学生の叛乱《はんらん》は日常化しており、それに政治的テーマが結びつけば、容易に新宿騒乱のような状態になる空気が、この時代にはたしかに存在した。

楯の会の会員は、時代の空気を吸った民族派青年であった。三島の文学作品などまったく読んだことのない青年たちで、三島もそれを歓迎した。こういう青年たちが、三島や持丸の思想に触れ、ゲリラ戦にも慣れ親しんでいくのだ。行動への強い誘いを覚えてしまったとしても不思議ではない。森田が、山本に洩《も》らした言葉は、そのあらわれであろう。

山本に洩らすという事実は、会員の中でもそういう会話を交わしている者が少なからずいたということだ。人は自らの信念を語る〝同志〟をそれほど多くもっているわけではない。しかもテロリズムそのものを口にするのには相当の信頼感をもった〝同志〟でなければなるまい。森田が山本にこういう台詞《せりふ》を吐いたとするならば、山本を師として信頼したか、あるいは自分の信念を吐露してもそれを軽々しく口外する人物ではないと憂国の同志扱いしたか、それとも山本にこういう危険な台詞を吐くことで体制側の人物か、そうでないのかを試したとみることができる。

森田は寡黙の人であり、議論を煮つめて行動の選択肢を選んでいく人ではなかった。まず行動への渇望があり、あとはそれを自らの心中で納得し、余人には行動をもって思想を語るというタイプの人物だったようである。こういう人物には、生来備わった凄味《すごみ》というのがある。天性の気質というのがある。年齢に関係なく、こういう人物は人を奇《あや》しめる。しかも、他人を煽動《せんどう》するのではなく、自らが自らの手で自らの思想に結着をつけてしまうタイプなのである。

二・二六事件の資料を読むと、国家改造運動に挺身《ていしん》した者のなかに、この種のタイプがいかに多いかが容易に見てとれる。安藤輝三がそうであり、磯部浅一もまたそうであった。三島は、みずからの磯部への憧憬を、森田のような人間性に重ねあわせていたといってもいいのではないか。

森田に対比されるタイプが、たしかに楯の会の中枢にもいた。

前述したように、持丸博はその対極にある。彼を取材していると、右翼運動に傾斜する青年が、いかに不勉強かを嘆く。といって、それは知性を全面的に肯定する意味ではなく、とにかく先人の知識や学問を継承せずに空虚なスローガンを吐くだけの右翼青年への慨嘆である。青年の知識の吸収には、一定のコースがあるはずで、たとえば読書にしても、小説を読み、哲学書を読み、そして社会科学の文献にあたり、そのうえで思想をつくっていく営為があると断言するのだ。

このコースを狭めて、極端にいうとすべて省いて、受け売りで右翼思想に触れた者は、左翼の格好の餌食《えじき》になるともいう。それがまじめに思想をつくりあげようとする青年に本能的な反感を与え、遠ざけていってしまうというのである。

このタイプ、つまり楯の会の中にあって「知」を代弁するタイプは、この期、三島にとって有力な相談役であった。楯の会の学生を指導する学生長という立場（これは三島が命令して決めていた）は、とくに三島との交流が深かった。三島が、学生運動に精通していたのも、このタイプの会員との討論によるところが大きい。

こういうタイプの行動原理は、生涯においてたった一回しか決起はないととらえる。あるいは、生涯ないかもしれない。彼らが決起すべき事態は招来しないかもしれない。しかし、ただひたすら「待つ」のである。待ちつづけるのである。

「反革命宣言」の補註は、こういうタイプの思想（というより歴史認識）の発露である。

はからずもその中に、彼らがたった一回決起するときの状況が、明確に語られている。それはつぎの部分である。

われわれは先見によって動くのであり、あくまで少数者の原理によって動くのである。したがって反革命は外面的には華々しいものになり得ないかもしれないが、革命状況を厳密に見張って、もし革命勢力と行政権とが直結しそうな時点をねらって、その瞬間に打破粉砕するものでなければならない。このためには民衆の支持をあてにすることはできないであろう。いかなる民衆の罵詈讒謗も浴びる覚悟をしなければならない。その形は、場合によっては人民裁判的な攻撃によって、民衆になぐり殺されることもあるかもしれない。しかし、われわれは民衆の現在ただいまの状況における安価な感傷的盲目的な心理に阿諛追従して、それを背景にし、あるいは後楯にして行動するのではないから、当然のことである。

悲愴な覚悟である。まさに反革命分子が受けた歴史的事実を確認し、それをそのまま受け継ごうといっているのである。

〈革命勢力と行政権とが直結しそうな時点〉とは、具体的にどの時点であろうか。暴力革命が起こって行政権が奪取されるという事態なら、その時点は明らかだが、三島もいっているとおり、共産党は〈秩序派〉を名のって黙々と権力の空白状況に進出してくるというのだから、この時点をキャッチするのは、結局、ひとりひとりの会員の認識となってしまう。常に、現在がそうであるという認識が成り立つし、またそう主張する者がいる。「まだその時期ではない」と答えるには、今がそうであると主張する以上に、論理をもって対抗しなければならない。

楯の会内部には、このディレンマがあり、それは同時に三島のディレンマであった。三島はどちらを選択するか。それはいずれ三島の前につきつけられる課題として内在していた。

そのとき、三島はどちらに傾くと予想されていたであろうか。通俗的にいうのだが、「決起は今である」と主張する者は短期決戦論者であり、「決起は状況がもっと熾烈《しれつ》になるずっと先である」というのは、長期路線の論者である。三島はどちらに立っていたか。楯の会の会員を取材し、この期の三島のエッセイ、評論を読んでみる限り、三島は後者に立っていたといえる。

三島は、依然として言論の有効性を信じていたし、信じているがゆえに、世間に向けて強いアピールをくり返していた。瞬時的には、行動への渇望を洩らすことはあっても、それが持続したエネルギーに転化するほど内的な昂奮はなかった。

短期決戦論者と長期路線論者は、いつかどこかで分かれる。その岐路に立ったとき、決定的な要因となるのは何か。思うに、それは思想の深化と危機感の認識からくるのではあるまい。もっと人間的な側面からくる。つまり気質と思想のからみからくるのだ。

〈いま起《た》ちあがるべきか。いや、もうすこし先にすべきか〉

その問いかけは、状況の中でつねにくり返される。そして、思想と気質の葛藤のあげくに答がでる。思想と気質がフィットしている者は、必ず思想にふり回される。つまり思想で結着をつける。ところが気質の上に思想をのせているだけなら、いつでも思想ははずすことができる。だから〈起ちあがる〉という回答は、思想と気質がフィットしていることが必須条件になるのだ。二・二六事件の磯部浅一は、天性の革命志向気質が、北一輝の思想とみごとにフィット（むろん磯部の一方的な理解ともいえるが）したあげくに行動に走った。

三島は、行動への内的昂奮を覚えていないといったが、それは、この段階ではまだ気質と思想をフィットさせぬように気をつかっていたからである。このかぎりにおいて、三島はつねに長期路線論者であった。しかし、「反革命宣言」にあるように、三島は、自らの気質と思想をすこしずつ近づけていた。近づけることが、三島の「陽明学」への関心を生んだのである。

こうした陥穽《かんせい》を当の三島は、とうに知っていた節がある。三島は、これまでの人生の中で、思想を常に気質の上位に置いてきたと自認している。文学者としては、それでよかったのだ。いや、それだからこそ文学活動をつづけることが可能だったのである。三島の自伝的回想ともいうべき、『十八歳と三十四歳の肖像画』（昭和三十四年発表）で、三島はつぎのようにいっているのだ。

「(思想は)当然皮膚の下でなければならぬ。しかも気質の棲家である肉体の深部ほど深いところであつてはなるまい。そんなところに住めば、深海の大章魚に喰はれる潜水夫のやうに思想は気質に喰はれてしまふに決つてゐる」

気質と思想をいかなるときにも、フィットさせてはいけないといいつつ、三島は、これまで生きてきた。しかし、それをフィットさせる道を、三島は、この期には急速に歩んでいたが、三島はそのことにどのような想いをもっていたか、それはうかがえない。

昭和四十四年にはいって、三島は、学生長の持丸や『論争ジャーナル』グループのメンバー、それに第一期生、第二期生の中から目をかけていたメンバーを自宅に招き、四十三年の反省とこの年の活動目標を話しあっている。三月には第三回の体験入隊を行ない、また二十数人の会員を迎える予定になっているので、楯の会は、さらに強固で社会的意思をもった集団として認知されることが予想されている。それにどう対応するかも重要なテーマであった。

ここでどのような話し合いが行なわれたかを知る資料はないが、山本が自著に書いているのを参考にしながらまとめると、つぎのような内容だったようである。

一、第二回体験入隊者が除隊になってからつづいている市ケ谷会館での定例会議を継続し、かつ充実する。

一、第三期生入会後は、七人のグループ、三つで一隊を編成する。部隊行動ができるようなシステムをつくる。

一、百人の会員が集まり、正式に隊編成ができたあとは、リフレッシャー（再入隊）コースを開設する。

一、秋には楯の会一周年記念の大規模なパレードを行なう。

この内容を見る限りでは、三島は思想を練るよりも、行動方針に関心を示している。それは気質と思想をフィットさせないように配慮していたためと考えられる。剣道や空手と同じように、思想を肉体の表面にとどめ、深部にまで広がらぬように配慮していたともいえるのではないか。

青年へのアプローチ

楯の会は、一度だけ文集を刊行した。

昭和四十四年の一月である。ガリ版刷りの学生の同人雑誌のようなものである。「楯の会」という題字に似合わず、会員たちのロマンチックな文章が並んでいる。もともと原稿を書く志向の少ない学生たちは、わずか二百字足らずの文字を並べるにも呻吟《しんぎん》をくり返したという。

原稿が集まらず一号で中止になったが、それをきいて三島は嬉しそうに笑ったという。

楯の会には、文章を書くことに憧れるような空気をもちこみたくなかったからだろうと、ある会員はいっている。

粗末なわら半紙の裏に、三島自身が書いた「『楯の会』の決意」という二百字足らずの文章がある。それを全文紹介する。

いよいよ今年は『楯の会』もすごいことになりさうである。第一、会員が九月には百名になる予定。第二、時代の嵐の呼び声がだんだん近くなつてゐることである。自衛隊の羨望の的なるこの典雅な軍服を血で染めて戦ふ日が来るかも知れない。期して待つべし。そのためには、もう少し、諸君のピリッとしたところが見たい。例会集合時の厳守や、動議、提案に対する活発な反応など。

学生会員たちのルーズさに、すこしばかりあきれているということになろうか。活発に討論するより、いい子でものわかりのよすぎる会員たちに物足りなさを感じているということにもなろうか。

森田必勝は「永遠の恋人」と、ロマンチックなタイトルをつけて、「楯の会の会員諸君！　ぼくは二十三年の間ただ一人の女性に恋をしている。彼女はぼくが生まれ落ちると同時に、あたかも天の摂理ででもあるかのように、ぼくの永遠の恋人として、ぼくを育み、愛してきた。ぼくはその愛に応えようと一心に努力している。愛するということは非常に新鮮なものであり、魅力あるものである（以下略）」と書いている。

　恋人とは果たして何を意味するのか。森田は、会員の問いにも答えようとしなかった。日本？　天皇？　それははっきりしない。

　だが、この文集全体に潜んでいる甘さは、どうしたことであろう。会員たちのほとんどが、気質として素朴さ、純粋さをもちあわせていたと推測される。それを肉体で表現しようとするタイプであったのだろう。生来、彼らがそうであるとするなら、三島は逆に、この一年ほど前からそういうタイプになりきろうと努力していたといってもいい。その意味では、三島は遅れてきた政治青年であった。知識から感性に逆戻りしようとする青年であった。しかし、この青年には芸術家としての天賦の才能があたえられていた。

『論争ジャーナル』を主宰する青年たちと、三島が出会ってから二年の歳月が流れていた。三島は、この青年たちと意欲的に会い、そして楯の会を結成していき、さらに多くの青年たちと出会う。

　前にも触れたが、三島は、「青年について」の中で、老人は醜く、青年は永遠に透徹であり、それゆえ青年は美しいという意味のことをいっていた。遠くで見、イメージで捉える青年は、たしかに美しいとしても、現実に接して見ての青年はどうであったか。「『楯の会』の決意」で訴えている不満は、現実の青年の姿である。時間を守り、人との約束を守り、礼節を尊ぶ三島は、それに反《そむ》く青年の無作法が気になっていた。それをあからさまに注意はしなかったろうが、逆に、自らの望む青年像のイメージを忠実に具現化している青年への三島の評価は高かった。

昭和四十四年の一年間、三島は、青年を語り、青年の純粋さを称《たた》える一方で、青年の道義の頽廃を嘆く多くのエッセイを書いている。奇妙なほどである。なぜこれほど青年にこだわるのであろうかと思えるほどだ。たぶんこの年に、三島は、青年のもつ良質の部分に期待を掛けたにちがいないのだ。

元日付けの読売新聞に「現代青年論」を書き、やはり報知新聞には「維新の若者」を書いている。どちらも論調は似ている。青年に求められるのは「高い道義性」だといって、「おのれの信ずる行動には命を賭け、国家革新の情熱に燃えた日本人らしい日本人」というイメージを浮かべる維新の若者を称えるのだ。反して反日共系党派の学生たちには、道義性がまったく消失してしまったと怒る。教授の監禁事件、リンチ事件を嘆き、「あのタオルの覆面姿には、青年のいさぎよさは何も感じられず、コソ泥か、よく言っても大掃除の手つだひに行くやうである」(「維新の若者」)。あれを美意識と思うようでは日本人ではないと決めつける。

しかし、当時の活動家たちは、こういう三島の青年像を笑止としかみない。ポール・ニザンの「青春を美しいなどとは決して言わせない」がしばしば引用され、青年を「おとなしく、いい子」であるように押さえつけておく権力総体の態のいい道徳教育としてしか受けとめていない。権威を否定する言動が、もっとも汚れた言葉と暴力でしか表現できないといわれた時代であった。

一月十八日、反日共系セクトは、学園闘争の総決算ともいうべきかたちで、東京大学の安田講堂を標的にした。バリケード封鎖している安田講堂を、大学側は解くようにいい、でなければ機動隊の導入をはかるといった。各セクトは、全国から活動家を集め、安田講堂死守を叫んだ。そして十八日、朝から機動隊と学生たちの衝突の様子が、終日テレビで流された。この日の視聴率は四〇パーセント近かったという。

学生たちの抵抗は激しく、安田講堂封鎖が解除されたのは、十九日になってからであった。この闘争に呼応して、お茶の水では、解放区闘争が行なわれ、警察力の分散をはかる戦術に出ていた。

三島は、この日、熱心にテレビを見ていたが、夕方から安田講堂周囲に見学にでかけたという。楯の会の会員も、お茶の水で闘争の形態を実際に学んだという。

十九日のテレビは、次々と投降してくる学生たちの姿を写し、衝突に一段落がついたことを示した。

十八日、十九日の一連の動きは、三島をひどく失望させたようだ。あれほど抵抗していた学生たちが、あっけなく投降してくるのはおかしいというのだ。三島にいわせると、もし学生たちが安田講堂を死守するという点に目標を置いているならば、時計台の頂上から飛び降り自殺をする者がいてもいいというのだ。死を以《も》て守ろうとしていたことが判れば、それは社会に新たな衝撃を与えるというのである。

三島と楯の会会員の間には、そのことへの不満と同時に安堵感《あんどかん》もあったという。やはり、左翼は「死を賭する」ほどの行動原理をもっていないのだと。それこそ思想がもて遊ばれている証拠だと。三島が、反日共各セクトの活動家たちを軽侮する発言をくり返すようになるのはこのころからである。

この年五月に、東大全共闘との討論を行なったとき、三島は、「これはまじめに言うんだけれども、たとえば安田講堂で全学連の諸君がたてこもった時に、天皇という言葉を一言彼等が言えば、私は喜んで一緒にとじこもったであろうし、喜んで一緒にやったと思う」といっている。まじめにいうが……といいつつ、そこには冷笑のニュアンスがこめられている。

昭和四十四年二月、三月、三島は強く会員を叱《しか》ることがあった。といってもどなったりするのではない。太い声で人生上の生きざまを語って忠告したというのである。それを会員たちは、親しくなっていくときのプロセスと考えていたが、実は、狎《な》れすぎぬよう一定の間合いをとって教育をつづけていたのだと理解できたのは、ずっとあとのことであった。

第四章　邂逅、そして離別

離反の芽

第三回の体験入隊は、昭和四十四年三月一日から二十九日までの二十九日間、やはり御殿場の富士学校教導連隊で行なわれている。このとき入隊したのは、二十七人である。持丸の線から日学同や全国学協など民族派の団体の会員が多かった。

とくにこの回からは、関西の大学からも学生たちが集まってきた。

個人的なルート、民族派団体のルートのほかに、飛び込みともいうべきかたちで入隊してくる者もいた。『平凡パンチ』で隊員募集をしたせいもある。三島が盛んに楯の会について書いたためもあって、あこがれの気持ちではいってくる者もいた。そういう学生たちはすべて『論争ジャーナル』編集部に回され、持丸の面接を受けた。持丸は神経質に入隊希望者と面談し、質のいい学生を選択することに専念した。数十人の希望者のうち、半数は持丸の眼鏡《めがね》に合わず帰ってもらわなければならなかったのである。

楯の会の会員が、外部に原稿を発表しているケースはあまりない。数少ないケースのひとつに、月刊誌『浪曼』の昭和四十七年十二月号で「三島由紀夫」特集中に「獄中の同志を想う」と題して、荒俣芳樹という第三期生が、体験入隊について書いている。それを読むと、楯の会に集まってくる青年の心理の一端が判る。荒俣は、そこでつぎのように書いている。

「僕は軍隊（自衛隊）の存在意義は日本なるもの、日本の精神的原型を守ることにあると思っていたが、いとも簡単にその夢は打ち砕かれてしまった（注・友人の古賀浩靖からきいて自衛隊の現状を知り）。それでもなお、一縷《いちる》の望みは捨て切れなかった。自衛隊にはきっと何かある。サムライの魂を持った雄々しい戦いの青年がいる。そのような気持を確かめたい意志もあり、また、かねてより〝一度危急の時至ったならば、いつでも銃を取って起《た》ち上る〟自負心を現実化しようとの思いも加わり、四十四年三月、自衛隊の門を潜《くぐ》った」

楯の会に集まった学生の心理は、たぶんこのようなものであったろう。これが平均的な考えであろうと思われる。

とすれば、この文中に潜んでいる精神構造は、楯の会の精神構造の一部をたしかに代弁しているといっていい。一読すると、いくつかの幼さにつきあたる。たとえば、日本の自衛隊が、日本人の精神的原型を守ることにあるなどと思っているのは、政治音痴であるといわれても仕方あるまい。明治政府がつくりあげた帝国陸軍の中にさえ、精神的原型を守る規範などどこにもなかった。「軍人勅諭」をもちだして反論するむきもあるだろうが、山県有朋《ありとも》が勅諭をつくりあげていくプロセス、軍人勅諭が陸軍幕僚の手で形骸化されていくプロセスは、軍事が力学的に増大することと作為的に結びついているではないか。

「精神的原型」を守るという発想は、一貫して五・一五事件、二・二六事件の決起将校の側にあったのではないか。近代に入っての軍隊の役割は、常に、形而下《けいじか》的な国家利益を守るところにあったのではないかと思われる。日本の陸軍は、その原則に忠実であったし、「精神的原型」を守るという勢力は、常に陸軍主流から放逐される歴史をもっていた。

楯の会に入隊を希望する学生の心情の底には、彼らが意識するにせよ、しないにせよ、「社会への狎《な》れ」があるといっていい。「狎れ」という語を「甘え」に置きかえてもいい。そして、もうすこし深くはいって、「服従への願望」があるといってもいい。むろん、三島はこのことをよく知っていた。この年、三島が青年について書き、評論した中には、彼らの「服従への願望」が、純粋性や道義性の高さと表裏の関係にあることを見ぬいた指摘がある。六月に、三島は、『伝統と現代』という雑誌から対談企画をもちこまれたときに、躊躇《ちゅうちょ》なく末松太平を指名している。二・二六事件の際に、決起将校の側にあり、東京を離れていたために決起に加われず、それがために日本陸軍を決起将校の目を通して見ることができたという経験をもつ末松に、三島は、楯の会の学生の例をひきながらつぎのように告白しているのだ。

ぼくは、青年というのは、服従と反抗と、両方の気持ちが非常に強く争っているもんだと思うんです。で、『服従』の対象がじゅうぶんに満足させられると、そうすると反抗もしないです。ところが、服従すべき対象が不満足だと、反抗する。服従したい、という気持ちは、みんなもっている。これはぼくは、全学連だって同じだと思う。

ある意味では、マゾヒストですわね。それで、そういう人間関係というの求めながら、彼らは得られない。これはもう、左右の学生問わないでいまいえることは、昔の学生みたいに、自主独立――てめえの力でなんでもやるんだ、という個人主義のところ、むしろ少なくなっている。そして、だれかにひっぱってもらいたい、強い力にひっぱってもらいたい、という気持ち、非常に強いです。これは、左右を問わないと思う。

それですから、私ども学生連れて自衛隊へ行くと、かなり、ひと月しぼられる。下士官なんかに、ギュウギュウ、ばかやろう呼ばわりでやられるわけだ。ところが、帰りがけに握手して別れるときは、みんな、学生泣くんですよ。もう、バスに乗せてね、別れてから二時間も泣いてるやつがいる。もう、忘れられない思い出だ、というんですね。いままで、そんなめにあったことがない。

そういう青年の涙を、三島は、政治とドッキングさせねばならぬと意図していたのである。

三島は、体験入隊中に青年たちとどんな交わりをしたか、それをあまり熱心には書いていない。世間に無用の誤解を与えたくないと考えたからであろう。あるいは、三島が社会とコミットしているのは、あくまでも文学をつうじてであり、政治的動きについては語る必要を認めないとの判断があったからかもしれない。語るときは、青年としての純粋さを謳歌するときだけと決めていたのかもしれない。

三島の評論の中で、体験入隊で学生たちとどんな交流をしていたかを書いた数少ないもののひとつに、「『占領憲法下の日本』に寄せる」がある。生長の家の谷口雅春が著わした著作に、推薦文を書いているのである。そこに、体験入隊の学生とのやりとりを書いている。「つい先頃も、『生長の家』の信仰を抱く二、三の学生が、私の自衛隊体験入隊の群に加はつたので、親しく接する機会を得た。かれらは皆、明るく、真摯で、正直で、人柄がよく、しかも闘志にみちみちた、現代稀に見る好青年ばかりであつた」と絶賛し、つぎのようなやりとりをして感激したといっている。

「日本に共産革命が起きたら、君らはどうする?」

「そのときは僕らは生きていません」

「どうして君らのような青年が生まれたのだろう?」

青年たちは、こもごも谷口への尊敬を語ったという。「谷口雅春師に対する絶対の随順と尊崇を抱いてゐた。師のおどろくべき影響力と感化力、世代の差をのりこえた思想と精神の力を認めざるをえなかつた。私どもがいかに理論をもつて青年を説いても空しいのである」

青年の純粋さを昂揚させるには、精神の結びつきにかなわないと告白している。

この時期、三島が書いているエッセイ、評論の中で、もうひとつ注目すべきことがある。それは、戦後日本の偽善がすこしずつほころびを見せてきたという認識である。戦後知識人がくり返し発言した民主主義思想、それをつねに安全地帯からしか発言しない戦後知識人の欺瞞、それらすべての正体が割れ、なしくずし的にほころびを見せてきた。その役割を果たしたのは、大学闘争をつうじてあらゆる問題を抽出してみせた学生たち――その手段には嫌悪感を隠そうとしないが――であるというのだ。

しかし、〝学生たちの叛乱〟には危険な〈罠《わな》〉がある。暴力に対する安易な否定思想を拒否し、それを実行に移したことは結構なのだが、権力との衝突による空白地帯に共産党が巧みに進出してくるという〈罠〉である。それにひっかからぬようにすることが、間接侵略を防ぐ有効な手段なのである。

共産党の進出を監視し、いささかでもその徴候があらわれたとき、三島は楯の会の会員とともに決起するのだ。そのためには、青年の道義性の高さこそが、状況に抗する有効な武器になるのだ。なぜなら、純粋性こそ〈敵〉に対する憎悪のバネになるからである。

楯の会の体験入隊は、自衛隊という土壌で純粋性を昂揚させ、あわせて軍人としての能力を養い、ゲリラ戦にはいったときの指導者になる訓練を積む意味をもつ。この意味を理解した者こそが、楯の会の制服を与えられるというのである。

三月の第三期生の体験入隊には、三島も、むろん共に入隊している。一方で、リフレッシャー（再入隊）コースも始まり、ここでは第一期生、第二期生のなかから二十四人が五日間の再教育を受けている。つけ加えれば、リフレッシャー・コースの二十四人は、自衛隊の将校が驚くほどの精鋭になっていた。肉体的には、三島に倣《なら》って剣道や空手を習い、軍事上の訓練は、現役将校によって行なわれる質の高い街頭訓練がつづけられてきたのだ。楯の会を、世間は、「玩具《おもちゃ》の兵隊さん」と呼んでいたが、その領域はとうに越えていたのであった。

第三回の体験入隊を終えてみると、楯の会は七十人になっていた。すでに将校として名のってもおかしくないほどの軍事知識を学んだ者から、いまやっと緒についた〈純粋な学生〉たちまで、その内実はさまざまであったが、これによって楯の会は、軍団としての規模と内容をもつことになった。

体験入隊について、この頃から、自衛隊内部にもさまざまな声があったらしい。とにかく、あまりにも、三島を優遇し、特別扱いをしているという批判である。体験入隊自体は、PRの手段として自衛隊も利用するつもりでいたし、三島の体験入隊そのものは防衛庁長官、事務次官の諒解を得た特別待遇といわれていたから、表だった批判の声はでにくかった。にもかかわらず、その種の批判は秘かにささやかれていたという。

楯の会の会員にいわせると、防衛庁内局の圧力が、さまざまなかたちであったらしい。たとえば、三島は銃の訓練を欲したというが、それは法的には体験入隊者には許されていないことだった。そういう要請を三島がするような事態になって、内局は、逆に三島への懸念をもったようだという。世論に気兼ねする内局は、三島の入隊が、実は単なる入隊ではないのではないかと疑った節もあるのだ。

楯の会の訓練が、あれもだめ、これもだめと規制をはめられるようになったのも、四十四年の春頃からで、それが三島をいたく憤慨させた。三島は、表向きは内局の批判はしなかったが、楯の会の会員の間では、思うざま罵倒をくり返した。

しばしば引用するが、山本の著作によると、この期、「三島氏は富士の訓練などを通じて若い自衛隊幹部の中に協力者を見つけ出す努力を重ねており、鋭い心理操作を行ないながら、自衛隊内部にまで深く滲透し始めていたのである」といっている。これが、内局に不安を与えたのかもしれない。

昭和四十五年一月のことだが、三島は、村上一郎と「尚武の心と憤怒の抒情」という対談を、『日本読書新聞』で行なっている。ここで、三島は、いまの自衛隊では革命は起こせないようになっている、自衛隊員を動かせるのは一佐以上でないとできない、だから自衛隊は反革命のみしかできないと強調している。つまり、二・二六事件のように隊付の青年将校が兵士を動かして、決起するのは無理な指揮系統になっているというのだ。

こうした発言ができる背景というのがあるはずだ。三島は、体験入隊をつうじて自衛隊の構造がどのようになっているのかを確かめたのであろう。そして、自衛隊の機構もまた、戦後民主主義の構造に倣って〝民主化〟していると判断したのであろう。そこで、三島は自衛隊内部の官僚主義と、精神教育を怠って技術習得集団に堕《お》ちこんだことに反感をもったと考えられる。昭和四十五年十一月二十五日、市谷のバルコニーで叫んだ三島の演説の中に、この怒りが凝縮して表現されているといえる。

富士学校に限らず、自衛隊の中に、三島ファンともいうべき将校が生まれていた。なにしろ三島は、自衛隊が外気にあたって骨ぬきになっている実情を、率直に怒るからである。しかし、防衛大学校を卒業した将校は、一佐になっている時期だったというが、三島は、彼らとの交流を求めたにもかかわらず、なかなかその交流は深めることができなかったという。

三島は、この頃、楯の会とは別に自衛隊内部としきりに接触を求めていたと記している資料もある。もしこれが確度の高い情報とすれば、三島は、何を意図していたのであろうか。なんらかの行動をとるために、つまり官民一体となった行動の模索を始めていたのであろうか。

檄の中にある〈自衛隊が目ざめる時こそ、日本が目ざめる時だと信じた〉という一項は、この期の思い入れの表現であったという見方もできるのである。

東大全共闘との対話

三島と東大全共闘との対話集会が行なわれたのは、五月十二日のことだった。

東大全共闘からの申し入れであった。三島は、肉体的暴力を論理化しようとする全共闘学生の発想のプロセスに、互いに思想的共通点があるとして、彼らからの申し入れを受けたという。しかし、この対話集会への出席には、三島の周囲から懸念がもたれた。もし軟禁されて自己批判でも要求されたら大変だというのである。それで済まずに、肉体的に侮辱を受けることさえあるのではないか。そういう心配に、三島は笑って言葉をにごした。

警視庁から警護の申し入れがあったが、三島はそれを断わった。楯の会にも、懸念の声はあった。しかし、同行者はいらない、自分は一人で敵陣に乗り込むといって、三島は単独ででかけることに固執した。だが、楯の会の会員十人ほどが三島に知らせずに、会場の中に潜りこみ、前から二列目に並んだ。「もし、先生に指一本でもさわったら、われわれは黙っていない」というのが、会員たちの総意であった。

真偽は不明だが、三島の友人という教育評論家の伊澤甲子麿は、三島事件後、ある対談でつぎのような発言をしている。

あの時、三島さんは非常な覚悟で行っているんです。学生は暴力を振うかもしれない、暴徒になるかもしれない、そういう心配はあったわけです。現に、全共闘の学生たちは「三島を論破して立往生させ、舞台の上で切腹させて見せる」って、張切っていたんですから。それで、私などはついて行こうとしたら「ついて来ちゃ困る。一人で行かせろ」というんです。

「ただし、もし暴力を振るわれるようなことがあって、男子たるもの辱しめを受けるようだったら、ぼくはそこで自刃する」といって、これはあまり知られていませんが、彼は短刀かナイフを一振り持って行ったんです。

「冗談じゃない。あんな奴らと生命の引きかえなどしないでくださいよ。なにがなんでも生きていてください」と私はいったのですが、今から考えると、三島さんは本気だったんですね。私は次元が低いわけですよ。

自刃する心算があったかどうかは不明である。三島は、この程度のことで自刃するつもりはないはずで、もっと大きな状況でしか死を夢想していなかったにちがいない。

東大全共闘との対話集会に出て、三島は失望落胆したようだと、三島周辺にいた友人たちは伝えている。たとえば、ある友人は、女子学生たちが三島の口をつけたコップを争って飲んだといい、三島は、「だめだよ、あいつらは」といっていたと語っている。

もっとも、この一件をもって、全共闘系の学生はすべて「だめだ」ということにはならない。推測するに、三島がもっとも怒ったのは、三島に対する〝物理的な力〟がまったく発揮されなかったところにあったようだ。

もし、勇敢な学生がいて、「あなたとはもう言論・思想でケリはつかない。のこされているのは暴力だけだ」とでもいおうものなら、三島はたぶん全共闘の学生たちに篤《あつ》い信頼感を寄せたのであろう。しかし、これはいささか三島の一方的な思い入れの感じがする。当時の全共闘の学生がいう暴力とは、権力に関わる一切の対象、人物に対していっているのであって、敵対する個人への暴力は、本質的に政治暴力とは別であると認識しているからである。

三島の友人たちが、三島が全共闘の学生にたいして失望したとして指摘する理由は、いささか根拠に欠ける。三島が、失望したというのは、彼らが結局、自己の死を賭してまで政治的スローガンを守りぬこうとしないからだ。世慣れた口舌と甘えにつうずる挙措に、三島は、彼らの限界をきびしく見抜いたということになるだろう。


この対論は、これまで三大学で行なってきたティーチインとは異なって、質疑応答のニュアンスはなく、まさに「対論」そのものであった。だが、三時間近い討論の内容は、お互いの論理がまったく交錯しないことを双方が自覚しただけであった。

この対論のやりとりは、六月に新潮社から単行本として刊行されたが、その末尾に「討論を終えて」と題する小論が、双方それぞれによってまとめられている。三島はこの中で、討論のまえに、五つの論理を用意したと書いている。「暴力否定が正しいかどうか」「時間は連続するのか、非連続なのか」「三派全学連はいかなる病気にかかっているか」「政治と文学の関係」「天皇の問題」――。

小論の中では、この五つについて、総ざらい風に彼らとの対立点を浮きぼりにしている。その中で、三島がもっとも認識の違いを感じた点を強調している個所を紹介しておく。

…私は過去の作品に執着もせず、過去の行動に執着もせず、同時にまた、決して後悔しないといふことを最上の男性的美徳と考へてゐる者である。

このやうな私が全学連諸君に問ひたかつたことは、彼らがその過去、現在、未来の連鎖をどのやうにとらへてゐるかといふことであつた。彼らは私の期待したとほり過去をすべて否定し、歴史を否定し、伝統を否定し、連続性を否定し、記憶をすら否定した。それはそれでよろしい。しかし、彼らもまた一連の既成左翼とは違つて、現在における行動と現在における思考を最も大切にする限りでは私と接点を持つてゐたのである。しかしながら彼らの弱点は、その現在の思想を未来へつなげざるを得ないところにあつた。

彼らが思考の自由を標榜しながら、ある点へ来ると、いかに体制左翼から「思考の型」を借りてゐるか。現にその時間の説に見られるやうに、現在の一瞬をそれほどに肯定しながら未来へとつなげざるを得ない彼らの思考それ自体に左翼的思考のルーティンがあらはれてゐるとともに、次の段に述べる政治と文学との関連性と、私の文学と行動とに対する彼らの批判、文学と行動との完全な分離を策する政策的批判は、特にこのやうな既成左翼的な考へを免れてゐないと感ぜられた。

…そこで私はその観念的、空想的あるひは理想的な天皇を文化的天皇制と名づけ、これの護持を私の政治理念の中核に置いてゐるのであるが、この点では私の政治的思考はすこぶる戦前の錦旗革命の思想に近い。そして錦旗革命の思想は、もしそこから天皇の二字を取り去れば、たちまち直接民主主義といふやうなおよそ観念的な政治形態に近づくかもしれないのである。私はそこで彼らがそこに天皇の二字を加へることによつて、日本の歴史と伝統に根ざし日本人の深層意識に根ざした革命理念を真に把握することを望んだのであるが、彼らはそのやうな深層意識が時間の連続性にかかはることからこれを拒否し、その革新の理念から連続性を排除することによつてみづから革命理念の日本的定着を弱めてゐるのではないかといふことを指摘したのであつた。この私の独特の天皇制理論については、「文化防衛論」や「道義的革命の論理」について読んでもらふほかはないが、要約すれば、私の考へる革新とは、徹底的な論理性を政治に対して厳しく要求すると共に、一方、民族的心性（ゲミュート）の非論理性非合理性は文化の母胎であるから、（三派諸君も、意識的にか無意識的にか、この恩恵を蒙つてゐることは明らかである）、この非論理性非合理性の源泉を、天皇概念に集中することであつた。かくて、国家におけるロゴスとエトスははつきり両分され、後者すなはち文化的概念としての天皇が、革新の原理になるのであるが、さらに一つ告白をすると、このパネル・ディスカッションを通じて、私は、私の戦闘原理としての天皇を彼らの前に提示したかつたのであつた。

このような三島の総括に対して、東大全共闘の側も、三島との立場のちがいを指摘している。表現には、難解で理解困難な部分もあるのだが、要は、三島の発する言葉（デマゴコスといっている）は、すべて抽象世界に消える性質をもつものだという。三島は、言葉をとにかく絶対的概念（天皇）に結びつけようとするが、よしんばそうなったとき、それははからずも政治的天皇制に癒着する宿命をもつというのである。これは存（共同体）と夢（共同幻想）の野合にすぎない。そのうえで、ひとりの学生はつぎのように断言してみせる。

…右翼は共同幻想によって共同体を肯定し、日本の中で堕落した。左翼は言葉を言葉以上のものと思い込んで日本に敗れた。共に私達が負っている不毛な歴史である。日本的なるものとは何か、日本的なるものを包み込んだ革命とは一体どのようなものか、回答は未だない。しかし「天皇と言うかぎり、革命ができない」のもまた事実である。私には言葉としてのインターナショナリズムを唱えない程度の節はあり、己れのすべてを問題とする行動が己れの裡の持続する日本をも問題とせざるをえないだろうと確信しながら行動するのである。

両者の討論は、結局、表面上は平行線をたどる。学生たちは、三島のもっている論理構造を寸分も打破できないで戸惑っている。あるときは、三島の術中にはまって、解放区そのものが三分間でも一週間でも続こうが、本質的に価値の差はないと答えさせられている。天皇という名辞が、個々の共同幻想の果てにあると、誘いをかけられたときに、学生たちは三島のいう天皇の実体は何かと戸惑い、あげくの果てに、「あなたはだから、日本人であるという限界をこえることはできなくなってしまうということでしょう」とたずねたりする。

たしかに〈論理と論理〉〈知性と知性〉が交錯しているかのように見えながら、三島のペシミスティックな論理の本質を、学生たちは討論の最後までつかむことはできなかったといっていい。

三島は、本質的に知性の人であり、感性に対しては異常なまでに嫌悪感を示していることを、この討論会は明らかにしている。その三島が、第一回の体験入隊時に、血判まででして盟約を誓ったという事実は、この討論会での発言からはまったく浮かんでこない。

会場の二列目に座った楯の会の会員（会場の全景を映した写真の中で、彼らの表情はこわばっているのがわかる）たちは、三島の複雑な二面性を充分に理解できたとはいえない。ある会員は、「われわれの頭では理解できなかった」という意味のことをいったが、壇上で見る三島は、彼らとの間で見せる人間的なそぶりをあえて見せぬように気をつかっているのだと思った。三島の心中には敵愾心《てきがいしん》があるとも思った。

学生長持丸博は、全共闘の学生との討論が、自らの集団内で交わされるものとはまったく異質のものであることに軽い嫉妬の念さえ覚えていたのだが、〈知性と知性〉の衝突のように見える部分で、ふと三島が、感性をもちだしたことに驚きを受けた。その部分とは、学生のひとりが、「擁立された天皇、政治的に利用される天皇の存在とは醜いものではないか」とたずねたときの答である。
そこで、三島はつぎのように答えているのだ。

しかし、そういう革命的なことをできる天皇だってあり得るんですよ、今の天皇はそうでないけれども。天皇というものはそういうものを中に持っているものだということをぼくは度々書いているんだなあ。その点はあくまでも見解の相違だ。こんなことを聞いてください。あげ足をとられるから言いたくないのだけれども、ひとつ個人的な感想を聞いてください。というのはだね、ぼくらは戦争中に生れた人間でね、こういうところに陛下が坐っておられて、三時間全然微動もしない姿を見ている。とにかく三時間、木像のごとく全然微動もしない、卒業式で。そういう天皇から私は時計をもらった。そういう個人的な恩顧があるんだな。こんなことを言いたくないよ、おれは。(笑)言いたくないけれどね、人間の個人的な歴史の中でそんなことがあるんだ。そしてそれがどうしてもおれの中で否定できないのだ。それはとてもご立派だった、そのときの天皇は。それが今は敗戦で呼び出されてからなかなかそういうところに戻られないけれどもね、ぼくの中でそういう原イメージがあることはある。今の人にそれを納得させることはなかなかむずかしいからね、天皇というより別な字を使って書けばいいじゃないか。日本語が、不自由しないでほかにあるじゃないか。こんなことはぼくは実に個人的感懐で言うべきことじゃないかもしれないけれどもね。

三島としばしば天皇論を交わした持丸は、天皇についてのこういう個人的体験をきいたことはなかった。三島は雑談の席は別にして、公開の席で、このようなことを語るには、驚くほど神経質であったのだ。その三島が、何を思ったのか、急にこういう個人的体験をもちだす。持丸は呆然とした。三島の天皇への個人的体験がこれほど強いとは思っていなかったのだが、それより、このあと学生たちが、「そういう個人体験があなたの天皇への思い入れの根本にあるのではないのか。その体験を普遍化しようとするのは誤りであり、体験の上に論理を構築するのは、あなたのすることではない」と、三島に詰めよるのではないかと思った。

理論がその次元におちこめば、あるいはこうして会場に紛れこんでいる楯の会の会員の出番がくるのではないかと案じた。個人体験を論じることは、究極には感性の域に入り、感性は暴力で結着をつけなければならないと、会員たちは考えていたからである。

しかし、この三島の答はなにごともなく見過ごされた。学生からの野次もなかった。持丸は胸を撫《な》でおろした。討論も終盤に近づいているこの頃、三島の挙動は焦燥感に駆られているのが判った。のちに、論理の空転だけの時間に倦《あ》いたのと、全共闘の学生たちの質問に潜んでいる甘えを敏感に見ぬいたからときかされた。学生たちはゲバ棒をもち、権力にむかって暴力行動を挑む。だがそれはなにゆえなのか。それを充分論理化できぬことに彼らはいらだっている。そのいらだちを埋めるのは、量の拡大と、彼らの対極に佇立《ちょりつ》する者を自らの陣営にひきいれて、その論理を政治力学の中に吸収してしまうことである。だが、いずれにしてもそれは弱き者の甘えでしかない。三島は、討論をつうじてそのことを知ったのだ。

三島が個人的体験をもちだしたあとの応答は、それを充分に裏づけている。つぎのようなやりとりがあるのだ。

全共闘H　（略）三島氏自らが一つの絶対的な観念に向う、政治に集約していく方向と現実に三島氏が行動する、それを結びつけるならば、なぜ安田講堂でわれわれと一緒に閉じこもらなかったかということを聞きたいと思うのです。つまり、安田講堂へとじこもる。そこでみんなが天皇と言おうが、言うまいが関係がないので、三島氏が天皇というならば、自分の写真を見ていればいいのであって、そこにあるのは観念の方に絶えず重複しながら、現実と自己の観念を明確に区別してその観念を払拭《ふっしょく》していくところの、関係性を否定していく一つの動きではなかったか、一つの行為ではなかったか。であるならば、三島氏にとって本質的なことは三島氏が自衛隊の真似事をやるということは三島氏の観念を腐蝕させるのであり、三島氏の観念をより超越的なものにするのにはぼくたちが天皇と言おうが言うまいが、別にぼくたちとともにゲバ棒を持って現実にぼくたちの側に存在する関係性、すなわち国家を廃絶すべきではないか。大体ぼくの論理はさっきから一貫していると思うのです。で、それを答えてもらいたいと。

三島　それは論理は確かに一貫しているけれども、ぼくは論理のとおりに行動しようと思っていない。つまり意地だ、もうここまで来たらだね。（笑　拍手）これはあなた方に論理的に負けたということを意味しない。（笑）つまり天皇を天皇と諸君が一言言ってくれれば、私は喜んで諸君と手をつなぐのに、言ってくれないからいつまでたっても殺す殺すといってるだけのことさ。それだけさ。

このあとは、三島とどうかして共同行動をとろうと呼びかける学生の声がある。だが三島はそれに応じない。そして、この討論会は終るのである。楯の会の会員たちは、三島に肉体的、物理的威圧が加えられなかったことに安堵した。だが、持丸のように、感性と知性の間を彷徨《ほうこう》する三島の姿を見て、改めて衝撃を受けた者もいたのだ。

新潮社から刊行されたこの著作は、いわゆるベストセラーになった。「論争の相手の学生たちと私とは、印税を折半にする約束をした。そこで彼らは、多分ヘルメットとモロトフ・カクテル（注・火炎ビン）を買ひ、私は『楯の会』の夏服を誂《あつら》へた。みんなはこれを、わるくない取引だと言つてゐる」（「『楯の会』のこと」から）

東大全共闘とのこの対話は、ひとところ楯の会でも話題になった。全共闘の論理が、整合性を求めるあまり情念的エネルギーを生みだす阻害物になっているという認識で話しあわれた。しかも楯の会は、軍事行動へのステップを着実に積み重ね、具体的な行動に入れるだけの実力を身につけているのに、全共闘の側は、いまだにゲバ棒とヘルメットで己れの肉体を武器とする戦術にとどまっている。そのことを確認できたのは、当然なことだが、軍事的勝利感を与えるものとして彼らに歓迎された。

東大全共闘との対話で、三島はリラックスしていたかに見える。腹巻きに短刀をしのばせていたことも、楯の会の会員たちが会場に潜入していたことも、世間には知らされていない。三島と楯の会会員が、表面上のリラックスぶりとは反対にかなり思いつめていたことを、世間は知ることができなかった。

三月の体験入隊以後も、山本舜勝を中心とする自衛隊の将校によって、楯の会の訓練はつづけられていた。四泊五日の合宿訓練も行なわれ、地域研究、都市遊撃戦研究の講義があった。四月二十八日の沖縄デーでは銀座、新橋で学生と警官隊が衝突して、火炎ビンや催涙弾が乱れとんだが、そういう場に行って直接その場面を確かめたりした。五月には、山本の指導を受けて新宿で秘かに街頭訓練を行ない、ゲリラ戦での作戦行動の実際を身をもって学んでいった。

訓練の質と量の高まりは、反日共系各セクト、市民団体、労働団体の反体制運動が昂揚するのに比例した。しかも、新左翼の側が組織だった軍団も組めず、ゲバ棒、火炎ビン、石で機動隊と衝突するのに比べ、ほとんど軍人のような次元にまで訓練を高めたことは、意識の上でもそれを具体的に活用したいとまで精神が昂揚することであった。

一年三カ月ほど前、三島は、「平岡公威」名で体験した第一回の体験入隊のあと、サンデー毎日記者とのインタビューで、つぎのような回答をしたことがある。

「（ある自衛隊員の質問に答え）消防署員が火事を待望するのはあたりまえじゃないか。火事がなければ、どうして火消しがウデを見せることができるんだ。〝備える〟ということと〝待つ〟ということは、人間の心理のウラ表である。〝待つ〟という気持がなければ〝備える〟気持もないだろう」――。

それから一年余を経たこの時期には、三島自身はこのような心理状況からぬけだして、「待つ」から「打って出る」という段階まできていたという説もある。表面で著述、評論活動をつづけながら、そして知性の具現者のようにふるまいながら、その実、行動への渇望が異様なほどに昂まっていたと思われる言動があったというのだ。

山本舜勝は、自著のなかで、その模様を書いている。細部にわたって、かなりこみいった部分もあるようだが、そこは適当にオブラートに包んで記述してあるので、推測をはたらかす以外にない。山本の書をベース（「　」の中は山本書からの引用）に、いくぶんの推測を加えながら、その場面を想定するとつぎのようになる。

六月のある日、山本は、訓練の区切りのついた夕方、「仲間とともに私は三島氏から夕食に誘われた」という。お茶の水にある山の上ホテルのレストラン。三島は個室をとり、ボーイを追い、ドアに鍵をかけた。「私はギョッとした。尋常ではないその様子に、思わず身構えたのだ。そういえば、誘われた連中は、日頃から三島氏がもっとも信頼していると思われる仲間たちである。遂に三島氏がその決意を披瀝しようとしているのか！　脚に震えが来た。ぐっと息を飲んだ」。やおら三島は、懐ろから紙片をとりだし読み始めた。項目は三カ条あったが、第一条があまりにも衝撃的だったので、他の二カ条は忘れてしまったと、山本は書いている。

「その一カ条とは、『楯の会』が皇居に突撃して、そこを死守する、というものだった。いつ、どのような状況を想定してのことであったのか、それもどうしても思い出せない。〝皇居突入、死守〟という言葉のみが、私の頭の中で大きな音とともに破裂したのだ」結局、山本がなだめたようなかたちになって、三島は、灰皿のうえでその紙片を燃やしてしまった。

話というのはこれだけである。山本の著作には、不明確な部分があり、また肝心なことは忘れてしまったというくり返しがある。したがって、この話をもって、三島が楯の会を率いてクーデターまがいの行動を企図していたとはいえない。いやむしろ、三島は、ある〝実験〟を試みたというほうが当たっている。私には、もしこれが事実であったとすれば、三島は、山本をはじめ自衛隊の将校に〝踏み絵〟をつきつけたのではないかと考えるほうが当たっていると思えるのだ。

『論争ジャーナル』との別れ

山本は、三島と楯の会を反革命軍将校に育てるための優秀な教師であった。彼の講義と訓練によって、三島と楯の会会員の軍事知識、技術は向上し、一人前となった。その意味では、山本と三島の関係は師弟の関係にあるともいえた。

楯の会の会員たちの声をきくと、三島は、山本に全幅の信頼を置いていたという。人間として、軍人としての信頼である。三島という作家は、人の好き嫌いのはげしい人ではあったが、いちど胸襟を開くと、それは際限なく広がり交際を深めた。三島自身は、自らを律することにおいては、ストイックできまじめであったが、こういう気質の者には胸襟を開いた。

三島と山本は、単に軍事上の訓練をつうじて交流を深めただけでなく、家族的な交際もしていた。山本の著作は、それを充分裏づけている。いくぶん自己顕示的な描写は気にかかるとしても、ときに三島の自宅に行き、三島もまた突然山本の私宅を訪ねて、議論を深めている。三島が演出する芝居の舞台稽古にさえ、立ち会ったことがあるという。三島は、山本を信頼し、だからこそ多くの秘密に属することも打ち明けたのだろう。

しかし、だからこそ、不審な思いもする。

山本の著作をよく読んでいくと、三島の焦りや苦悩は、山本に適確につかまれているかに見える。軍事訓練が重なるたびに、三島は行動への渇望を昂めているかに見える。

そして、これが大事なことだが、つねに現実の行動を呼びかけるのは、三島なのである。クーデターまがいの行動を口走るのは、三島の側なのだ。

そのとき、山本は、いつも止め役なのである。そういう時期ではない、いまはその日のために訓練をしておこう、と止めるのは山本なのである。たとえば、前述の山の上ホテルの一件にしても、山本は、「そしてこれより後、氏は私に秘して独自の道を模索し始めた。しかし私との間を完全に断ち切ろうとする意図はもちろん無く、再々に渡って私の反応を探りながら、私を自己の側へ引き寄せようとしたのであった」と書いているのだ。

私が、〝不審な思い〟がするというのは、このことである。

三島が、現実への行動をもちかけるというのは、それを受けいれる雰囲気があったからにちがいない。一方的に、三島だけがそういう話をもちかけたというわけではなかろう。三島にそういわせるだけの暗示があったのではないか……と私は思う。

楯の会の学生長だった持丸と、三島とのあいだに、この頃しばしば不快な論争が起こっている。それは、山本に接するときの三島の度のすぎた信頼感をめぐってである。たしかに、少しずつではあろうが、三島には行動への渇望が起こっている節がある。その渇望が、山本を見る目を甘くさせたと思われる。持丸は、三島に、自衛隊将校への安易な信頼感はもつべきではないと諫《いさ》めたそうである。

三島は、それに耳を傾けなかった。三島には、三島の考えがあったのだろう。持丸にさえ語らないほど思いつめている部分があったのだろう。この論争が起こるたびに、三島は山本への信頼を語ったという。

山本に限らず、自衛隊の将校たちの中には、「もし、こういう事態になったら……」とか、「クーデターのときには、これくらいの隊員を動員できる」という話をする者がいたという。それ自体は、罪のない戯言として聞き流せる。しかし、いかにもそれらしき雰囲気のときに話せば、それは戯言では終わらない。聞いているほうが、何がしかの真実味を覚えたとしても不思議ではない。それこそ〈誠の言霊《ことだま》〉となっても、決しておかしくはない。

「二・二六事件を見てください。ゼネラルが最後には、どんな態度をとるか、歴史が証明しているではありませんか」

持丸は、そういって三島を諌めた。

二・二六事件の決起将校たちは、首相官邸、陸相官邸に陣どって、陸軍首脳に、彼らの要求をつきつけた。陸軍省、参謀本部の将校たちは、二・二六事件の成否がかかっている間、「大臣告示」を発して、あたかも決起将校の声が天聴に達せられているかのように装う。最終段階で、天皇の「討伐せよ」の「奉勅命令」がでると、そういう将校たちは雪崩《なだれ》を打つように、陸軍主流の側に身を寄せていった。

磯部浅一は、このプロセスを痛いほど凝視しつづけた。『獄中日記』には、省部の将校を呪う字句が怨念のこもった生き物のように並んでいる。「余は死にたくない、も一度出てやり直したい、三宅坂（注・陸軍省、参謀本部など陸軍中枢をさす）の台上を三十分自由にさしてくれたら、軍幕僚を皆殺しにしてみせる、死にたくない、仇が討ちたい、全幕僚を虐殺して復讐したい」「戒厳司令部、陸軍省、参謀本部をやき打ちすることも出来ない様なお人好しでは駄目だ。インチキ奉勅命令にハイハイ云ふて、たうとうへこたれる様ないくぢなしでは駄目だ」――。

安易に決起などというべきではない。しかもゼネラルにむかって、そういうことを口走るべきではない。持丸の説得に、三島はじっと考え込むだけであった。磯部の口惜しさをなぜ再び味わわなければならぬのかという説得に、三島は黙っているだけであった。

持丸は、三島の檄文の中にある〈自衛隊に裏切られた〉という意味のくだりを、三島と山本ら自衛隊将校の関係に置いている。表現に適切さを欠くかもしれないが、三島は、彼らに〝そそのかされた〟のではないかというのが、持丸の考えである。ひとつの例証を紹介しておく。

三島が自決してから三年後、持丸は、東京・市谷のある企業の参与となっていた山本を訪ねたことがある。不意の訪問であった。そのとき、持丸の話では、つぎのような会話があったという。

「山本さん。いい悪いは別にして、三島先生があのような事件を起こしたのは、あなたに刺激されたせいかもしれませんよ」

山本は、顔をあげなかった。

「……寝覚めが悪い。いまは三島さんの霊を慰めながら、俳句三昧《ざんまい》の生活をしているよ」

難詰しようと思っていた持丸は、たぶん山本も負い目をもっているのだろうと思って、その場を去った。そこに見たのは、日本陸軍の将校に列なる弱気な人間性であった。

持丸のこの話は、私には象徴的に思える。こうした挿話をベースにして、山本の著作を読んでいくと、三島に対する一定の距離を置いた意図的な歪曲が浮かんでくる。もうひとつの例をあげる。

前述の山の上ホテルの密談の直前、街頭訓練の合い間に、三島は、例の東大全共闘との討論を単行本にするためにゲラに手をいれていた。「討論集会から一カ月余りで出版するというこの異例の早さは、それだけ三島氏の資金捻出の苦労を示している」と、山本はいう。それが、三島の性急な決起行動への伏線であったかのように見える。

三島は、楯の会についての財政面はいっさい自分が受けもっていた。「『楯の会』のこと」の中に、三島ははっきりと書いている。「私は又、この小さな運動をはじめてみて、運動のモラルは金に帰着することを知つた。『楯の会』について、私は誰からも一銭も補助を受けたことはない。資金はすべて私の印税から出てゐる。百名以上に会員をふやせない経済上の理由はそこにある」――。

楯の会の制服、月一回の定例会の会場費、そして種々の雑費。すべて三島の懐ろから出る。昭和四十三年三月から第一回の体験入隊は始まったが、四十四年のこの時期まで、約一千万円をつかっているという。一年間で一千万円は、予想した以上の支出だったらしいが、しかし財政面については、三島も会員には負担をかけまいとするのか、学生長とか二、三人の会員に話すだけでくわしくは知らせていなかった。

昭和四十四年秋から、三島は、『Ｐｏｃｋｅｔパンチ Oh！』『週刊ポスト』などにエッセイを書いたり、時事問題を語ったりする。それまでも、大衆向けの雑誌に寄稿することはあったが、これほど意欲的に執筆することはなかった。プロパガンダに熱をいれたのと、やはり原稿料収入をあげて財政を支えるのが目的だったと思われる。

三島は金銭には潔癖な性格があって、たとえば政治家、財界人の寄附はいっさい受けとらなかった。祖国防衛隊構想の挫折を味わってからは、ひときわ神経質になった。とくに既成右翼と一線を劃《かく》すために、金銭にまつわる噂《うわさ》がでないよう、接触ももたないと同時に、金銭がからむ呼びかけにもいっさい応じなかった。

『論争ジャーナル』の中辻、萬代のふたりとの亀裂も、金銭面での相克から始まった。

この雑誌は、部数がそれほど伸びなかった。一万部を目標にしたにもかかわらず、なかなかそこまで達しなかった。当然のように財政面は苦しい状態にあった。発行をつづけるには、なんらかの資金的援助が必要な時期でもあったのだ。

中辻と萬代は、楯の会の第一期生であり、三島との交流は深い。しかし、ここにいたって、ふたりはもういちどある財界人のもとに行って資金援助をあおぐことになった。それは三島との決定的な別れになるかもしれないことをふたりは知っていたが、さりとてこの月刊誌をつぶしたくはないとも思っていたのである。

破局は予想したとおりの道を辿ってやってきた。

その財界人は、『論争ジャーナル』のために資金援助を約束した。ふたりと彼との間にどういう会話があったのかははっきりしていないが、その財界人は、この後、「自分は三島と楯の会のパトロンである」とある会合で語ったという。たまたまこの会合の出席者のひとりに、三島の友人がいて、この話はさっそく三島に伝えられた。

三島はふたりを呼びつけると、「これは楯の会の名誉に関わる問題だ」と怒った。それが破局のすべてであった。

しかもこの時期、『論争ジャーナル』グループのひとりが、個人生活でもある壁にぶつかっていた。それも三島の不信を買った。あまり人に激怒の様子を見せない三島が、このときは心底から怒ったという。昭和四十四年八月、『論争ジャーナル』グループに連なる十人余の会員は、楯の会から去った。楯の会の規約八号にあるように、除名処分の処置をとったともいわれている。

三島の周辺にいて、楯の会の内容に精通している者（たとえば林房雄など）は、この間の事情をどのように理解していたか。彼らは『論争ジャーナル』グループを罵倒することで一致している。なぜこれほど罵倒するのかと思うほど、ひどい筆致でこのいきさつを書いているのである。

それはとりもなおさず、三島の周囲でこのグループを問題視する雰囲気があったということであろう。このグループは、楯の会の中でも、第二期以降の学生とは異なって、もっと現実的に楯の会を見ていた。三島の論理や行動力に一定の評価を与えつつも、それは依然として思想の領域のことであり、生活そのものではないと考えていた。生活は生活として、最低のベースを自分で押さえておかなければならない。その苦悩を、三島は理解することができなかったということにもなるだろう。対立の本質がここにある。そして楯の会から、『論争ジャーナル』グループとそれに同調する学生たちが脱退したことで、生活派というか、より社会的次元にコミットしている一派が放逐されたといっていい。楯の会はより道義性の高い一統で固まっていったということにもなる。

三島にとって、『論争ジャーナル』グループとの離別は、きわめて不快な「裏切り」と映ったのであろう。ある財界人への働きかけもまた「裏切り」と受けとめていたであろう。三島は、着実にひとつの運動が発展するには、「裏切り」は避けられないと考えていたようだが、この期にそれはかなりの重みをもってあらわれてきたのである。

ふたつの出来事が起きた頃、三島は、『三田文学』に、「北一輝論――『日本改造法案大綱』を中心として」という論文を掲げている。この論文は、象徴的な意味をもっている。「私は、北一輝の思想に影響を受けたこともなければ、北一輝によって何ものかに目覚めたこともない」との前提を示したうえで、北一輝が意図していた政治的テクニック（戒厳令や統帥権の独立といったことだが）は、青年将校によって心情的、道徳的基礎として受けとられたという。北にはつねに冷徹な計算があり、それが国家改造を支える情熱の代償ともなっていたと断じている。

こうしたことを縷々《るる》説明したあとで、その末尾をつぎのように結んでいる。よく読んでみるといい。この期の三島の精神構造が、自らの手によって見事なまでに解剖されているではないか。

遠くチエ・ゲバラの姿を思ひ見るまでもなく、革命家は、北一輝のやうに青年将校に裏切られ、信頼する部下に裏切られなければならない。裏切られるといふことは、何かを改革しようとすることの、ほとんど楯の両面である。なぜならその革命の理想像を現実が絶えず裏切つていく過程に於て、人間の裏切りは、そのやうな現実の裏切りの一つの態様にすぎないからである。革命は厳しいビジヨンと現実との争ひであるが、その争ひの過程に身を投じた人間は、ほんたうの意味の人間の信頼と繫りといふものの夢からは、覚めてゐなければならないからである。一方では、信頼と同志的結合に生きた人間は、理論的指導と戦術的指導とを退けて、自ら最も愚かな結果に陥ることをものともせず、銃を持つて立上り、死刑場への道を真つ直ぐに歩むべきなのであつた。もし、北一輝に悲劇があるとすれば、覚めてゐたことであり、覚めてゐたことそのことが、場合によつては行動の原動力になるといふことであり、これこそ歴史と人間精神の皮肉である。

北一輝が青年将校に裏切られ……といういい方の中に、ある現実がこめられている。北一輝を語っているかに見えながら、実はそうではない。三島自身のこの時期の衝撃を正直に告白しているのである。

「裏切られるといふことは、何かを改革しようとすることの、ほとんど楯の両面である」――まさしく三島は、自らが〝裏切られる〟状況にいることを、自らにいいきかせていたのである。このような告白は、三島のエッセイ、評論の中にはまったく見当たらない。ここで初めてそれが姿をあらわすのである。三島は、精神的に疲労する日々のなかで、裏切られる苦しさを味わっていた。そこから抜けだしたくて仕方がないのだ。〈覚めている人間のいる場所〉に身を置きたいと願っていたにちがいなく、自分は紛れもなく、覚めた場にいて行動へのエネルギーを貯えるべきタイプの人間であることも知っていたにちがいないのだ。

学生長交代

『論争ジャーナル』グループが、三島と衝突した時期、学生長の持丸博の立場も微妙であった。それまで事務所は『論争ジャーナル』編集部内にあったが、ここも出ていかなければならないし、当の持丸自身がどのように身を処すべきかに悩んだ。

今後どう進むべきか、中途半端な立場にいる持丸に、三島がひとつの条件をもちだした。

〈『論争ジャーナル』を辞めて、楯の会の活動に専念しないか〉

楯の会の専従になって会の運営を進めろというのであった。ふたりはこのことについて、連日のように会って、善後策を考えた。三島の意見は、要約すると、つぎのようになった。

〈楯の会は純粋な行動団体であり、ただひとつの民間軍事団体である。これを社会に根づかせるには、きちんとした司令部のようなものをつくらなければならない。この際、君が適任者だと思うがどうか。生活の面倒は、私がみようではないか〉

持丸は、この考えに納得しなかった。彼には婚約者がいて、まもなく家庭をつくるはずであった。生活をきちんとして、社会人としての役割を果たし、そして思想は思想として練磨すべきだという考えをとっていた。国士を気どったり、壮士を真似て、生活意識も明確ではない右翼人にはなるまいというのが、持丸の基本的な姿勢であった。

三島は、その姿勢に好感をもち、「だからこそ君を信用し、こうして右腕として頼ってきたんだ」といった。ふたりの話し合いは、結局、生活者として自らをどう規定するかにいきついた。三島は、持丸の生活をあたかも保護者のように面倒をみるというのであったが、これが持丸には不快であった。

彼は、新たに職を捜して、そこに身を置き、余剰時間を楯の会のためにさくつもりだと答えた。生活まで三島に面倒をみてもらうのは、持丸の全人格と全生活が三島の隷属下に置かれることであった。それは、持丸には耐えられぬことで、三島というわけではなく、どんなかたちであれ個人に人格と生活を委託するのは、彼の人生の計画の中にはまったくなかった。

三島は、持丸のこの考え方を理解できず、それゆえ認めなかった。どうか楯の会の活動に専念してくれと頼みこむだけであった。

話し合いは難航した。ふたりの間には、少しずつ亀裂ができた。その亀裂を確かめているうちに、持丸は、三島をこれまでとはちがう目でみていることに気づいていく。やはり育ちの良さからくる、天賦《てんぷ》の能力をもった男は、生活者の苦悩をまったく知らないということに気づいていくのであった。三島は三島で、あれほど楯の会の結成時から身を投げだして献身し、会員のほとんども持丸の選定に任せていたというのに、この期に及んで本格的に専念しないことに不満だったのだ。

持丸の真意を、三島は充分理解することはできず、持丸が結婚することで楯の会を離れたがっているというふうに理解し、それを周囲の人びとに語っている。

話し合いは決裂した。ふたりは別れることになった。持丸は、外部から楯の会を手伝うことになり、三島も渋々ながら諒承した。諒承はしたが、三島は、楯の会についてどのような方向に進めるべきか、すっかり困惑してしまい、解散を口にするほどであった。それを慰めたのが、三島の周囲の友人たちであった。それでまた気をとり直して、三島は楯の会を継続することにしたのである。

昭和四十四年八月、楯の会には、新たに第四回目の体験入隊を終えた第四期生二十数人が加わった。まだ大学の二年生か三年生の学生たちであった。この一方で、六月と九月には、リフレッシャー・コースに第一期生、第二期生、第三期生が行って、訓練の成果を日常的なものとするために汗を流した。

九月の定例会で、持丸は退会の挨拶をした。三島との約束で、くわしい内容は語らないことにした。結婚し、就職し、そのために会を去ることになった、だが、外から何かと力添えはしたいという挨拶であった。三島はこのあと涙を流さんばかりに嘆き、「一人息子を失ったようなふさぎようだった」と、三島の友人は書いている。

三島事件後、ある週刊誌は、三島は信頼する会員を事件の一年前に〝偽装退会〟させ、その男に楯の会の存続を託しているとセンセーショナルに報道した。しかし実情は、偽装どころか本質的な面でふたりは衝突し、別れていたのである。

三島は、つぎの学生長について第二期生の森田必勝を指名した。そして、楯の会の事務所を新宿の十二社《じゆうにそう》にある森田のアパートに移した。そのアパートには、森田に心酔する会員たちも移り住んでいた。

もし、ひとつの仮定が許されるなら、学生長が持丸から森田に代わらなかったら、あの事件は起こらなかったろうという意見を吐く人がいる。持丸と森田という人物のちがいを見ると、たしかにそのようなことがいえる。

持丸は昭和十八年生まれ、森田は昭和二十年生まれ。大学はどちらも早稲田。持丸は茨城県の農民の子弟、森田は三重県の出身で、両親がなく中学校教師の兄が父親代わりとなって末弟を育てた。こうして並べてみると、ふたりはほぼ同年代、日本の平均的な家庭環境にあったといっていい。しかし、その感性はまったく異なっていた。

「持丸は、激情にかられた論は吐かず、つねに理知的、合理的に考え、発言する。反共理論の明確な脈絡を尊び、行動そのものにはきわめて用心深い」とは、彼の周囲にいる友人の評だが、それはたしかに当たっている。推測するに、三島には常にブレーキ役として接し、軽挙妄動は慎しむべきだといいつづけた。そこに三島も信頼感を寄せていたのだろう。

反して、森田はあまり理論面にはこだわらなかった。彼は、つねに行動への信頼感にとらわれていた。寡黙とはそれをあらわす〝形容句〟であった。「森田にはさわやかな青年らしい純粋さがあった。彼は、死というものをこわがるふうでもなく、それを日常の営みのようにたんたんと話しつづける青年だった」と、楯の会の会員だった者は、いちように強調するのである。

持丸に『豊饒の海』の本多繁邦のイメージが重なり、森田には、第二部「奔馬」の主人公飯沼勲が明確に重なっている。三島が、楯の会を「純粋」「無私」で貫き、そこに世俗の夾雑物を排除したいと考えたのは、森田を学生長に据えたことで明らかになる。

そして、飯沼勲は森田必勝となって、やがて三島その人に問いかけをしてくるのである。

先に、山本舜勝は、「どうやったら人が殺せるのか」と森田に問われたことがあると紹介した。その会話がどのような状況で、どのような話題のときになされたのかは明確ではないにしても、森田は行動を志向するタイプであり、この種のことを平然と口にするタイプであった。持丸はそのような会話をしないタイプであり、結果的に、三島は森田に象徴される気質に自らをなじませていくことになった。

十月にはいってのことである。事件の際に撒《ま》かれた檄文でいう、「一〇・二一」というのは、この月の国際反戦デーをさすのだが、この直前の班長会議で、具体的にどのような行動をとるかについて話し合われている。三島は、内心、この日、反日共系各セクトの力が爆発して、警察力が手がつけられない事態の到来することを望んでいた。そうすれば、状況は歴然とする。つまり自衛隊を治安出動させることで、三島の思惑である状況がそこに現出する。

森田を学生長として以来、初めての訓練であり、この日に騒乱状態が起こればどのように対応するか、それも煮つめられた。このような議論をとおして、会員たちの心理状態はかなりのボルテージで昂まっていった。

ところで、十月二十一日の直前、読売新聞に妙な記事が掲載されている。十九日付の社会面のトップのその記事は、「〝学生民兵〟突撃ィ！」と見出しがあり、「銃持ち〝憂国〟の猛訓練　異例の長期入隊に論議」という副見出しもついている。妙な記事というのは、三島と楯の会については、この頃には週刊誌などでくわしく知られていたし、体験入隊についてもすでに充分喧伝《けんでん》されている。それなのに、なぜこの時期にこれほど大きくとりあげられたのだろうかという気がするからだ。

動機は単純なのかもしれない。

この十一月三日に、楯の会は結成一周年を記念して、国立劇場屋上でパレードをする旨の案内状を、文化人や芸能人、それにマスコミにも配付している。それを受けとった記者が、反日共系各セクトの騒乱ぶりを描くのにいささか倦《あ》きてしまったので、楯の会でもということになったのかもしれない。

記事は、楯の会には八十三人の会員がいて、早稲田、東大、一橋、東京外国語、慶応、学習院など十七大学に及ぶといい、その体験入隊の様子をこまかく説明している。訓練によって、将校並みの実力をもつに至ったとある。リーダーの早大教育学部四年生森田必勝君は、「(体験入隊では)はじめはアゴをだしたが、一週間もすると銃剣道でも腰がふらつかなくなった」と書かれている。そのうえで、この入隊は防衛庁でも異例のかたちで認められたものだと書いている。

防衛庁のコメントも載っていて、三島の熱心な申し入れによって受けいれたもので、テストケースとしてみていると話している。特定の思想団体とは思えないとも補足している。評論家の大宅壮一のコメントもあり、「防衛庁の勇み足だね。自分たちの味方を求めるあまり、三島さんに迎合しすぎたんだ。五十人や八十人の民兵みたいな味方ができるのを喜ぶより、大多数の国民がどう反応するかを考えるべきだろう。まあ大部分の人は支持しないだろう。三島さんが日本の現状にじっとしておれない気持ちはよくわかるが、こういう組織をつくり、行動するとかえって反体制の連中を刺激して対立を助長するようになる。個人的なアピールをしているうちはよいが、行動を開始すると問題だ。ナチスの〝ほう芽〟みたいなものを感じるね」といっている。

このあと二十一日の読売新聞朝刊では、三島に真意を語らせようとするのか、社会対向面のトップで、三島と評論家の村上兵衛が対談している。ノーベル賞候補作家の〝憂国の真情〟が楯の会の結成の真因であることに驚きを隠さない声が高まっていると、この記事にはある。村上の、四、五年前までならこういう事態は信じられないという言葉を受けて、三島はつぎのようにいっている。

たしかに十年前は、日教組が〝教え子に再び銃をとらすな〟といえば、だれもが〝そうだ〟と思ったと思う。楯の会なんて聞くだけで汚らしい存在だったに違いない。それが、こんなに変わったのは、なんといっても、七〇年安保がやかましくなって国民が決断をせまられだしたことが大きい。

このふたつの記事は、三島と楯の会が、実際には右翼の行動団体としてまったく新しいかたちのグループであることを紹介したものだといえる。しかも、いずれは軍事行動を起こすのが目的だという見方が行間から遠慮深げに伝わってくる。もし三島由紀夫という作家でなかったら、この団体は新左翼と武装対決する右翼グループとして、国民の広い反感を買うだろうとのニュアンスが浮かんでいるのが容易に判る。しかし、三島由紀夫という名前が、こうしたニュアンスを薄めているのだ。〝あの大作家の遊びであろう〟〝玩具の兵隊さんごっこであろう〟。たとえ三島がまじめに楯の会を語っても、額面どおりには受けとめられずユーモアの類とみられてしまう。

だから、この記事は三島と楯の会の存在を大きくクローズアップしてみせたが、それはそれだけに終り、その実、三島がどのような危機感をもち、楯の会がどれほどの実力を備えてきているかを、明確に見ぬく記事ではなかった。この頃から、ときどき三島と楯の会が新聞にとりあげられるが、それには一貫してこの流れがある。

もし、三島と楯の会が十月二十一日の国際反戦デーにどのような対応をもち、それにもとづいて会員たちがどんな会話を交わしていたかが、寸分でも世間に洩れていたら、三島と楯の会の焦燥感と危機感の深さに驚いたことであろう。

三島は、昭和四十四年九月から『Ｐｏｃｋｅｔパンチ0h！』に「行動学入門」というエッセイを連載している。若い読者向けに書いたというが、これが単行本になるとき（昭和四十五年十月、つまり事件の一ヵ月前である）、三島は「あとがき」を書いている。このあとがきの何と意味深長なことか……。三島はつぎのように書いているのである。

「……この本は、私の著書の中でも、軽く書かれたものに属する。いわゆる重評論ではない。しかしこういう軽い形で自分の考えを語って、人は案外本音に達していることが多いものだ。注意深い読者は、これらの中に、(私の小説よりもより直接に) 私自身の体験や吐息や胸中の悶々の情や告白や予言をきいてくれるであろう。いつか又時を経て、『あいつはあんな形で、こういうことを言いたかったんだな』という、暗喩をさとってくれるかもしれない」

「行動学入門」には、たしかにその息吹きがある。そういう三島のある傾斜が伝わってくる。

第五回目の原稿で、三島は、「行動の効果」というタイトルで、十月二十一日の行動を克明に書いている。夕方から新宿にでかけ、西口のガード上の鉄橋に立って、デモ隊と警官隊の衝突を見ていた。群衆がデモ隊に付いたり、離れたりする様は、機動隊との距離関係にあることが判る。何度かデモ隊と機動隊との攻防戦を見ながら、「群集心理は一個人のリードによってふだんの力の数倍の力をふるうこともあると同時に、指導力がないところでは核心のない世にもみじめな散り方をした。……群集は自分たちの盲目の衝動を一定方向に引っ張ってくれる個人の指導力を待望していた」と感じるのである。

三島は、この日の騒乱を待望していた。しかし、それは結局、幻想でしかなかった。何度かの訓練、そして実際のデモ警備をつうじて、警察力のほうが圧倒的に強かったのである。三島は失望し、各セクトに代わって総括まで行なっている。一〇・二一の「ゲリラ戦」を見て、これは初めから決定的な効果をあきらめ、不安な状態をつくり、それを世間一般に宣伝すること、簡単にいえば「テレビに写り、新聞に出ること」を効果に組みいれているにすぎない。だから、テレビも新聞も、このデモをまったく扱わなくなったところから、ゲリラは出発しなければいけないのではないかといっている。

『行動学入門』では、三島は、「敵」のあまりにもだらしない戦いぶりに愛想がつきたという含みをもたせて書いている。だが実は、三島にとっての一〇・二一はそれだけではなかったのだ。

いま、十月二十二日の新聞をとりだして、二十一日の様子を調べてみると、どの新聞にも大見出しで、「首都騒然〝一〇・二一反戦デー〟」という見出しが躍っている。新宿を中心に都内では、ゲリラが厳戒をぬって出没し、機動隊と衝突をくり返したとある。新宿には一万人の群集が集まってきて、ゲリラを補完するような役割を果たしたとある。

しかし、この日は反日共系のデモがあっただけではない。社会党、共産党、総評が計画した「安保廃棄、沖縄の即時無条件全面返還、佐藤首相訪米抗議、国会解散、ベトナム侵略反対統一行動」が、全国八百二十二カ所で行なわれ、約八十六万人が参加していた。国際反戦デーは、この年で四回目だが、政治スローガンを掲げた統一行動に、これだけの参加者を集めたのは六〇年安保以来のことであった。

既成左翼のデモは、たいした混乱もなく、反日共系のデモとは好対照であった。反日共系の各セクトは、高田馬場、新宿で火炎ビンや投石ではげしく抵抗し、東京だけで千二百人近くが逮捕される事態であった。

この日の模様を、朝日新聞の記事はつぎのように報じている。

夜、秋雨にぬれながら反代々木系各派の学生たちは、新宿駅に集中しようとした。「一〇・二一集会・デモ」の東京。昼のうちは、まるで「吹きぬけゲリラ」のように、小集団で町をかけた。それが、夕方から新宿をめぐる地域攻防戦に移ったが、結局、機動隊員らの厚い壁にはばまれた形になった。いったんは、過激派学生が新宿駅ホームや線路になだれ込んだ。このため、国電がとまった。しかし、たちまち学生たちは逮捕された。あとは「壁」の周辺の、早稲田通りや駅付近の道路にバリケードが築かれたり、各所で散発的に火炎ビンが飛びかったりした。新宿駅周辺を埋めた群集は、最高時一万人にもなり、警察側は規制に手をやいた。これに反し、銀座や新宿の盛り場は、この夜、一般の車や人はパラパラ程度。いつもはまばゆすぎるくらいのネオンも、宵のうちから三分の二ほどは消え、ときならぬさびしさだった。

反日共系セクトは、「十月決戦」を叫び、大衆の意識に火をつけ、それで七〇年にだれこもうとしていた。しかし、それは不発に終った。機動隊の壁に阻まれ、大衆の支持を得ることができず、孤立して終ったのである。

新聞や雑誌は、この反戦デーの動きが不発に終った理由をつぎのように理解していたようだ。

〈東京地検では騒乱罪を適用しようとしていたが、警察力が強化されていて、学生側は正面から衝突できなかった。しかも指導者の多くはすでに逮捕されていた。それに、新宿では地元民が自警団をつくり、彼らが学生たちの動きを克明に警察に伝えた〉

ある新聞は、「市民、学生を見放す」という見出しを掲げたが、それは状況を適確にあらわす言葉であった。

この日、三島は、楯の会の会員と共に新宿駅付近を歩きまわった。騒動が最高潮に達し、警察力ではどうにも押さえがきかなくなり、そのうえで自衛隊の治安出動が発動される状況を、三島は望んでいた。しかし、事態はとてもそこまでいかない。いや、もし反日共系セクトの実力行動がそこまで辿《たど》りつかなくても、政府は意識的に、自衛隊の出動をすべきであった。政治的な効果を狙って、そうすべきであったのだ。そうすれば、自衛隊と警察との国家権力の相違が明確に浮かびあがってくる。

しかし、三島の想いは幻と終った。

三島は、新宿を歩きながら、ひとり憤慨しつづけた。「だめだよ、これでは。まったくだめだよ」と、ひとりごとをくり返し、自棄《やけ》になったように、「だめだよ、これでは」と叫びつづけた。

失望は、楯の会の会員にもよくわかった。

この頃、楯の会は八班で構成され、一班に八人から九人の会員がいて、班長の命に服するシステムを採っていた。月一回の定例会、週に一回の班長会議、それに山本ら自衛隊将校の講義、訓練がくり返されていた。三島は、そういう会合で寡黙になっていった。しかし、気を許した会話のできる班長会議では、その失望を隠さなかった。『論争ジャーナル』グループとの訣別《けつべつ》、学生長持丸博の退会、そして自衛隊将校との曖昧な関係、世論に右翼団体と印象づけられ、そのことによる目に見えぬ圧力。三島にとっては、不快な感情が昂まる日々であったにちがいない。

「三島事件」の第十五回公判で、小賀正義は、酒井弁護人の質問にこたえて、つぎのように語っている。三島の失望は、楯の会を結成一周年にして解散するつもりではないかと思わせるほど深いものであったことが判る。


四十四年十月か十一月ごろ、楯の会のパレードをやるというので、班長が集まったとき、三島先生が『一〇・二一も不発に終わり、彼ら（過激派学生）の行動に対する治安活動もなくなった。楯の会はどうすべきか』と言った。そのとき森田さんは『楯の会と自衛隊で国会を包囲し、憲法改正を発議させたらどうだろうか』と言った。それについて三島先生は『武器の問題のほか、国会の会期中はむずかしい』と言われた。

楯の会は、あくまでも自衛隊の「落とし子」のように考えていたことが、森田の発言からもうかがえる。さらに小賀は、「調書にはクーデターを承認しているような供述があるが……」と弁護士にたずねられると、「ぼくらのいうクーデターは、一般のと違う。一般のは武力で政権を奪取することだが、ぼくらのは、政権を奪取してもあとは自衛隊に任せる。ただ責任はとる。ぼくらの行動は最終的な行動で生命をかけることだった」と答えている。

小賀の証言は、班長会議で、「決起」「クーデター」といったなまなましい言葉が出ていたことを窺わせる。それは、一〇・二一反戦デーのあとで、より強い調子で語られていたのではなかったろうか。持丸の去ったあと、楯の会内部は、三島と会員との関係がタテに連なる団体に化していて、三島の一挙手一投足は、強い影響力をもって会員に伝わっていったと推測されるが、それだけに一〇・二一反戦デーのあとの定例会、班長会議では、三島にたいして、会員の間からは強く行動を促す空気が流れていたと考えてもいいだろう。

『Ｐｏｃｋｅｔパンチ0h！』に連載している「行動学入門」の第六回「行動と待機」の中で、三島は、「一発勝負のために待機の時間を長くする」といい、一発勝負も狙わず、待つことの忍耐も知らずに行動を積み重ねることは、ひとつひとつの行動を薄め、適確性を失わせしめるといっている。これは何をいいたかったのか。三島の〝愛すべき

「敵」〟たちの拙劣な戦略に、一言忠告しておきたかったのだ。「待つ」ことこそ「真の勇気」なのだといいたかったにちがいない。

（全共闘、過激派の運動は、一応終りを告げたといってから）彼らは七〇年決戦を唱えたのにもかかわらず、次第次第に、七〇年決戦は前へ前へと繰り上げられ、十一月決戦が叫ばれ、その前には一〇・二一が、そしてその前には四・二八があった。彼らは青年の生理によって、いつも待ち切れないで暴発するという形をとって行動へ進んでいった。（中略）警察権力は少しでも早く事態を収拾するために、学生をして暴発に急がせることに力を注いだ。彼らが待機に耐えられなくなればなるほど、そのエネルギーは相対的に薄まり、彼らが何度も行動を繰り返せば繰り返すほど、それに従って社会不安を醸成する機運はかえって低まり、集団的行動全体のヴォルテージは低まって、収拾しやすくなるということが警察側の計算であった。

三島の、反日共系セクトへの悲しき長恨といってもいい。自らの信条とそれを具現しようとする楯の会からのメッセージといってもいいのである。

だが、三島の論には筋ちがいなところもある。三島と楯の会の行動は、「たった一回の決起のときに備えていればいい」わけだが、反日共系の反体制運動は時期を区切って革命を起こそうというのではない。その運動は、組織を変え、指導者を変え、無限につづけられるのである。極端な話、九百九十九回〝体制側〟に押さえつけられても、一千回目に〝革命〟が成就すればいいと考えるのである。あるいは九千九百九十九回でもいいのである。一万回目に成就するかもしれないのだから。

三島は、このことを直接書いてはいないが、よく知っていたはずだ。それゆえに、青年へのエッセイでは、〈未来を想定するのは堕落である〉といいつづけたのだ。

三島は、一九七〇年は反日共系の騒乱状態と、それにつけこむ共産党の巧みな戦術によって容共政権ができるのでは……と案じていた。つまりこの年を有限の世界に区切っているかのようなエッセイを書いている。この年以降は、彼の視座にはない。七〇年には、三島と楯の会は、自衛隊をまき込んで何らかの行動を起こしたいと熱望する……。自らと楯の会は、そのための存在だと考えている。それなのに、騒乱はもうない……三島の焦りと困惑は、新たな目標を見出そうとする現われである。

昭和四十四年十一月三日、国立劇場の屋上で、楯の会結成一周年のパレードが行なわれた。作家、俳優、そして防衛庁の関係者、報道陣が集まる中を、学生長を先頭に、第七班班長小川正洋が白地に赤い兜《かぶと》を染めた隊旗をもって行進した。三島は観閲台に立って、彼の軍隊を見つめていた。世間に認知されるセレモニーという想いのほかに、三島には別な感慨もあっただろう。状況にたいする失望と落胆という感慨である。

入場者には、三島自身の筆になる「『楯の会』のこと」というパンフレットが渡されている。ここで三島は、楯の会の実情をくわしく語っていると同時に、この時代状況を鋭く告発していた。楯の会が世間に認知されるのは、三島にとって実際は愉快なのか、不快なのかは判らないが、とにかく認知されてしまった。それは翌日の新聞やテレビで、大きく報じられた。

「私は日本の戦後の偽善にあきあきしてゐた。私は決して平和主義を偽善だとは云はないが、日本の平和憲法が左右双方からの政治的口実に使はれた結果、日本ほど、平和主義が偽善の代名詞になつた国はないと信じてゐる。この国でもつとも危険のない、人に尊敬される生き方は、やや左翼で、平和主義者で、暴力否定論者であることであつた。それ自体としては、別に非難すべきことではない。しかし、かうして知識人のConformityが極まるにつれ、私は知識人とは、あらゆるConformityに疑問を抱いて、むしろ危険な生き方をするべき者ではないかと考へた」――。

三島のこのパンフレットは、一部の新聞には諷刺をこめて紹介された。どうやら三島は、本気で「玩具の兵隊」を集めて楯の会をつくったらしいというのである。

第五章　公然と非公然の谷間

非公然活動の始まり

三島由紀夫は、日本のもっとも著名な作家であった。彼の顔は、日本中に知られていた。テレビや雑誌のグラビアは、しばしば三島が陽気にふるまっている様子を伝えた。作家として著名だっただけでなく、演劇やその他いくつかの活動の場をもっていて、三島は、日本の知性を代表しているかのように受けとられていた。

実際、三島はそれだけの能力をもち、それにふさわしい作品をいくつももっていた。それがノーベル賞に値するほどの作品であることに、三島は自己満足を覚えていたであろうが、それは日本人自体にも普遍できる充足感といってよかった。

そういう三島は、一歩外にでると、人びとのあらゆる好奇の目にぶつからなければならなかった。マスコミにとって、三島は、ちょっとした〝変化〟でもニュースの素材になる存在であった。それだけ人びとの強い関心の中に置かれた人物であったのだ。もし、三島がプライバシーを理由に、己れの生活を隠そうと思っても、世間はそれを許さない構造をつくりあげていた。

昭和四十四年、四十五年。高度成長がピークのときである。日本のGNPは世界第二位であった。経済の指標は、登りつめる限界にまで達していた。それが人びとの生活を規制した。耐久消費財は、粗大ゴミとなって捨てられるような時代、無限に活動をつづけるメーカーの工場は、所得の向上した人びとに向けて、あらゆる製品を送りこみ、人々を〝消費動物〟に変えてしまう。

すべてがバラ色の時代であった。二十一世紀の日本を占う未来論が幅をきかし、経済成長は、それを充分保証するものと誰もが考えていた。アポロ計画で人類は月に到達する、コンピューターが企業に導入される、人類が自然を制圧し、文明は際限なく広がると誰もが思っていた。こういう経済の好況は、〝昭和元禄〟という時代を現出した。無目的殺人、反体制運動の波が中学生にまで及ぶという滑稽さ、そしてシンナー遊びに耽《ふけ》るフーテン。危なっかしい社会現象が随所に噴きでていた。

このような時代に耐えうるのは、躁状態気質のタイプである。多くの社会心理学者が、何ごとにも条件反射的なタイプが主流になる時代だと指摘したが、それは確かに当てはまることとであった。

三島と楯の会は、こういう時代にストイックな目で対応した。三島は、自らの挙措がジャーナリズムの〝商品〟に転化し、それが一過性の訴求力しかもたぬことを充分知りながら、若者向けの週刊誌や月刊誌にしばしば登場した。前述したように、已れの生活が社会に洩れてしまうのであれば、ある程度まではこちらの方から打って出て、その境界線をつくっておいたほうがいいという判断に基づいていた。

楯の会にしても、不必要に隠しておいて誤解を受けるより、ある程度世間の目にさらして馴らしておいたほうが、いざ行動を起こすときに便利であろうと考えていた。一周年記念のあと、幾人かの学生は、楯の会の制服を着て外に出た。人目はひいたが、それは初めのうちだけで、自らも馴れていけばより大胆な自覚をもった〝軍人〟になれた。ゲリラ戦になれば、彼らは百人ものゲリラを指導するのだから、恥ずかしいという感情は捨てなければならなかった。

世間の目にさらし、一定の規模で少しずつ「楯の会」運動を進めるのを〝公然活動〟とすれば、もうひとつは、体制に抵抗するための秘かな予備活動を〝非公然活動〟ということができる。

昭和にはいっての国家改造運動の陣営を見ると、三島のように著名でありながら、政治的行動を起こした者はほとんどいない。多くはイデオローグや政治指導者に刺激され、あるいは教唆を受けて実行活動にはいった。三島のように、イデオローグであると同時に行為者になった著名人は、まったくといっていいほど見当たらない。なかなか自分では先頭に立たないものなのだ。三島を、「強い意志の人」「発言に責任をとる人」という形容句で表現するなら、とにかく率先して行動に走ったという意味で、昭和史でも一定の評価を受けることになろう。

総帥が非公然活動を計画し、指示し、その進捗《しんちょく》を確かめるというのではなく、自らそこに傾斜していくプロセスには、相応の苦しみもあったはずだ。しかも名の知られた著名人でもあるのだ。誰もが注目している。この章では、三島が密かに動きだすプロセスを追いかけていくことにしよう。

非合法活動への第一歩は、組織内の構成員を欺くことから始まる。欺くことは、相手は自分に寸分の余地なく信頼を寄せているのに、自分のほうは相手にその半分の誠意しか返さないことである。両者の間には、公然活動のエネルギーの質の相違も生じるであろうし、現象に対する反応も異なってくるであろう。非公然活動への傾斜とその成否は、すべて意思の強靱《きょうじん》さによって決定される。

三島と森田、そして他の三人はどのようにして非公然活動への歩みを始めたのであろうか。

前章で述べたように、昭和四十四年十月二十一日の国際反戦デーをもって、三島は、自衛隊が治安出動をすべき機会を失ったと考えた。たしかに十一月、十二月にも騒乱がなかったわけではない。十一月五日には、赤軍派の〝兵士〟たちが大菩薩峠《だいぼさつとうげ》で軍事訓練を強行しようとしているところを、内偵していた警視庁によって急襲され、一斉逮捕されている。十一月十三日、十六日には、佐藤首相の訪米阻止をスローガンに、反日共系各セクトは、社共両党の抗議行動を横目に、銀座、蒲田での街頭闘争をつづけた。だが、警察力の強化は、学生を羽田に一歩も近づけなかった。反日共系セクトの後退は目に見えていた。三島は、このような状況に関心を失ったのか、街頭に出て行って訓練をするそぶりもみせなかった。

こうした動きの中で、三島と楯の会は、赤軍派に関心をもった。三島は、赤軍派のパンフレットを密かに集めてもいた。公然と武力闘争を掲げ、そのための軍事組織までつくろうとしていたことと、大菩薩峠の軍事訓練とその意味について、赤軍派の獄中通信が、「我々は、何が何でも首相官邸を武装占拠しようとした。そして、その戦術、武器、隊編成等については意志一致した。このリアルな内容については、権力にバレているものと、バレてはいないものがある。首相官邸占拠が実現された後でのみプロレタリア人民にはわかる性格のものだったが、やはりまだ、秘密にされねばならない」といっている事実に魅《ひ》かれたのであろう。

しかし彼らは、軍事訓練といってはいたが、それはあえて三島を驚かすほどのものではなかった。関心をもっても、それはすぐに軽侮にかわってしまう程度のものだった。三島は、「行動学入門」の中で嗤《わら》っている。

大菩薩峠における赤軍派の逮捕状況を見ると、彼らが軍事用語をあれほど乱発しながら、歩兵の最も普通な、基礎的訓練を軽視していたことがわかる。その基礎的訓練とは不寝番勤務と、立哨、動哨である。仮にも、爆発物を屋内に持ち、作戦会議をそこで開く場合に、不寝番もなければ、立哨、動哨もなかったということは、彼らの観念と行動との大きなギャップ、また、ことばと行動とのギャップを如実に感じさせた。

楯の会をプロとするなら、赤軍派はまるでアマチュア以下だというわけだ。そして、この文章の中で、三島は、「十一月決戦（〝十一月に死のう〟）」という言葉が、赤軍派でつかわれていたことにふれ、「ことばでもって自分をかきたてようとすれば、行動はそれについていけなくなるのである」と断じている。彼らのエネルギーは、つねに将来の時点に目標を定め、そこで爆発させようとするが、それはつねに欺瞞の拡大再生産でしかない、この点でも、赤軍派はアマチュアだというのである。

昭和四十四年の暮れになると、三島は、反日共系の動きには、何も〝期待〟しなくなった。自らの楯の会の存在は、状況が革命前夜の方向に向かうことによってこそ意味をもってくるというのに、もうこの面からは存在意義が失われていったと考えた。赤軍派に対する軽侮は、他の党派をそれ以上に軽侮することだったのだ。

前章で紹介したように、小賀正義の公判における証言によれば、「新左翼はもう力がないし、いま楯の会は何をなすべきか」と三島は問い、森田は、自衛隊とともに国会を占拠し、憲法改正の発議をしようと提案した。しかし、それに三島は乗り気ではなかった。たしかに、三島は何か新たな計画を模索し、それを手がかりにしようとしていたようだが、それがどのようなものかは、会員には判らなかった。

三島は何を求めていたのか。

楯の会の元会員が、私の取材に、「先生は十二月の段階で、自衛隊に絶望する発言をくり返していた」と洩らしたことがある。自衛隊に期待し、もちかけていた計画が、完全に拒まれたのではなかったか。

山本舜勝の著作には、十月から十一月にかけて、三島がしきりに、「最終的計画案」

なるものをもちかけたエピソードが紹介されている。二度、三度と、三島が、「最終的計画案の討議をしたい」といってくるので、十一月二十八日に、山本は三島と会ったというのだ。このときの模様を、山本はつぎのように書いている。

(注・楯の会の訓練を体系化し、長期的構想のもとに訓練をつづけるという案を、山本は説明するが)三島氏は私の説明を黙ったまま聞いていたが、目を輝かすことも、頷くことすらなく、その反応は実に冷たいものであった。私の提案のなかには、何の新しい展開も期待できなかったからであろう。だがしかし、私にとっての民防とは、決して表面に出ることを望まない地味な活動のことである以上、これ以外の提案は考えられなかったし、三島氏の冷たい反応もいたしかたない、そう思うほかなかった。

三島側の資料がないので、そのときの模様は、これ以上は判らない。だが、山本の記述の中に、いくつかの不審な点もある。ここに書かれている内容(これでは日頃の雑談ではないか)ていどの意味をもって、ふたりが会ったとは思えない。これは推測になるのだが、三島はもっと具体的で、もっと克明な案をもってきたにちがいない。そして、「あなたたちはやるのか、やらないのか」と詰めよったのではなかったろうか。楯の会の班長会議で話をまとめ、それを学生長の森田とともに案にして、山本のところにもちこんだのではなかったろうか。三島や森田が、そうもちかけたくなるほど〝誘惑に満ちた〟言動が、山本の側にはあったのではないか。

しかし、結局は決裂した。三島は、山本の返答をもらって、自衛隊との同盟意識を断ち切った。以来、山本との交友は表面的なものになり、自らの心中をストレートにはあらわさぬようになったとみられる。

三島と森田の密かな行動計画は、この頃から練り始められた。それが自衛隊を頼らず、楯の会独自の行動であり、自衛隊に反旗をひるがえすような計画として進んだこともまちがいない。腰抜けの自衛隊に目を覚まさせてやる――それを根本に据えることになったと考えていいだろう。

やはり山本の書に記述されているのだが、昭和四十五年の新年の集まりで、三島は、「自衛隊に刃を向けることもあるでしょうね」とふと洩らしたという。そういう感想を洩らすほど、三島は、自衛隊に絶望し、憎んでいたということでもあろう。

一方、三島は、楯の会の会員にまったく新しい研究活動をも命じている。現行憲法を改正するとすれば、どんなかたちの憲法をつくればいいのかを研究してみようといいだしたのである。

昭和四十四年十二月二十四日。三島と楯の会の会員五十人は、自衛隊習志野駐屯地第一空挺団に「一日体験入隊」を行なった。ここで、会員たちは落下傘降下の予備訓練を受けた。リフレッシャー・コースといってもいいだろう。肉体が軍事行動にいつでも対応できるようにする、という意味をもった訓練でもあった。

この訓練のあと、三島は、駐屯地のなかにある教場で、五十人の会員に訓示をしている。

「憲法改正の緊急性を、いまこそ必要に思う。楯の会独自の憲法改正草案をつくりたい。至急、準備にとりかかろう」

すぐに有志が挙手をし、十三人の会員が「憲法研究会」のメンバーとなる意思表示をした。十三人のうち三人が法学部の学生で、のこりは文学部とか経済学部の学生であった。現行憲法が戦後の偽善の根源であり、日本の文化、伝統を抹殺するとみなす会員たちは、この研究会の発足に素朴な共鳴を洩らし、研究会のメンバー以外も側面から研究活動を応援することになった。

後日、憲法研究会は八班の班編成とは別に、独立した研究班となり、その班長には、早稲田大学の法学部に在学していた阿部勉が選ばれた。三島は、「おまえは法学部だからすこしはくわしいだろう」といって、阿部を指名したという。阿部自身もこの研究会には乗り気になった。なぜなら阿部は、現行憲法が日本の歴史を冒瀆するあらゆる元兇であるとの強い信念をもっていたからであった。

現行憲法を否定し去る段階から、さらに一歩進んで、対案を作成し、それを世に問うのは楯の会の活動を広く認識させるためにも不可欠なことと考えていたのでもある。

三島は、憲法研究会をつくることが、ある意思表示になることを知っていたにちがいない。

三島は、憲法改正については驚くほど神経質に対応してきた。これまで、三島は、憲法そのものをときに口汚なく罵《ののし》り、戦後社会の欺瞞はすべてこの憲法から発しているということを折につけ書き、話していた。そのエキセントリックさには、多くの読者が気づいていた。しかし、そのことはただちに「憲法改正」そのものを訴えることとは結びつかない。三島は、用心深く、「現行憲法のワク内で……」といういい方を好み、憲法改正に要するエネルギーは、国民生活面にも多大な浪費を与えることになるだろうともいっていたのだ。それなのに、この期にきて、三島はあからさまにそのことを語るようになった。

昭和四十四年、三島は、自らに「青年」というテーマを課したようだと、私は前章に書いた。純粋性、高い道義性の希求が、「青年」という語に明らかになっているとも書いた。その伝でいくと、昭和四十五年は、「憲法改正」を自らのテーマに据えたかのようであった。彼自身にとって、もっともタブーにしていたテーマが、この「憲法改正」であり、タブーである所以《ゆえん》は、この領域にはいってしまうと、自身が政治家のようにふるまわなければならなくなることを自覚していたからである。

一月に、三島は「憲法」に関するエッセイ、評論を、読売新聞や日本経済新聞に寄稿している。ここで三島は、盛んに、現行憲法への嫌悪感を顕《あら》わにしている。とくに読売新聞に三回にわたって書いた「『変革の思想』とは――道理の実現」は、十一月二十五日に市谷で撒布《さんぷ》した檄文と似たような表現が多く、三島はこの頃すでにプログラムをつくっていたのではないかと窺わせる内容である。

ここで三島が用いている論理は、きわめてパラドックスに富む。「経済大国日本」というイメージが世界に急速に拡がっているとき、アメリカから日本の余剰利益を各国に援助として提供するよう申し入れを受けたり、軍事力増強に回すよう求められる際に、憲法がそれを拒む格好の口実として利用されていると分析しているのだ。

たしかにこの考えには、一面の説得力がある。「一面の」というのは、たぶんつぎのような状況が、容易にわれわれにも想像できるからである。

日米会談（その他、西欧諸国との首脳会議でもいい）で、アメリカ側は、日本に対して相応の経済的・軍事的負担を執拗に要求する。そのとき、日本側の主張は、つぎのような台詞《せりふ》を随所にちりばめることでチェック機能を果たしているにちがいない。

「なにしろわが国には、憲法の規定がありまして……」「軍事力増強にはとくに敏感な国民性があるもので……」「わが国の野党は憲法を盾に容易にこのようなことは承服しないでしょう……」

これは容易に想像される光景だ。日本の外交技術は拙劣だと一貫していわれているが、それは歴史的瞬間における技術の巧拙（太平洋戦争直前の外交交渉などその例だ）はあるにしても、この便法はもっとも他国（とくにアメリカ）に効果をもっているであろう。むろん外交担当者は、心底からこの台詞に納得しているとは思えない。あるていどフリーハンドな憲法のほうが仕事はしやすいと考えているであろう。だが現実には、日本の状況そのものがもっとも効果的な「論理」をつくりあげているのである。私が「一面の」という意味は、このことをさしている。三島が読売新聞に書いた評論も、この光景を想定している。だからこそ、三島のパラドックスに富む論理は、つぎのように構築されてくるのである。

さらに日米共同コミユニケによつて、現憲法の維持は、国際的国内的に新たなメリツトを得たのである。すなはち国内的には、今後も穏和な左翼勢力に平和憲法の飴玉《あめだま》をしやぶらせつづけて面子を立ててやる一方、過激派には現憲法にもこれだけの危機収拾能力のあることを思ひ知らせ、国際的には、無制限にアメリカの全アジア軍事戦略体制にコミツトさせられる危険に対して、平和憲法を格好の歯止めに使ひ、一方では安保体制堅持を謳ひながら、一方では平和憲法護持を受け身のナシヨナリズムの根拠にするといふメリツトが生じたのである。これはいはば吉田茂方式の継承であり、早急な改憲は、現憲法がアメリカによつて強ひられた憲法であるより以上に、さらにアメリカの軍事的要請に沿うた憲法を招来するにすぎないといふ恫喝《どうかつ》ほど、利き目のあるものはあるまい。改憲サボタージユは、完全に自民党の体質になつた。

このような憲法こそが、国民の道義的頽廃《たいはい》をもたらす因であり、これを黙視することはできないと、三島はいうのである。そのうえで、改憲の可能性は右からのクーデターと左からの暴力革命以外にないと思われるが、それが「いづれもきはめて可能性の稀薄なことは周知のとほりである」と断じている。

三島が、自衛隊将校に、絶望的ともいえる感情をもったと考える根拠は、こうした一文の中にもまぎれこんでいると判断していい。

ほかに三島は、現在の日本は、統治的国家（行政権の主体）と祭祀《さいし》的国家（国民精神の主体）に分かれ、後者が「前者の背後に影のごとく揺曳《ようえい》してゐる」状態だというのである。この二つの国家のどちらに忠誠を誓うか、国民に決断を迫るべきだともいう。「いふまでもなく真にナショナルな自立の思想の根拠は、祭祀的国家のみにあり、統治的国家は国際協調主義と世界連邦の方向の線上にある」――国民の忠誠の選択に応じて、自衛隊を「国連警察予備軍」と「国土防衛軍」に二分したらいいと主張し、それは現憲法下でも法理的に可能であると補足している。

むろん、三島は祭祀的国家を選び、それを選んだ者によって構成される「国土防衛軍」に与《くみ》する。楯の会は、そのためのパイオニアであったとも語っている。

憲法改正への布石

読売新聞に書いたこの憲法論が、三島の世間へ向けてのタテマエとすれば、楯の会の中にできた憲法研究会へ手渡した「問題提起㈠新憲法に於ける「日本」の欠落）」は、三島のホンネである。

　憲法研究会は、昭和四十五年にはいって、毎週水曜日、午後六時から三時間ずつ続けられることになったが、その第一回の会合で三島は、全文八千字に及ぶこの「提起」を討論のたたき台として検討するように命じた。どうやら三島の正月は、この原稿を書くことに費やされたようであった。

　ここで三島は、どのようなホンネを吐いているか。

　読売新聞で提示してみせた祭祀的国家と統治的国家の区別については触れず、一元的に祭祀的国家の方向をめざす憲法草案の検討をうながしている。しかも一九七〇年という時点で、なぜ改憲について考えなければならないかとして、ふたつの理由をあげているが、その狙いは第二点にある。


　この半永久政権下における憲法が次第に政体と国体との癒着混淆《こんこう》を強め、現体制としての政体イコール国体といふ方向へ世論を操作し、かつ大衆社会の発達が、この方向を是認しつつあるからである。このことは現憲法自体が、政体と国体についての確たる弁別を定立してゐないことから起る必然的な結果と言はねばならない。

　国体とは、日本民族文化のアイデンティティを意味し、政権交代に左右されない恒久性を本質とするが、政体とは、国体護持という国家目的、民族目的に最適の手段として、国民によって選ばれるのだという。「民主主義とは継受された外国の政治制度であり、あくまで政体以上のものを意味しない。これがわれわれの思考の基本的な立場である」――三島と楯の会の拠点は、ここに一気に明瞭になってきた。

この問題提起は、現行憲法が、天皇制と西欧デモクラシーを接着させているために生じた矛盾として、いくつかの点を指摘している。それはそれで筋道はとおっているが、結局、明治憲法を範としつつ、その不明瞭部分を改定する方向を是とするような内容をめざしていることが判る。天皇を「神聖不可侵」とする規定の復活はそのいい例であろう。そして、軍事大権である「統帥権独立」には否定的で、天皇に最終的指揮権を帰属すべきでないといっているのは、不明瞭部分の改定であるといっていい。

昭和十二年五月に、文部省が編纂《へんさん》して発行した『国体の本義』という小冊子がある。非常時の名のもとに、国民の意識を収斂《しゅうれん》するために編まれたこの小冊子の冒頭には、「大日本帝国は、万世一系の天皇皇祖の神勅を奉じて永遠にこれを統治し給ふ。これ、我が万古不易の国体である。而《しこう》してこの大義に基づき、一大家族国家として億心一心聖旨を奉戴《ほうたい》して、克《よ》く忠孝の美徳を発揮する。これ、我が国体の精華とするところである。この国体は、我が国永遠不変の大本であり、国史を貫いて炳《へい》として輝いてゐる」とある。

三島のいう国体とは、まさしくこのことであった。むろん三島は、このことをこれほど直截《ちょくせつ》な表現で説いてはいないが、彼があこがれ視座に据えている「真にナショナルな自立の思想」とは、このことを指しているのであった。三島は、一見してアナクロニズムと受けとられるこのことを、表向きには語っていない。読売新聞に書いた「『変革の思想』とは」では、ユニークな国家論、防衛論を掲げ、それを二者択一のかたちで読者に提示し、自らは祭祀的国家を選択するとにおわせたにすぎないのに、楯の会内部の憲法研究会には、そのための憲法草案作成にタッチさせているのである。

この「問題提起」では、現行憲法の第一条（天皇の地位、国民主権）と第一条（皇位の継承）をやり玉にあげ、ここに潜んでいる論理的矛盾にも言及している。天皇家は、お花の師匠や能役者の家と同格になる危機に、絶えずさらされているというのである。第一条こそ「キリスト教に基づいた西欧の自然法理念を以て、日本の将来の自然法を裁いたもの」と糾弾もしている。

三島は、ここに及んでいくつかの政治的主張を明らかにした。日本の文化・伝統の守護者、継承者である天皇を、政治の領域でどのように扱うかを明確に意思表示した。基本的には、明治憲法の天皇大権を根本に据えつつ、それに見合うような政体を日本は選択すべきだというのである。三島は、明治憲法の主要部分（天皇主権、基本的人権の制限など）に、実は共鳴しつつ、しかしそのことを外部に洩らしてはいなかった。ここで三島は、明らかにその真情を吐いているのだが、そこには曲折した三島の思考がある。明治憲法を評価しつつ、その憲法がつくりあげた現実の大日本帝国には、幾つかの批判をする。つまりそれは憲法を運用する側のまちがいであったと考えているのだ。しかし三島はそのことを言葉にはしない。

なぜだろうか。それを口にしたとたんに自らの論理の一部分が崩れることを、よく知っていたからだ。「ありうべき姿」と「ある姿」とは、無限に交錯しないことになるからだ。憲法（活字）と国家（現実）の乖離《かいり》が、宿命的なものとなれば、現行憲法の「ありうべき姿」と「ある姿」もまた、一概に批判できなくなるからである。

昭和四十五年にはいって、三島は、自らがかかえているさまざまな矛盾を、自らのもっている場で部分的に使い分けることにより、〝誰にも理解させない状態〟に仕立てあげようとした節がある。それは、行動への慎重な布石である。

三島の論理は、現実の亀裂ぶりにもう整合しなくなっている。論理を追いつめた結果が、そこにある。三島はそのことを知っている。だが、その不満をどこにぶつければいいというのか。究極には政治への合法的参加である。しかし、作家三島由紀夫は政治の領域にははいらないと宣言しつづけてきた。いま楯の会で、自らの信念を吐きだしても、それは言葉で終り、しかもそれだけのものでしかない。

「三島由紀夫事件」の公判で、判決書は、三島を「同人は、潔癖、誠実、あくまで筋をとおさなければ承知できない」性格といっているが、それはたしかに当たっていて、それゆえ三島は自らの心底のディレンマに、潔癖に、誠実に、悩んだであろうと思われる。

四十五歳という年齢では、多くの者は煩瑣《はんさ》な日常にからめとられた生活者であり、己れの生き方のディレンマに気づきはしないし、たとえ気づいても、日常の中に埋没させてしまう。しかし、三島にはそれができない。もし三島が、才能もない平均的な作家であったなら、日常そのものの愚にもつかぬ悩みの中で執筆活動をつづけたであろう。しかし、三島はあまりにも早くすべてのものを手にいれてしまっている。一切の日常から解放され、三島は三島自身で生きていくことのできる人であるがゆえに、己れの地肌に潜んでいる気質のままに現実の社会に身を置くことができた。

その気質とは、〈死〉への親近感である。現実に絶望することとは、その気質の浮上を意味する。

昭和四十五年二月、三島はつぎのような経験をしたと告白する。

熱狂的な三島文学のファンである一高校生が、三島に面会を求め、三島邸の門前で三時間も待ちつづけたことがあった。その根気に負け、「五分間」だけ会ってやろうという。

「何しろ時間がない。ぢや、かうしよう。君のしたい質問がいくつかあつたら、その中で一番ききたい質問を一つだけしてごらん。何でも答へてあげるから」

するとその高校生は、三島の目を直視していったというのだ。

「一番ききたいことはね、……先生はいつ死ぬんですか」

三島は、どぎまぎしてしどろもどろの返事をしたと告白する。この質問は「私の肺腑《はいふ》を刺した」とも書いている。

三島は、このエピソードを雑誌『辺境』（二月号、昭和45・9月刊）に「独楽《こま》」と題して書いている。原稿は、たぶん七月か八月に書いたであろうが、そのときすでに「死ぬ覚悟」はしていたはずである。何やら符節のあう話である。

ところで、このエピソードは、はたして事実であろうか。

ドナルド・キーンは、「三島由紀夫における『菊と刀』」(『中央公論』昭和46・3月号)の中で、このエピソード(これが二月であったというのも、キーンが三島からもらった手紙に書かれていたという説明で初めて明らかにされたのだが)を紹介している。キーンは、これを実際にあった話だと思うといっているが、しかし、説得力に欠ける説明しかしていない。

ここで少し横道にそれる話を紹介しておくが、三島の周囲にいた楯の会の会員の話によると、三島は、日本のジャーナリズムに、つぎの二つの姿勢で対応したという。

〈私は、文学や文学論、重い論文は推敲を重ねるが、軽論文やエッセイは寝そべって書くよ〉(つまり感情をそのまま書き列ねるよという意味)

〈日本のジャーナリストは、個人的にはいい人でも、ジャーナリズムの機構がよくないので完全には信用できない。それなら、外国人のほうがまだよく理解してくれる〉

三島は、日本のジャーナリズムを戦後民主主義の偽善がもっとも象徴的にあらわれている場と受けとめていたらしい。それゆえ、ドナルド・キーンやジョン・ネイスン(三島の晩年は絶交状態にあったが)に、わりあい本音を洩らし、それが日本人ジャーナリストに逆輸入されるよう意図していた。

さて、こうした事情をふまえた上で、ドナルド・キーンにこのエピソードを書き送ったことを考えてみるべきだろう。三島は、一高校生の口を借りて、その心中を吐露しているとみるほかない。私が、このエピソードが、たぶん三島のイメージの所産だと考えるのは、それほど大仰な理由からではない。

ひとつは、三島は、昭和四十四年を、〈青年―道義性、純粋性〉と位置づけ、結局、裏切られるという経験をした。むろん、それは客観的にというのではなく、三島自身が裏切られたと判断していたということだ。三島の心底に、青年の道義性、純粋性を求めてやまぬ感情があった。学生長森田必勝に、それを見出したというのも容易に想像できるであろう。この道義性、純粋性をよりシンボライズされた事実で語り伝えたかったというように考えられるのである。〈あなたも純粋でありつづけるのですか〉という自問を、高校生の口をとおして語り伝えたかったのだ。

いまひとつは、前述したようにディレンマにたいする最終的決算を、自らの気質で結着をつけようと思ったことだ。状況を理解する自らの思想が、容易に受けいれられる時代でないと知ったとき、政治的アピールの意味を含めて〈死〉を媒介に伝えようと思ったのである。言葉をあやつって世を渡ってきたがゆえに、行動はより強いメディアと化するだろうと自己に納得させることにしたのである。

三島と森田必勝が、いつどのようにして、計画を練っていったかは判らない。三島のほうからもちかけたという説と、森田のほうからという説がある。これも、いまとなっては判らない。しかし、楯の会隊長と学生長は、しばしば楯の会の運営をめぐって話しあう。週に二、三回は、連絡をとりあうのである。ここで、具体的な決起計画が語られたであろうことは容易に想像できる。

だが、計画より始めに、まず〈死〉があったのではなかったろうか。その終結点から、ひとつずつさかのぼっていき、計画に辿《たど》りついたのではないか。〈死を賭して……〉という決意に付随する有効な手段が模索されたのではなかったろうか。

武田泰淳が、村松剛との対談（『新潮——三島由紀夫読本』昭和46・1月号）で語っているように、「死」を意識したときに、そこには〝死なせる原理〟というものがなければならないが、三島にはそれがあった。「あくまで道徳的で、刻苦勉励して、自己を克服して、他者にかわる、だから自己破壊がいちばんいい方法です。自己破壊して見せなければならない」という指摘はこのことをさしている。

〈死〉そのものへの渇望も非公然なら、それに伴う行動も非公然である。自己破壊の大義も、自己破壊の行動も、その日までは非公然である。社会的著名人である三島が、非公然活動にはいるということは、一般にいう政治的決行者の場合とは質がちがう。三島の頭脳の中に構築されるその日の行動が、イメージとして固まっていくプロセスは、寸分も〈言語〉となって洩れてはいけないのだ。

ここに至って三島の言語は、三島自身によって規制されるのである。

三月一日から二十八日までの二十八日間、三島は三十人の第五回体験入隊者を伴って、御殿場市の陸上自衛隊富士学校滝ケ原駐屯地に入隊した。この体験入隊には森田も同行し、新しく入隊した学生たちの面倒をみている。体験入隊には、軍事訓練のほかに合宿の意味もある。お互いの信条や思想を確認し、楯の会のありうべき姿を論じ合うのである。

体験入隊をつうじて、三島と森田の決起行動がさらに煮つめられていった……。

決起計画

体験入隊が終り、四月にはいってから、三島は小賀正義や小川正洋に、それとなく行動へ踏みきるか否かを打診している。このときには、すでに森田との間に、どのような行動を起こすべきか、いくつかの案を想定していたのであろう。そのいずれの行動も、二人で行なうには無理だということで、九十人近い楯の会の会員のなかから密かに決行者を選んだと推測される。

四月五日、小賀は、帝国ホテルのコーヒーショップで、三島から意向を打診され、その五日後には、小川が三島の自宅で「最後まで行動を共にするか」という質問を受けている。このとき、ふたりとも相当の衝撃を受けた。『伜・三島由紀夫』に、平岡梓が書いている。「それが死を意味するものだと判っているので、一同はその言葉の重さに二、三十分というもの沈思黙考しました。たとえば小川君は、自分が一番信頼し尊敬している先生と、一番親しかった森田君が一緒にやるといっているのだから間違いはなかろう、そうしなければ先生を裏切ることになる、と思ったり、またいったい自分は本当に死ねるだろうか、これまで自分を育ててくれた両親に済まなくはないか、と思ったり、とつおいつ、あれこれと迷ったようです」――。

小賀は法廷で、弁護人に「生命を預けるという気持になったのは？」と問われて、「生命は日本と日本民族の源流からわき出た岩清水のようなものです。生命をかけて行動するのはその源流にもどること。源流とは天皇だと考えた。先生とともに行動することは、生命をかけることだった」（『裁判記録「三島由紀夫事件」』）と答えている。

ふたりの学生は、三島に、いかなる行動にもついていくと約束した。しかし、この行動がどんなものか、ふたりにはまだよく判らなかった。というより、三島も森田も具体的な行動のプログラムは固めていなかったとみることができる。ただし、平岡梓が前掲書で書いているところでは、「自衛隊の有志と語らって国会を占拠し、憲法改正の発議をしよう」ということであったようだ。

つまり、いくつかの計画のなかには、前年の一〇・二一のあとに森田が提案した計画もはいっていて、それが一定の重みをもって三島と森田の盟約のなかに含められていたといえる。三島は、のこされた可能性はまったくといっていいほどなく（もう自衛隊にはあきらめているはずなのに）、期待もかけていないにもかかわらず、自衛隊の将校に何らかの働きかけはつづけていたとも推定される。最後のあきらめをつける前に、もうすこしがんばってみようと思っていたのであろう。

山本舜勝の著書を読むと、三月、四月、五月、三島は妙なかたちで山本の周囲を徘徊していた事実が描かれている。三月の末には、突然、和服を着て日本刀を錦袋にいれて、山本の自宅を訪れている。山本には、この行為が「決意の催促」のように映った。話がはずまぬ空気のまま、三島は、山本の自宅を去るのだが、その帰りがけにつぎのようにいったというのだ。

「やるなら制服のうちに頼みますよ」

また、山本の若い友人（自衛隊関係者）から、三島と接触している事実を知らされたとも書いている。そして、〝硬骨〟と山本が評価していた将校が、三島に相談ごとを打ちあけられていることも耳にはいる。

こうした記述を読むと、くり返すようだが、山本にたいして三島はかなりの期待を寄せていたことが判る。「国会を自衛隊とともに占拠して、憲法改正の発議をする」という計画に一縷《いちる》の望みを抱き、これを実行できないか、いろいろさぐりをいれていたともいえる。楯の会内部の憲法研究会は、まさにその布石だったとも考えられる。

森田がこの間どのように動いたかは、知る由もない。

しかし、三島と連絡をとり、主に楯の会が果たすべき役割を模索していたであろう。楯の会の会員たちの話によると、森田は、学生長として屈託なくふるまい、とくべつにかわった様子はなかったという。

事件当日、三島は、小賀宛てに「命令書」を手渡すが、その中には、「今回の事件は楯の会隊長たる三島が計画、立案、命令し、学生長森田必勝が参画したるものである」

という一節がある。それは事実であったと思われる。

非合法行動への傾斜は、五月になって、よりいっそう緻密になる。十五日頃、三島は、森田と小賀、小川を自宅に呼び、楯の会が自衛隊とともに国会占拠をする……というこれまでしばしば口にしていた計画を伝え、しかし、それが無理であろうともにおわせた。それは、三島が、山本を始めとする自衛隊将校との接触の過程で一パーセントの可能性もないということに気づいてきた証とみることができる。

三島と森田（第一班班長）、小賀（第五班班長）、小川（第七班班長）の四人に、ここにおいて非公然活動の同志であることを確認したわけである。組織内にあって、どのようにふるまうかを具体的に話しあったであろう。どのような日常性が必要とされるかを話しあったであろう。そこで、三島は結局いくつかの「行動パターン」を説明したかもしれない。それに、森田も小賀も小川も、うなずき、命じられるままに日常性のなかに自らを置くことを肝に銘じたにちがいない。

『Ｐｏｃｋｅｔパンチ0h！』に連載していた「行動学入門」は昭和四十五年八月に十二回で完結したが、この最終回（「行動の終結」）で、三島は、この頃の精神状態を暗示する言葉をいくつも散らばらせている。それはつぎのような個所だ。

すべてのものに始めと終りがあるように、行動も一度幕を開けたならば幕を閉じなければならない。行動は、……瞬時に始まり、瞬時に終るものであるから、その正否の判断はなかなかつかない。歴史の中に埋もれたまま、長い年月がたっても正当化されない行為はたくさんある。

私は長々と行動について述べてきたが、これを述べることにあるむなしさを感じてきたことも否めない。行動はことばで表現できないからこそ行動なのであり、論じても論じても、論じ尽くせないからこそ行動なのである。

行動と言いながら、合法的な行動だけを問題にしようとすれば、やはり三浦雄一郎氏のようなスポーツの冒険の世界しか残されていない。そのスポーツの冒険ははなばなしいショーマンシップに色どられているけれども、その絶対的無償性のゆえに、かえって人間の本質、及びその行動の神秘性、及び人間性の真のなぞというものから遠ざかるのである。

こうした意味の会話が、四人の間で交わされていたとみられる。すでに言葉ではない。決行あるのみという激しい檄が確認されたにちがいない。

三島事件の裁判で、検察側は「冒頭陳述書」のなかで、五月以降の非公然部分の談合を克明に記している。それによると、六月十三日、ホテルオークラの八二一号室で、二回目の打ち合わせが行なわれたとある。そこでつぎのような話し合いがあったという。

〈自衛隊は期待できない。われわれだけで実行しなければならないだろう〉

三島は無念そうにいう。そのためにどのような方法があるか。三島は新たな提案をする。

〈自衛隊の弾薬庫を占拠して、これを爆発させると脅かすか、それとも東部方面総監を拘束して人質とする。そのうえで、自衛隊員を集合させ、われわれの主張を訴える。これに応じて決起する者がいれば、ともに国会を占拠して憲法改正を決議させたらどうか〉

この提案の骨子は、自衛隊に直接決起をうながして、クーデターへの参画を呼びかけるという点にある。成否は明らかではない。しかし、自衛隊の幾人かの将校や隊員は呼応してくれるのではないかという期待もある。むろん、三島にはある程度の見とおしはあったのかもしれない。自衛隊の中に、フラクションをつくりあげていて、そのフラクションが機能してくれると幻想したのかもしれない。とにかく起爆剤になろうという意気ごみは、自衛隊内の誰かにある程度伝わっていたのかもしれない……。

この提案に、三人はこもごも口をはさむ。

〈弾薬庫を占拠しようにも、その場所がよくわからない。弾薬庫の占拠と総監を人質にするのを同時に行なうのは、会員の力が二分されてしまうのではないか〉

そこで四人は、こまかい議論をしていく。そのうえで、総監を人質にする案を採り、これにもとづいた行動をとろうと決める。三島は、自らの案としてつぎのような提案をする。

〈十一月の楯の会二周年パレードを制服で行なって、これを総監に観閲してもらい、そのときに総監を拘束するのはどうか〉

しかし、この日は結論はださなかった。そして六月二十一日、四人はこんどは山の上ホテル二〇六号室に集まり、さらに計画を煮つめた。三島は、市谷基地内にあるヘリポートを、楯の会の訓練場所として使用できる許可をもらったと告げた。ここから、総監室は遠いので、拘束する人質をヘリポートから近い第三十二連隊長とすることにしようといった。武器は日本刀とし、これは三島が搬入することになった。平岡梓の前掲書には、「小賀君が、『これでは先生には舞台が小さくってわびしいですね』と言い、伜にたしなめられたようです」と書かれている。

こうした計画は、たぶんに杜撰《ずさん》なものである。何しろ自衛隊内部のことはほとんど知らないのだから、戦術には彼らも自信がなかったようである。

そこで、小賀は体育訓練のふりをして、ランニング姿で自衛隊の建物にはいり、配置を調べ回ったという。密かに戦術を練り始めたわけである。

非公然の活動は、こうして四人の手で隠密裡《り》に進められた。一方、公然面の活動も以前とかわらずつづいていた。

三月の第五回目の体験入隊者のなかから、十数人が楯の会の会員として認められた。

これで会員は八十八人となった。四月には、数人の会員が大学を卒業して社会に飛びこんだ。この会員たちは、OB班として別格の班に組みこまれた。日頃の活動はつづけることはできなくなったが、定例会には顔をだすように義務づけられた。

六月には、三十五人の会員が、リフレッシャー・コースにはいって軍事訓練を受けた。いまや第一期生、第二期生は、すでに二年余の楯の会の生活を経験していたが、彼らは、大学にいるより楯の会の友人たちと接し、楯の会の規範にしたがって生活するほうが多くなった。

楯の会は、週刊誌や新聞でもしばしばとりあげられた。会員たちは、制服を着て街を歩くことに苦痛を感じなくなった。定例会には制服の着用が義務づけられていたのだが、その日は、市谷界隈には、彼らの制服がみられ、それはそれでまた世間の好奇と不安と羨望《せんぼう》との複雑な視線に捉えられることになった。

会員の大学生は、早稲田、明治、日本、一橋、東京外語、拓殖、法政、慶応、明治学院、神奈川、東海、京都、同志社、立命館など三十一大学にまで及んだ。関西の会員は、月一回の定例会議に出るために東京に出てくるのであったが、その旅費、滞在費などはすべて三島のポケットマネーでまかなわれた。

すでに三島は二千万近くの資金を、楯の会に投入していた。年間一千万円と考えていた予算は、それでも不足するほど楯の会は膨張をつづけていた。

体験入隊にもむろん費用がかかる。自衛隊での費用は一日三食付きで一人三百円前後だが、一カ月の体験入隊は一人平均雑費も含めて一万二、三千円は必要となる。それで三十人となれば、たちどころに三十数万円は必要となる。月一回の定例会の会場費、講師への謝礼、それに通信費にしても百万円から百五十万円の出費が重なる。

三島は、決して財政面の内容をくわしく話さなかったが、これだけの資金を生みだすためには、どんな雑文でも引き受けたのだろう。こういう雑文は、作家によっては手抜きをするか、適当にお茶をにごすかしても不思議はないのに、三島は、どのエッセイにも軽論文にも己れの真剣な感情をわずかではあるが含ませるサービスをしている。そのきまじめさこそ、三島の性格の一端をあらわしている。

この頃、つまり六月の公然面の場で、三島はどのような話をしていたのだろうか。ある会員がメモをとっていて、それを公表（『土とま心』第七号）しているので紹介しておく。

……われわれの決意としては、吉田松陰の〝僕は忠義をする積り、諸友は功業をなす積り〟との信念でいくほかないと思っている。

〝忠義〟は野垂れ死にするみちです。何の効果もなく、人の嗤《わら》うところになるかもしれず、その瞬間瞬間には、全く狂人の行ないとしか見えないようなことになるかもしれないわけです。

左翼の大衆運動というものは大衆を動かさなければどうにもならないので、まず大衆を巻き込んで、彼らの大きな力で状況を変えていく、というのが基本的な立場ですね。……ところがわれわれの立場は、孤立を恐れない。孤立でほかに道がなく、助けてくれる味方もない。そうなった状況から、初めて何かが始まるのです。いわば絶望からの出発が特色だと思われる。

かりにも世間を甘く考えて、世間の支持を期待したり、大衆をあてにするような思想の磨き方ではどうにもならないところまで来ていることを自覚して欲しい。

危機感を肌身で感じているともいえるし、自分の立場を改めて確認しているともいえる。楯の会の会員にとって、このような精神主義的訓話はよくくり返されていたらしく、この文中でも、三島は「また精神主義かといわれるかもしれないが……」と断わっている。

この期、軍事訓練はあまりなかった。それは、山本など自衛隊将校と接するのに距離を置いたのと、七〇年安保のデモが、もうまったく沈滞していて、新左翼最大のセクト中核派が戦術をダウンし、ゲバ抜きのデモで、六月の安保自動延長をやりすごしたからであった。

楯の会の会員がもちつづけてきた緊張の糸が切れぬように、三島はなまぬるい状況の中で鼓舞をつづけていたということもできるであろう。

公然面の非公然活動とでもいうのが、憲法研究会での草案づくりであった。この草案づくりのたたき台になっている「問題提起」は、三島がまとめたものであったが、これは世間には公表されていなかった。楯の会が「憲法改正草案」づくりを行なっていることがマスコミにとりあげられると、何かといらぬ詮索《せんさく》をされる恐れもあったからだ。

毎週水曜日午後六時から、この研究会はきまじめに始められた。十三人の比較的読書好きの会員であった。三島は、毎週顔をだすわけではなかったが、それでも時間をみつけて出席しては意見を述べた。

すでに検討にはいっている「問題提起㈠新憲法に於ける「日本」の欠落」につづいて、「問題提起㈡「戦争の放棄」について」「問題提起㈢「非常事態法」について」が、三島の手によって書かれ、これがたたき台として、春には研究会にわたされている。

「問題提起㈡「戦争の放棄」について」には、事件の際の檄文に書かれたのと同じ意味のことが書かれている。すなわち、「自衛隊は明らかに違憲である」と断じ、それも「緊急避難の理論によって正常化を企て、御用学者を動員して牽強附会の説を立てたのである」といっている。

第九条の条項はすべて削除し、そのかわり日本国軍の創設を謳《うた》い、建軍の本義を憲法に明記すべきというのだ。三島は、その条項はつぎのようであるべきだという。

「日本国軍隊は、天皇を中心とするわが国体、その歴史、伝統、文化を護持することを本義とし、国際社会の信倚《しんい》と日本国民の信頼の上に建軍される」

三島にとって、自衛隊は警察予備隊から発足したその延長線上にあり、警察との差は、装備上の物理的な違いでしかなく、国軍の誇りをもつことがないまま放置されてきたと嘆く。この原因こそ、第九条の第二項にあるというのである。

「問題提起（三）「非常事態法」について）」では、現行憲法が非常事態にたいする処置を全く欠いていると指摘する。自衛隊法第七八条の「命令による治安出動」と、第八一条の「要請による治安出動」で規定してあるだけで、これではまったく法的にも不備だというのである。

非常事態法は明確に成文化されるべきであるが、その運用については、慎重であることが必要である。にもかかわらず、実際には時間的余裕がないので、予期しがたい事態が次々に起こるだろうと前置きして、「事態の収拾による治安回復といふ社会的要求と、法的原則と法体系の維持といふ法的要求と、この二つの兼合によつて、非常事態法適用の成否が決るのであるから、これは両刃の剣の如き法であると云つてよい」ともいっている。

三島が檄文で訴えた内容は、自衛隊の治安出動によって国体の守護者である国軍の実質的な容認を求めることだった。この非常事態法の運用による法的要求というのは、裏を返せば、一〇・二一の新宿騒乱のような事態に治安出動をすることで、実質的な〈法体系の確立〉を求めたということである。

三島が、憲法研究会に示した「問題提起」は、以上の三項であった。この三項をたたき台にして、楯の会独自で憲法草案をつくってみようということになったのだが、たたき台とはいっても、実際には、三島のこの意見によって条文をまとめようというのが、三島と憲法研究会の暗黙の諒解であった。

研究会の会員たちは、この「問題提起」にもとづき、憲法の条文づくりに精をだした。明治憲法の条文を研究するだけでなく、アメリカ、ドイツ、イギリス、それに社会主義国の憲法などにも、研究会の会員の勉強は及んだ。この勉強というのは、彼らにとっても、意欲的な仕事であり、毎週水曜日の研究会には、十三人の会員のほぼ全員が集まり、討論を重ね、次第に質を高めていった。研究班の班長阿部勉は、研究会が一段落するごとに三島に会っては、その内容を説明し、作業を進めていった。

ところで、昭和四十五年の六月ごろまで、三島は、研究会でまとめる草案をどのように世間に公表するかをはっきりとは考えていなかったようだ。とにかく時間がかかっても、これをまとめあげておけば、いずれ楯の会の「建設面」の実績として意味をもつであろうという程度に考えていたようである。三島にとってその位置づけは不明確だったといっていい。

しかし、非公然活動への傾斜が進むにつれ、ある時期からこの草案を、その行動と結びつけようと計画したらしい。つまり、自衛隊での決起行動で、この草案も自衛隊か政府にぶつけてみようと思ったのではないかというのである。十月から十一月にかけて、しきりにその作業を急がせたというし、小賀正義も古賀浩靖もいずれもこの研究班の会員であり、彼らをとおして作業をスピードアップさせようとしていたともいう。

結果的にこれは間にあわなかったが、もし市谷の自衛隊で、この楯の会憲法草案を示したとすれば、事件の性格はまた異なった様相を示し、三島の行為は、〈死を賭しての現行憲法破棄〉という側面で理解されたであろう。その場合は、市谷の自衛隊である必要はない。国会のほうがいい。だが、自衛隊にこだわる三島とすれば、この草案を示すことで、自決の意思が多様な方向に拡散してしまうことを恐れ、あえて草案のできるときを待たなかったともいえる。三島は、自らの肉体に草案にかわる意味をもたせて結着をつけたのかもしれない。

憲法研究会での草案づくり、それに月一回の定例会議、週一回の班長会議。三島が楯の会に費やす時間は、相当の量となって、彼の生活を規制した。実際、本業の作家活動はいつつづけていたのかという疑問が起こるほど、三島の日常生活は多面的になる。

もともと三島は、明け方まで執筆活動をつづけ、正午ごろまで睡眠をとる。そして、自宅のベランダに出て、午後一時ごろまで日光浴をする。三島が自慢していた赤銅色の肉体は、この日光浴の賜物であった。自らの意志を試すかのように、三島は、一時間のこの日光浴を欠かさずつづけていた。

「先生、曇りの日には日光浴しても意味がないじゃありませんか」

あるとき楯の会の会員が、三島にたずねたことがある。楯の会の会員が三島の自宅を訪れるときは、正午に出向き、一時間のこの日光浴を利用して、いろいろ打ち合わせをする。そんなときのことであった。

「そうじゃない。俺は意志が弱いから、一日でも休めば、つぎつぎに理由をつくってやめてしまうにきまっているんだ。それを防ぐには、少々の雨でも、こうしてベランダにでることにしているんだ」

その会員は、このときの三島のしんみりした口ぶりを忘れていない。生来の気質を自らの意志によってコントロールしようとするタイプにみえたといっている。

さて、三島は午後から夕方にかけての時間を、自らの用事や楯の会の行動につかっていたようだが、この時間は、六月ごろからかなりめまぐるしくなる。これまでの彼の日常生活になかった行動が、いくつもはいってくる。公然と非公然、公然の中の非公然、行動のひとつひとつを、目的に応じてつかいわけ、寸分も行動に疑いをもたれるようにしてはならないのだ。三島の年譜を追っていくと、慎重に慎重を重ねていたことが窺える。

六月、三島は弁護士を頼んで、『仮面の告白』『愛の渇き』の二作品の著作権を、死後は、母親倭文重《しずえ》に譲るという遺言をつくる。むろん、弁護士には決行の気配をさとらせはしない。多くの作家がそうするように、ごく日常的な遺言づくりに思わせている。そして、親しい作家、評論家と食事の席をもうけ、さりげなく別れを告げている。そのなかには、三島が畏敬している石川淳、武田泰淳、安部公房らがいた（ジョン・ネイスン『三島由紀夫』による）。石原慎太郎には、「七道について――石原慎太郎への公開状」を書き、自民党議員でありながら、自民党を批判する石原の言動を批判し、友人関係の整理をしている。

六月には、もうひとつ遺言づくりともいうべき行動をとっている。楯の会の隊歌「起て！　紅の若き獅子たち」を作詞し、クラウン・レコードで吹きこんでいるのだ。楯の会の会員たちが制服を着て、スタジオで吹きこみをしている姿は、一部の週刊誌でも紹介されたが、このときには、三島自身が朗読した「英霊の声」も吹きこみ、レコードにするときには、A面とB面を、これで埋めた。楯の会を〝商品化〟することに、初めは三島も渋っていたというが、そのうち気を変えたのも、決行に備えての〝遺言〟のつもりであったのかもしれない。

七月にはいると、三島は、文学活動のほかに意欲的にエッセイを書く。そのなかには、明らかに行動への傾斜をうかがわせるものがある。絶望的なニュアンスの筆致が、目にみえてふえてくる。たとえばサンケイ新聞に書いたエッセイ「果たし得てゐない約束――私の中の二十五年」には、つぎのような個所がある。

私の中の二十五年間を考へると、その空虚に今さらびつくりする。私はほとんど「生きた」とはいへない。鼻をつまみながら通りすぎたのだ。

私は昭和二十年から三十二年まで、大人しい芸術至上主義者だと思はれてゐた。私はただ冷笑してゐたのだ。或る種のひよわな青年は、抵抗の方法として冷笑しか知らないのである。そのうちに私は、自分の冷笑、自分のシニシズムに対してこそ戦はなければならない、と感じるやうになつた。

私は人生をほとんど愛さない。いつも風車を相手に戦つてゐるのが、一体、人生を愛するといふことであるかどうか。

そして最後につぎのように書いている。結果から類推するの愚はあるかもしれないが、三島はたしかにすこしずつ非公然の部分を微妙なことばで洩らし始めていたのである。

私はこれからの日本に大して希望をつなぐことができない。このまま行つたら「日本」はなくなつてしまふのではないかといふ感を日ましに深くする。日本はなくなつて、その代はりに、無機的な、からつぽな、ニユートラルな、中間色の、富裕な、抜目がない、或る経済的大国が極東の一角に残るのであらう。それでもいいと思つている人たちと、私は口をきく気にもなれなくなつているのである。

ずいぶんペシミスティックな文章である。行動にはいるためのバネに、現状を憎み、呪《のろ》うという感情が不可欠とすれば、三島はまさにそれを装塡《そうてん》しつつあったといってもいい。だからこそペシミスティックにならざるを得ない。三島は感情の疲労にあえぎつつ、別れを告げていたのだ。


非公然面の行動計画はすこしずつ進んでいき、七月五日の打ちあわせでは、〝ヘリポートで楯の会の会員が訓練中に、三島が小賀の運転する車に日本刀を積んで三十二連隊に行き、連隊長を監禁すること〟を決めた。決行は十一月の例会の日とすることにした。小賀は、三島から手渡された現金で中古のコロナを買い、これを武器搬入につかうことにした。

この打ちあわせのあと、森田、小賀、小川の三人は、三島の勧めに応じて北海道に旅行することになった。今生最後の旅であった。

七月下旬から八月下旬にかけて、三島と森田ら四人は、行動計画にはもうひとり加えたほうがいいと考え、その人選を誰にするか話しあった。ホテルオークラのプールで、話しあいをくり返した。そして古賀浩靖を選んだ。メンバーの人選は、肉親、係累に警察、自衛隊関係者がいないことを条件に検討されたらしい。ある元会員は、「いきがかり上、森田、小賀、小川さんの親しい人となったのではないか」といっている。そういえば、古賀も生長の家を母体とする学生組織全国学協の出身であり、森田に兄事しているところがあった。

九月一日、森田と小賀は、新宿の深夜喫茶店で古賀浩靖に会った。平岡梓の『伜・三島由紀夫』には、「『浩ちゃん、命をくれないか』と持ちかけ、古賀君はすぐに承諾しました」とある。古賀は、森田と小賀に頭を下げ、同志に加えてくれたことに感謝するといったという。一週間ほどあと、古賀は、三島に呼ばれて銀座のフランスレストランで食事をする。このとき、三島は、「市谷で楯の会会員の訓練中、自分が自動車で日本刀を搬入し、連隊長にその日本刀で居合を見せるからといって五人で連隊長室に赴き、連隊長を二時間人質として、自衛隊員を集合させわれわれの訴えを聞かせる、自衛隊員中に行動を共にする者がでることは不可能だろう、いずれにしても自分は死ななければならない、決行日は十一月二十五日である」旨伝えた。

平岡梓の前掲書によると、三島は、この計画を打ちあける前に、「ここへ来たら地獄の三丁目だよ」といったと記している。

この申し出に、古賀は、決行に参加することを改めて誓った。

平岡梓の書いているところでは、このころ五人の話し合いで、十一月の例会は、三島が選んだ者だけに招待状を送ることにし、すでに就職の決まっている者、自衛隊に親戚のいる者には迷惑がかかるので招待状はださないことを決めたという。序章で述べたように、倉持への三島の〝奇妙な申し出〟は、この話し合いにもとづいて行なわれたわけである。

九月十日から十二日までの三日間、五十人の会員を連れて、三島は、やはり富士学校滝ケ原駐屯地に体験入隊している。リフレッシャー・コースの軍事訓練である。会員たちは、凝縮された日程の中で、ゲリラ戦を指揮する将校としてのより高度な訓練をつづけたが、三島はいつもと変わらぬ態度で自衛隊の将校たちに接していたという。

この体験入隊のあと、九月十五日、二十五日、三島と楯の会の四人は、改めてその意思を固め、行動のために団結することを誓いあっている。事件後、小賀、小川、古賀の三人が平岡に語ったところでは、それでも五人は不安な気持に襲われることがあったという。平岡はつぎのように書いている。

「みんなは日が近づくにつれてこのこと以外は考えることができなくなり、人と話をしていてもなんとなく虚ろな気分になるばかりでした。これは伜もそうであったらしく、『いまのような気持を小説に書けないのはまったく残念だ』と言っていたそうです。伜は常々『自分は家族といるとき、仕事をしているとき、決行を共にする五人の同志といるとき、それぞれ厳然と区別している』とも言っていました」

非公然と公然の谷間にあって、五人は同志そのものであり、五人が顔を合わせることで、おたがいの胸に宿っている不安を打ち消すことができるのであった。もはや、五人が会う時間と時間の間は虚構でしかないと意識せざるを得なくなった。それこそが決行者たちの決意の引き金になるのでもあった。

七月下旬に三島は、ＮＨＫ記者伊達宗克をレストランに招いて会食している。ジョン・ネイスンの『三島由紀夫』に、そのときの模様が書いてあるが、三島は、伊達につぎのようにたずねている。

〈自分が死んだら、ビッグニュースになるだろうか〉

伊達は、「そりゃあ、なるでしょうね」と答える。するとつぎのようにいったという。

〈もしぼくが切腹すると決めたら、それを生中継するかい〉

そして、三島は爆笑した。伊達は、これは冗談ではないかもしれない、と思いながらつられて笑ったというのだ。

このエピソードでも判るように、三島は、自らの決行がどのようにマスコミで受けとめられるか、つまり自分が考えている政治的主張が適確に報じられるか否か、それとなく打診しはじめたといっていい。狂気にされてしまうか、あるいは闇から闇に葬り去られてしまうか、それを懸念し、正確に自らの意思が伝わるように効果的な方法を模索しはじめたといってもいいだろう。

たしかに、この期に、三島は〈死〉を現実のものとして視野の中に組みこんだ。そしてその方法も、彼の作品でしばしば採りいれたような方法――「切腹」をはっきりと意識していたといえる。

三島が自らの死を予言し、行動の原理に明確な意味づけを与えたのは、月刊誌『諸君!』九月号に書いた「革命の哲学としての陽明学」である。この原稿は、六月下旬に口述筆記でまとめたものだが、この長文の論文のなかで、三島は陽明学とその解釈にふれ、それを現代の社会状況に融けこませる描写をしたうえで、大塩平八郎について克明に語っている。

陽明学の流れと自己の解釈を〈前半部〉とし、大塩平八郎について書かれた部分を〈後半部〉とすると、そのつなぎにはいっている文章は、つぎの一節である。

「陽明学を革命の哲学だといふのは、それが革命に必要な行動性の極致をある狂熱的認識を通して把握しようとしたものだからである。私がかう言ふのは、学問によつてではなく行動によつて今日までもつとも有名になつている大塩平八郎のことをいま思ひうかべるからだ」

そして大塩の思想、行動を克明に追いかけていく。それは、大塩を借りて、三島自身を語ったものだ。それが露骨に顔をだす部分がいくつもある。たぶん三島は、この構想をまとめているときに、「大塩との同一化」の境地にいたのであろう。だから現代にあって、大塩の心情を理解することは、己れ三島を理解することだとの叫びが、行間から幾重にもわき起こってくる。そこには、数多い選択肢のなかから、ただひとつの行動だけを選択してしまった決行者の覚悟があるといってもいいのである。

大塩平八郎はその『洗心洞箚記《どうさつき》』にもいふやうに「身の死するを恨まず、心の死するを恨む」といふことをつねに主張してゐた。この主張から大塩の過激な行動が一直線に出てきたと思はれるのである。心がすでに太虚に帰すれば、肉体は死んでも滅びないものがある。だから肉体の死ぬのを恐れず心の死ぬのを恐れるのである。心が本当に死なないことを知つてゐるならば、この世に恐ろしいものは何一つない。決心が動揺することは絶対ない。そのときわれわれは天命を知るのだ、と大塩は言つた。

大塩の思想にわれわれがさらに親近感を抱くのは、彼が他に、虚偽を去るの説を唱へたことであつた。己れを欺き人を欺くのは良知に反する所業である、とは彼の信念であつた。われわれはこのやうな徹底的絶対的な誠実に立つときに、直ちに身の危険を感じなければならない。人を欺くときにはすでに己れを欺いてゐることは、われわれの生活経験から明らかである。現代といふ巨大な偽善の時代にあつて、虚偽を卑しんだ大塩の精神は、われわれが一つの偽善を容認すれば、百、千の偽善を容認しなければならないことを教へてゐる。

何故日本人はムダを承知の政治行動をやるのであるか。しかし、もし真にニヒリズムを経過した行動ならば、その行動の効果がムダであつてももはや驚くに足りない。陽明学的な行動原理が日本人の心の中に潜む限り、これから先も、西欧人にはまつたくうかがひ知られぬやうな不思議な政治的事象が、日本に次々に起ることは予言してもよい。

こうした記述が、いたるところで見られる。前述したように、サンケイ新聞に書いたエッセイとともに、三島は、決起そのものの必然性をかなり露骨なことばをもって語り、そこでは、日本の社会すべてに浸潤してしまった「西欧化」に抗するには、最終的に精神による抵抗しか方法はないということが、盛んに論じられるのだ。

このことは、明らかに、昭和四十五年春以降の三島の内部の心理変化といっていい。間接侵略も共産革命への抵抗も、そして天皇が日本の文化・伝統の守護者であるという主張も、すべて包含したかたちで、「精神の抵抗」という語がつかわれる。この語を一点に集約する行動、そして「精神の抵抗」をもっとも象徴的にあらわす場としての自衛隊、その自衛隊が国軍の誇りをもつことこそがすべての始まりであり、「精神の抵抗」のほとんどを語りうる変革ととらえていたのである。

こうして三島は、自己の主張をそれとなく論文の中にまぎれこませる一方で、本来の仕事であった作家としてのけじめもつけつつあった。

八月、三島は家族とともに下田ですごす。それが彼と彼の家族の習慣であった。三島はここで『豊饒の海』の第四部「天人五衰」を書きあげたといわれる。七月から『新潮』で連載が始まり、それは数回つづくはずであったが、三島は、すでに原稿を書きあげてあり、それを少しずつ編集担当者に渡していったと推測されている。

　この夏休み、三島のもとを訪ねた楯の会の会員は、机の上に置かれた『浜松中納言物語』の註解書を見ている。そこで、三島は、すべての仕事を終ったかのように本を閉じ、資料を整理していた。三島は、八月の段階で、書かねばならぬ文学作品の執筆活動は終えていた――着々と三島は、行動へのステップを登りはじめていたのだ。

「革命の哲学としての陽明学」のほかに、もうひとつ九月にはいって三島が書いたと思われる文章の中に、三島の怨念をあらわしたものがある。

　体験入隊で四年間世話になった滝ケ原駐屯地の親睦誌『たきがはら』に求められるままに書いた「瀧ケ原分とん地は第二の我が家」という文章である。字数は九百字ていどだが、三島は、この駐屯地で四年間も世話になり、いまでは「古兵」になったといってから、日本の男の世界の厳しさと美しさをここで見たといい、その教えに感謝するといっている。

　三島の性格をあらわすように、きまじめで、礼節に満ちた表現がつづいている。

　しかし、最後の三行は、強烈な恨みの文字に転化している。自衛隊に対する絶望が、変じて恨みになってしまったかのような表現である。その恨みを理解する者が、自衛隊のなかに、もしかするといたのではなかったかと思われるほどである。

「同時に、二六時中自衛隊の運命のみを憂へ、その未来のみに馳せ、その打開のみに心を砕く、自衛隊について『知りすぎた男』になつてしまつた自分自身の、ほとんど狂熱的心情を自らあはれみもするのである」

最後の二カ月

楯の会の憲法研究会は、十月にはいって、三島が提起した「問題提起㈠」と「問題提起㈡」を土台にして、憲法草案の第一章と第二章をまとめた。第一章は「天皇に関する規定」、第二章は「国防に関する規定」で、この内容は、むろんすぐに三島のもとにも届けられた。

研究会と三島の間には、草案の字句をめぐり、さまざまなやりとりもあったが、基本的には、研究会のまとめた草案を三島も諒承した。

この草案づくりは、事件後も毎週水曜日の午後六時から三時間をかけてつづけられた。三島は逝き、班員の中からも小賀と古賀の二人が連座し、のこされた班員は討論どころではなかった。しかし、気をとり直し、昭和四十六年二月まで研究をつづけ、やっと憲法改正案を作成した。四百字詰め原稿用紙で二百枚ほどにまとめられたという。

むろん、まだこれは公表されてはいない（その後、平成二十五年に公表された）。どのような条文が並んでいるかは推測するより仕方がないのだが、研究班の班長阿部勉によると、大まかなところはつぎのようになるという。

「司法、立法、行政三権のほかに「検察権」の独立をはかる。司法権の細分化をはかるということであろうが、検察権――つまり不正や不義にたいしてなにものにも犯されない権限をもつ機構をつくりあげるというのだ。さらに経済権も独立させ、経済活動に一定の保護を与える一方で、検察権が監視をして、ゆきすぎた経済活動を制限するというのである。

また「統帥権」の独立は、戦前、戦時下をみるまでもなく、現実に運用されるときは、きわめて弊害も多かった。そこで、天皇と政体の間に、一例であるが、「国正院」というような機構をつくる。統帥権そのものは、原則として天皇に帰属するが、その運用にあたっては、この国正院が掌《つかさ》どる。近代戦にあっては、軍事的決断は早ければ早いほどいいので、国正院には、政治、軍事、経済界の有識者を集めて、適確に天皇を補佐する役割をもたせる。いわば元老院ともいうべき機構と考えていい。しかし、彼らが選ばれる基準や在任年数などは明確に決めてはいない。

この国正院は、一朝事が起こればすぐに政府にかわってあらゆる権力をもつ。平時でも政府にたいして助言を与える機能をもつのだという。

この憲法草案は、全文五十五カ条から成っていて、その第一条第一項は、「天皇は国体である」と明文化している。これこそ三島の強い要求でもあったのだ。

全文を見ずに批評することはできないが、基本的な骨格は、大日本帝国憲法を生かし、その矛盾や実情にそぐわない部分には手をいれたということであろう。国正院というのも、昭和にはいっての重臣会議（首相経験者による国政アドバイス機関）を、もっと大がかりにしたものと考えていいようだ。

十月の末からは、憲法研究会は、第三章の検討にはいった。

公然面の非公然活動（楯の会が、憲法改正案を検討していたというのは外部に伏せられていた）が、このような状態にあるとき、非公然面はどのように進んでいたか。

十月二日、五人は、銀座にある中華第一楼に集まり、計画を練った。といっても、三島が計画の内容を伝え、部分的に手直しするためにディスカッションをしただけである。このとき、三島は、これまでの計画に加えて、「決起行動がそのまま報道されるようにするため、予《あらかじ》め信頼できる新聞記者二名をパレスホテルに待たせておき、同所から記者を車に同乗させ、右駐屯地の左内門から構内に入り、三十二連隊舎前で停車し、記者は、車中に待たせておき、三島ら五名がそれぞれ日本刀を持って連隊長を拘束する」と、この行動が報道される手順をくわしく述べた。三島は、自衛隊内部の事件として闇に葬りさられるのを極端なまでに恐れていたことがわかる。

十月十九日には、五人が楯の会の制服を着て、東条会館に集まり、記念撮影をしている。この日は、楯の会の定例会だったのだが、会が終ったあと五人はバラバラに東条会館に集まり、他の会員たちには洩れぬよう気をつかった。

こうして十月は、計画のための準備行動を進めるのに費やされた。十一月二十五日という日時は、十一月の楯の会の定例会ていどの意味しかない日であったが、五人はこの日を、自らの終結点として決め、それにあわせて準備を整えていき、少しずつ緊張の糸を張りつめて、その日を待った。

十一月にはいって、五人の役割に変化が起こった。

五人が会う場所は、そのつど変わっていたが、三日夜は、六本木にあるサウナの休憩室に集まって打ち合わせをした。このとき、三島は意外なことをいいだした。全員死を覚悟しての行動をとるつもりだったのを、変更することにしたというのだ。

連隊長を人質にすると、「恥」のために死を覚悟するかもしれないので、何事もなく自衛隊の側に「返す」役割を担う人物が必要だといい、

「今まで君達が死を覚悟してやってきてくれた気持は嬉《うれ》しく思う。連隊長を白決させない任務は誰かがやらねばならない。死ぬことは易く、生きることは大変なことだ。この任務を、だから三君に頼む」

といって、小賀、小川、古賀の三人に、この任務にあたるよう命じた。つまり、死ぬのは三島と森田だけにするというのである。このとき森田もつぎのようにいったという。

「おれたちは、生きているにせよ死んでいくにしろ一緒なんだ。また、どこかで会えるのだから……」

これまでの〈死〉を想定しての日常が、ここにきて瓦解する。小賀、小川、古賀の三人は、相当の衝撃を受けたと考えられる。三人は、それぞれ〈死〉に向けての準備を進めていたからだ。たとえば、古賀は故郷の札幌に帰ってそれとなく家族や友人に別れを告げてきているし、八月、九月、十月にはアルバイトに精をだしてお金を得て、身辺を

きれいに整理していたのだ。

三島と森田は、三人を慰め、結局、三人ともしぶしぶこの案を受けいれた。

このとき、三島は割腹自決したあとの介錯をする手筈についても相談をもちかけ、森田が三島を介錯し、森田を三人のいずれかが介錯をすることに決めた。こうして決行の手段までが具体的に練り上げられていった。

翌四日から六日までの三日間、楯の会の四十五人の隊員がリフレッシャー・コースでの訓練のために、滝ケ原駐屯地に赴いた。三島も四人の会員も、平生と変わらぬそぶりで訓練をつづけた。三日目には、三島と楯の会、それに自衛隊員との宴があったが、この宴は五人には密かな離別の宴でもあった。平岡梓の『伜・三島由紀夫』によると、三島は「唐獅子牡丹」、森田は小学唱歌「花」と「加藤隼戦闘隊」を、そして小賀は「白い花が咲くころ」、小川は「昭和維新の歌」、古賀は、特攻隊員の詩を朗読したという。三島は、全員に酒をついで廻り、したたかに酔った。

しかし、三島と四人の会員の行動は、誰の目にも不審には見えなかったという。すでに意思を固めた人間は、それを守るために本能的に日常生活と日々のささいな言動をコントロールできるようになるということであろう。非合法へより一歩ずつ傾斜することは、究極には自己錬磨することであり、彼らはすでにこの次元に達していた。

体験入隊のあと森田と小賀、小川、古賀の四人は、三島の著作を届けると称して、市谷の自衛隊に行き三十二連隊の場所を調べ、車を止めることができるかをたしかめてもいる。会員たちは、それぞれ自らの役割に沿っての準備活動を進めていた。

付記しておけば、三十二連隊は、陸軍の近衛連隊（皇居の警護にあたる）の伝統を受け継いだ栄誉ある部隊だという。隊員は千人、四個中隊編成で小銃、バズーカ砲、迫撃砲などをもっている。連隊長は、陸士五十八期生の宮田朋幸一等陸佐であった。事件直後、宮田連隊長は、週刊朝日のインタビューに答えて、「自衛隊の理解者だと思っていたが、そうではなかったという感じです。自決そのものも理解できない。いまの自衛隊にはクーデターを起こすような素地はありません。あの人の思想は理解できません」といっている。

十一月十四日、五人は、また六本木のサウナ・ミスティの休憩室に集まった。三島は、記念写真と檄文をサンデー毎日記者とＮＨＫ記者に託し、これをもって世論対策に万全を期すといった。そして、檄文の内容をどのようなものにするかを話しあった。といっても、実際は、三島が考えを説明し、四人の会員がそれにうなずいたと想像される。後述するように、この檄文は、三島自身の思想と時代認識で埋まっている。一般に、「三島事件」といわれる所以《ゆえん》はこの檄文にあるといってもいい。

十九日、五人は新宿・伊勢丹会館のサウナに集まった。このとき三島が明かした行動計画は、連隊長を拘束してから自衛隊員を集合させるための時間二十分、三島の演説三十分、四人が氏名を告げ、自らの考えを述べるのがそれぞれ五分、それに市ケ谷会館に集まっている会員への訓示が五分、そして最後に楯の会の解散宣言を行ない、天皇陛下万歳を三唱するという緻密な内容であった。

三島は、これらの項目を箇条書きに書いて四人に示し、諒解を求めた。楯の会の解散宣言が含まれていることに、会員の間にはやりとりがあったとも推測されるが詳細は判らない。しかし、それより一週間後に迫った決行日に、四人の胸中は複雑に揺れていたと考えるほうが当たっているであろう。

事件の一週間前というから、このころのことと思われるが、森田は、かつての学生長持丸博に電話をかけ、「鮨《すし》でもおごらせてくれませんか」と誘っている。ふたりは早稲田の先輩・後輩という関係のほかに、楯の会の初代学生長、二代目学生長という立場にあった。すでに会社勤めをしていた持丸は、「お前におごってもらうわけにはいかないよ」と答えたが、とにかく高田馬場で会い、鮨を食べに行った。

森田は、以前とまったく変わらず、ビールを飲んでは冗談をいいつづけた。女性の話、楯の会の話を屈託なく語りつづけた。今生の別れを伝えにきたと思える言動は、まったくなかった。すでに、森田には現実から飛翔する心がまえが、充分にできあがっていたのだ。

昭和四十五年の十月、十一月。〝七〇年安保〟は、自動延長ですでに結着がつき、政治の季節は終っていた。一〇・二一国際反戦デーは既成左翼の合法デモで終り、新左翼の学生たちは、機動隊にはさまれたゲバ棒ぬきのデモで終始した。

この年の政治行動の中心は、赤軍派にあった。三月にハイジャック作戦で日航機「よど号」を乗取り、その後はM作戦と称して銀行強盗を行ない革命資金をつくり、爆弾闘争に走りつつあった。新左翼のエネルギーは、ここにきて壊滅に近い状態となり、一年前の騒乱状態など望むべくもないほど打ちひしがれた状況に落ち込んでいた。

三島は、いまや政治状況には無関心であった。非公然の行動計画を進めながら、その視線はとうに現実の政治の動きから離れていた。十月、十一月に、三島が書いたエッセイ、評論は数少ないのだが、戦闘的な筆致がまったく消えているのに気づく。すべての表現は、「遺書」として読めるようになっている。

中央公論社から刊行されることになった『作家論』のあとがきは、十月に書いたのだが、「なほ本書は、私批評ともいふべき『太陽と鉄』と共に、私の数少ない批評の仕事の二本の柱を成すものと考へられてよい」と結んでいる。「考へられてよい」と、判断を読者に一任したような表現を、これまで三島はあまりつかっていないのに、この「あとがき」ではそういう作者からの願望にも似たメッセージを、このほかにもいくつか盛りこんでいる。

十一月、三島は、なお今生の別れを告げるかのような動きをする。公然たる社会活動が、非公然活動を隠す煙幕となるような日々をつづけている。あわただしくつづく非公然活動のはざまに、それを補完する時間をはさみこんだかのようである。

十一月十二日から十七日にかけて、池袋にある東武デパートで、「三島由紀夫展」が開かれている。このカタログの解説に、三島は、「矛盾に充ちた私の四十五年を、四つの流れに区分し、この『書物』『舞台』『肉体』『行動』の四つの河が、『豊饒』の海へ流れ入るように構成した」と書いている。矛盾に満ちた私の四十五年――。自らそういうほど、三島の軌跡は矛盾に満ちていたのだろうか。むろん、三島のこのことばを額面どおりに受けとめることはできない。三島は、刺激的に「矛盾に満ちた」という表現をつかって、この展示会以後の行動を示唆していたのだろう。

「行動の河」に、三島自身が書いた文章には、気弱な表現が目につく。「この河と書物の河とは正面衝突をする。いくら『文武両道』などと云つてみても、本当の文武両道が成立つのは、死の瞬間にしかないだろう」「……ただ、男である以上は、どうしてもこの河の誘惑に勝つことはできないのである」――三島は、文学作品だけに甘んじないで、直接三島の実像にふれたいと展示会場にやって来たファンにさりげなく「さようなら」といっているのだ。

この展示会の終った十七日、帝国ホテルで『中央公論』一千号の記念祝賀パーティが開かれている。三島は、グラスを片手にメインテーブルをゆっくりと歩き回り、誰にともなく会釈を送りつづけ、会場を離れていった。濃淡の差はあれ、自らが属した文壇の友人たちにやはり「さようなら」といっていたのであろう。この夜と推定されているが、広島にいる国文学者清水文雄に手紙を書いている。清水は、学習院中学時代に三島の才能に着目した教師で、三島は清水だけを〝ただひとりの恩師〟と呼んでいた。後日、手紙を受けとった清水は、便箋四枚の中に「何か容易ならぬもの」を感得したと書いている。

「『豊饒の海』は終りつつありますが、『これが終つたら……』といふ言葉を、家族にも出版社にも、禁句にさせてゐます。小生にとつては、これが終ることが世界の終りに他ならないからです」

清水には動転するような内容であったろう。十四、五歳から見つづけてきた才能あふれる男の遺書ともいうべき手紙であったからだ。

十八日、三島は文芸評論家の古林尚と対談している。古林が『図書新聞』でつづけている「戦後派作家対談」に応じたのである。それまで、古林がなんど申し込んでも、三島は断わりつづけていたのに、不意に応じている。十七日、十八日頃には、具体的にどのような決起行動をとるか、はりつめた時のなかでその内容を煮つめていたであろうし、あるいは檄文を書いていたかもしれない。「ファシスト三島」と彼を弾劾する小田切秀雄門下の文芸評論家を最後の対談相手に選んだのも、論敵の側にも一定の回路をつくっておこうとしたためではなかったか。そして、その企ては成功している。

この対談は、事件後の『図書新聞』十二月十二日号に掲載されている。前半の部分で、古林に、主観的には楯の会は三島の善意の発露ともいえるだろうが、客観的には軍国主義の地ならしではないかと問われて、三島はつぎのように答えている。

「古林さん、いまにわかりますよ。ぼくは、いまの時点であなたにはっきり言っておきます。いまにわかります。そうではないということが」

三島は、自分が利用されていることをよく知っているとも、くり返している。「ぼくは彼らの手にはぜったい乗らないつもりで、もう腹をきめていますよ」といい、自虐的につぎのようにもいうのだ。

「……ぼくだって、やつら（注・政府であり、自民党であり、戦後体制のすべて、社会党、共産党も含まれる）が利用していることは百も承知ですよ。やつらは、バカが一人とびこんできて、てめえの原稿料はたいて、おれたちの太鼓をたたいてくれるわいと、きっとそう思っているでしょうね、いまの時点では。ぼくもそう思わしておくことが有利ですから、いまはそんなフリをしているだけです。それは政治の低い次元の問題ですよ。だけど、ぼくは最終的にはやつらの手に乗らないです」

三島のいっていることは、日頃、彼が不満に思っていることであり、にもかかわらずこれまで、世間には公表していない内容であった。この期に、自らのそういう不満を口にだし、活字にしておくのは、信奉者との対話よりも、論敵とのほうがはるかに効果的と考えて計算したためであろう。みごとなまでに、三島は、自らの行動を世間にアピールする計算に勝ったのである。事件後、古林が書いた三島を悼む文章は、三島の企てが成功したのを示すように、三島の評価をめぐって混乱している。

この対談が、三島の公的な最後の仕事となった。

十一月二十一日、三島と四人の会員は銀座にある中華第一楼に集まり、四日後に迫った行動の打ち合わせをした。前日、森田が、三島の著書を届けると称して、市谷に行き、連隊長が二十五日に在室するか否かを調べたところ不在と判ったので、急遽、人質は総監にしようと決め、すぐに三島は電話をして面会の約束をとりつけた。

二十三日、五人はパレスホテルの一室で、計画の実行行為を練習した。三島が日本刀を総監に見せ、「ハンカチ」といったら、それを合図に総監の身柄を拘束しようと決め、なんども練習をくり返した。三島が総監に扮《ふん》して、本気で抵抗をし、四人も若い力で懸命に押さえつけて縛った。

それから、東条会館で撮影した記念写真の裏に、名前、年齢を書きこみ、当日必要なロープ、針金、ペンチ、垂れ幕、ポリ袋、包帯などをアタッシュケースに詰めこんだ。このとき、三島はキャラコの布に墨汁で要求書を書き、さらしの布で鉢巻をつくり、中央に日の丸を書き、その横に「七生報国」と書いた。日本の右翼陣営の決行者がすべてそうであるように、七たび生まれかわって「国に報いる」という想いを自らに確認するスタイルの踏襲であった。

二十四日にもこのホテルに集まり、翌日の準備を進めた。辞世の歌を詠み、それを短冊に書いた。計画がスムーズにいくようもういちど練習をし、介錯をするために頸動《けいどう》脈《みゃく》の位置を確かめたりしている。それから新橋の料理屋に行って、五人は最後の夕食を楽しんだ。

この席は、雑談に終始したというが、三島は、たったひとこと、「いよいよとなるとセンチメンタルになると思っていたがなんともない。結局センチメンタルになるのは、我々を見た第三者なんだろうな」（平岡梓『伜・三島由紀夫』）と洩らしたという。

昭和四十五年十一月二十五日。小賀の下宿に泊まった古賀、小川ら三人は、楯の会の制服を着て中古のコロナに乗り込み、森田を彼の下宿に近い新宿の高速道路入り口で拾い、三島宅にむかった。途中、ガソリンスタンドの洗車の折りに、四人は家族あての手紙を投函した。

三島は、楯の会の制服を着て、アタッシュケースをもってあらわれ、小賀、小川、古賀の三人に「命令書」を渡した。三島が車に乗り込むあいだ、三人はそれを読んだ。この封筒には弁護料の一部にと三万円が同封されていた。

「命令書」の内容は、法廷で楯の会の精神を堂々と陳述せよとあり、つぎのように書きつづけている。

「……三島の自刃は隊長としての責任上当然のことなるも、森田必勝の自刃は、自ら進んで楯の会全会員及び現下日本の憂国の志を抱く青年層を代表して、身自ら範を垂れて、青年の心意気を示さんとする。鬼神を哭かしむ凜冽の行為である。三島はともあれ、森田の精神を後世に向かって恢弘せよ。……敢て命じて君を艱苦の生に残すは予としても忍び難いが、今や楯の会の精神が正しく伝はるか否かは君らの双肩にある。あらゆる苦難に耐え、忍びがたきを忍び、決して挫けることなく、初一念を貫いて、皇国日本の再建に邁進せよ」

命令書を読み終えたころ、三島は、車に乗りこんできた。そこでつぎのようにいったという（平岡梓の前掲書）。

「命令書はしかと判ったか」

三人は、「はい」と答えている。車中でも三島は、「命令書は読んだな、オレの命令は絶対だぞ」といい、「あと三時間ぐらいで死ぬなんて考えられんな」といったりした。

中古コロナは、十一時すこし前に、市谷の自衛隊駐屯地の門をくぐった。文人三島は、その最期を武人平岡公威として死にたいと願っていたが、いま三島はその願望を着々と現実のものとしていた。四人の楯の会の会員は、自らの人生で「たった一回の行動」のために、門をくぐっていったのである。

三島は四十五歳、森田は二十五歳、小賀、小川、古賀の三人は、二十四歳であった。

三島由紀夫の辞世

益荒男がたばさむ太刀の鞘鳴りに
　幾とせ耐へて今日の初霜

散るをいとふ世にも人にもさきがけて
　散るこそ花と咲く小夜嵐

終章　「三島事件」か「楯の会事件」か

楯の会解散宣言

事件から九十六日目、昭和四十六年二月二十八日、楯の会は「解散宣言」を発した。

この日、正午すぎから、楯の会の会員、三島、森田の遺族、それに縛《ばく》についた小賀、小川、古賀の家族ら、百人近い人びとが、東京・日暮里にある神道禊大教会に集まった。セーター、ジーパン、学生服、さまざまな服装の楯の会の会員は、神社に入ってから制服に着替えた。報道陣や外部の者は門前でシャットアウトされ、中には案内してもらえなかった。好奇心にあふれたジャーナリストは、裏に回り、小山から内部を覗《のぞ》こうとしたが、樹木がそれをさえぎり窺わせはしなかった。三島と森田の葬儀、それに解散の儀式を見せまいとして、この神社を選んだのであろうと、当時の新聞報道は伝えている。

夕刻、楯の会の班長本多清が、報道陣の前で「解散宣言」を読みあげた。〈楯の会は、昭和四十五年十一月二十五日付をもって解散した〉という意味の宣言である。それが三島由紀夫の遺志でもあったと報告され、このときから楯の会は、社会的に実体を失った。

新聞報道では、楯の会の会員は、幹部クラスから末端の会員にいたるまで、報道陣の質問には一言も答えず、沈黙を守ったまま、それぞれ散っていったという。会員が、楯の会の制服を大事そうに、手に抱えて帰っていく姿が印象的だとも報じられている。

三島と森田が逝ったあと、楯の会が対社会的な意思表示をしたのは、あとにも先にもこれ一回しかない。三島を悼む葬儀、追悼会は数多く開かれ、なおいまに至るも続いているが、楯の会が関与したものはひとつもなく、今後もないのだという。まさに、楯の会は三島とともに在り、三島とともに消えたといっていい。

かつて三島は、「楯の会」結成一周年記念パンフレットに、「『楯の会』のこと」を書いた。この末尾に、ある体験入隊の折り、京都から来た大学生（同志社大生）が、雅楽に使う古代楽器の横笛を吹いた場面を描写している。炎天下の戦闘訓練に疲れた身に、哀切な古曲が響き、戦後の日本がいちども実現しなかった「優雅と武士の伝統の幸福な一致」を感じたと、三島は書いた。

この横笛が、葬儀の折りにも吹かれた。三島と三島の楯の会を悼むようにこの曲はくり返された……。

楯の会が解散に至るには、内部でも論争があった。

事件の日から連日、班長たち、それに第一期生の会員や初代学生長らが集まって、〈解散か、継続か〉を話し合った。三島の遺書では、十一月二十五日を期して解散せよと命令していたといわれるが、それは、序章に紹介した本多清への遺書の末尾数行にある「以下の頁は……」に明確に書かれていたという。楯の会の幹部クラスでは、〈解散か、継続か〉をめぐって、相当深刻な論争があった。

解散を唱える会員は、実際にこの組織を誰がリーダーとなって継いでいくのか、という問題を提起した。思想的支柱、財政的基盤、社会的地位、どれをとっても「三島先生」に代わる人もいないし、いやたとえいたとしても、楯の会は、もう楯の会ではなくなるはずだと主張した。それに、「三島事件」によって、楯の会の行動は社会的、歴史的にもアピールの使命を終えたとも説いた。

これに対して、継続を主張する会員は、組織、機構の手直しはするにしても、「三島先生」の遺志を継続する団体として、会員の研鑽のためにも残そうと説く。主義、信条はすでに明確なのであり、その路線を守っていこうというのである。

ふたつの主張が、熱を帯びて交わされたという。しかも事件後、楯の会そのものは右翼陣営だけではなく、マスコミなどにも動向が注目されていて、取材申し込みがひっきりなしにつづいた。そうした外部からの接触は、いっさい断わりつづけ、秘かに幹部クラスの会員は討論に熱中していた。

事件の翌日、楯の会は、東京・代々木にある諦聴寺《たいちょう》で森田の通夜を営んでいる。外部の関係者を閉めだしての通夜である。昭和四十六年一月二十四日には、川端康成を葬儀委員長とし、東京・築地の本願寺で、三島の葬儀が行なわれた。このとき、楯の会の会員は、制服を着て三島を送った。そして、二月二十八日の解散式となるのだが、楯の会が三島と森田を悼んだ儀式は、この三つだけであった。

この間、楯の会は、三島の追悼会、三島精神を讃える各種の集会には、いっさい顔をださず、主催者に名を列ねることもなかった。なぜか。楯の会をリードしていた幹部クラスの会員に与えた衝撃はあまりにも大きく、しかも、事件の評価をめぐって論争があり、さらに〈解散か、存続か〉の論争も結着がつかなかったからというのである。そして、さらに深く取材を進めていくと、民族派団体のいくつかの動きのなかには、三島と森田を一方的に政治的に利用しようとはかる動きもあったからだと洩らす。

たしかに事件直後から、三島と森田は、一定の政治団体からは形容の方法がないほどの讃辞で〝国士〟としての扱いを受けた。三島と森田が、すこしでも自らと自らの団体に接触していたと誇示したいがためのさまざまな動きさえあったという。

こういう動きを、楯の会内部ではシニカルに見守る者が多かった。そのシニカルさは、三島が残していった遺産といってもいいのだが、そのほかにも理由があった。それは、このときではなくそれから二年後、三年後を経て独自の政治的主張となっていく芽につながるものであった。

この芽は、俗に「新右翼」といわれる系譜につながっている。三島は、既成右翼を嫌い、接触も拒んでいたが、そのことは三島の思想が、政治的思想たりうるよりも社会的・文化的位相の一ポジションに甘んじることを意味していた。また、既成右翼の生活者としての体質にも染まりたくなかったのである。楯の会の会員で、民族派陣営に身を置く者は、いずれにせよ三島のこの処し方を継がねばならなかった。

とすれば、楯の会の会員は、まったく新しいかたちの民族派運動を起こさなければならない。

昭和五十年前後に、「新右翼」として登場してきた団体、個人の活動には、何らかのかたちで楯の会の系譜がからんでいる。理論的には、戦後民主主義体制をヤルタ・ポツダム体制と定義づけ、日米の関係を第二次世界大戦の戦勝国とそれの買弁政権として捉え、そして実践面では社会に身を置き、社会人として職にも就き、自らの収入で運動をつづける自立心の確立が叫ばれた。

〈解散か、存続か〉の論争は、内部では熱を帯びて交わされたが、その対立はむしろその後の民族派陣営内部における様相を暗示する図式であったといってもいい。


三島由紀夫の「檄文」については、事件当初から多様な反応があった。政治的主張、個人的憤怒《ふんぬ》、そして文体論に至るまで、あらゆる意見が交わされた。

第五章で記したように、この檄文は、三島と楯の会会員四人が、討論しながら大わくを決めていった。といっても、その形式は、討論というより、三島の意見に会員がうなずくものであったろう。三島と楯の会とはつねにそういう関係でもあったからだ。

檄文の根幹にあるのは、戦後民主主義体制の欺瞞をもっとも象徴しているものとして自衛隊を取り上げ、その自衛隊の〝目ざめる日〟を求めることである。「楯の會の根本理念は、ひとへに自衛隊が目ざめる時、自衛隊を国軍、名誉ある国軍とするために、命を捨てようといふ決心にあつた」というように、その礎石となるために、三島と楯の会は存在していたと訴えるのである。

三島が檄文で起草した文章が、「正論」であることは誰もが知っている。自衛隊は違憲の存在であり、広く国民に認知された存在ではない。しかも、国防という国家の基本に関わる権利を、戦後政治体制が曖昧にしてきたために、文化や伝統まで崩壊し、民族の歴史的基盤まで変化している事実は誰もが認める。だが、問題はここから始まる。

三島は、この事態を自衛隊が行動を起こすことによって明確に浮きぼりにし、次なる事態（それは論理と現実の一体化である）を惹起《じゃっき》せよと主張する。これ自体は政治的主張であり、そのために自らの肉体をバネにした以上、その行動はあげて政治行動であるといっていい。この政治行動は、もう一方の極で「正論」を主張する護憲勢力への挑戦である。戦後民主主義の規範にどっぷりつかってしまった戦後政治体制擁護の側（それは主に〝既成左翼〟をさしているが）への挑戦である。

三島の「正論」は、結局、論として自衛隊機構（普遍すれば戦後体制擁護の与党の現実）を批判し、手段として自衛隊員の意識（図式を拡大すれば戦後体制擁護の野党の矛盾）を撃とうとした。彼の檄文は、それに尽きる。だが、それが実らぬことも三島は充分知っていたのである。だから檄文は、絶望に満ちた調子で決起を訴えつづけるのである。

「正論」が正論たり得ていない現実は、右と左から挟撃される。そして肥大化する軍事的現実は、その挟撃をよりラディカルなものにするか、黙認するかに追いつめている。三島は、ラディカルにそれを問おうとした。三島と楯の会は、そのために命を賭けた。だが国民の多くは、黙認しているし、一定の限度内で「正論」が正論たり得ていない現実を許容する。この許容が、いつどの時点で、どのような規模で進んでいくのかが、戦後日本の政治体制の強靭《きょうじん》さを示すメルクマールである。

三島の檄文は、昭和四十四年十月二十一日をもって、自衛隊は「護憲の軍隊」として認知されたといい、「これ以上のパラドックスがあらうか」と述べている。三島は、この日以後の自衛隊に注目し、何らかの動きが起きるのではないかと見守った。だが、国の論理の歪《ゆが》みを理解し、「正論」が正論であり得ていない現実を理解しているのに、自衛隊は押し黙ったままだったと激怒する。三島には、まさに激怒だったのだ。「われわれは悲しみ、怒り、つひには憤激した」――と、三島は書かざるを得ない。

とはいえ、自衛隊が迎えたパラドックスの日、つまり昭和四十四年十月二十一日は、それほどの意味をもつ日であったのか。実際に、それだけの重みをもつ日であったのか。勿論《もちろん》、これは三島にとっての象徴の意味であろう。三島が自死する昭和四十五年十一月二十五日までの〝象徴の日〟であったにすぎない。

同時代の共有者であるわれわれは、なぜ、三島はこの日にこだわるのであろうかと考える。時系列的に年表をながめれば、昭和四十三年十月二十一日でも、昭和四十四年一月十八日でも、四月二十八日でも、あるいは昭和四十五年の十月二十一日でもいいではないかと考える。しかも、昭和四十四年の十月二十一日に、三島が恐怖するほどの反日共系各セクトの街頭闘争があったわけではない。本書で述べてきたように、この日はむしろその規模は大きくなく、学生、労働者は市民から浮いて、孤立していたのではなかったか。

だが、三島と楯の会は、そのような見方に叛《そむ》くように、十月二十一日にこだわりつづける。

なぜか。つまり、この日は、三島と楯の会の〈反革命的感情〉が昂揚し、危機意識をもっとも身近に感じた日なのだ。三島の自衛隊を巻き込んでのクーデター願望は、この前後にもっとも高まり、高まったがゆえに日頃は見えない図式が見えてしまったのだ。政府・自民党は、この日の制圧の成功で、偽善を偽善とするのではなく、「正論」としてなしくずしに現実に転化していく自信のほどを示し、自衛隊は、それに気づかず（あるいは気づいても）その現実のなかで飼い殺しになっていく運命を甘受することになったというのだ。

この図式が見え、これに虜《とりこ》になってしまえば、あとの事象はすべてこれを補完しているように見える。ペシミスティックな怒りが、当然のようにわきあがる。絶望感にも捉われる。

檄文を読んでいけば、三島の感情は、昭和四十四年十月には政治的決算を求めて昂ぶり、二・二六事件直前に野中四郎大尉が書き残したように、〈狂か愚か〉の心境におちいっていたと考えていい。反日共系各セクトのスケジュール闘争を厳しく批判していた三島は、そのときどきの感情の昂揚とそれに伴う行動こそを自らの中枢に据えていたが、この前後に盛りあがりつくした感情によって、見えぬものが見え、捉えられぬものが捉えられるように考え、そしてそれにこだわりつづけてきたのである。

〈だめだよ、これではだめだよ〉と、昭和四十四年十月二十一日に新宿駅西口の陸橋でつぶやきつづけた三島は、実は、自らの感情を萎《な》えさせる状況に、孤独で絶望的な怒りを放っていたといっていい。そして、三島の檄文は、自らと自らの率いる楯の会の会員が、まさにこの感情を共有していた証《あかし》として、「われわれ」という複数形を用いている。われわれとは、楯の会の総意であると、遠回しに意思表示をしている。

楯の会が解散しなければならぬ必然性は、共有していた意思表示からの解放を意味している。楯の会の会員は、ここにおいて「私」という一人称で歩みはじめなければならなくなった。三島のいう〈事件をもって解散せよ〉の裏に、この意味が込められている。十一月二十五日をもって解散するという楯の会の解散宣言は、三島の遺志を忠実に継いでいたということになる。

十年目の変貌

〈あの事件の意味を自らに問いつめていくことは苦しい。しかし、それは私には欠かせぬことだと思っている〉

楯の会の元会員が、私に言った。彼は、幹部クラスの会員であった。あの事件から十年、楯の会の会員たちは、すでに中年といわれる年代にはいりはじめている。事実、この会員にしても、三十代半ばに近づいている。彼は、心中ではいまもあの事件にこだわっている。

この会員がいう「苦しい」という意味は、あの事件で楯の会は何をなしえたかという自問である。政治的にどのような変革を起こしえたかという問いでもある。この問いに対する自らの回答を、彼は見出していない。たぶん多くの会員もまだ見出していないのであろう。

〈三島さんの主張は判る。彼のいわんとする多くの点は、社会的矛盾の根源に迫っていると思う。だが、では三島さんは、具体的にどのような社会を――それは天皇制のどのようなあり方を――想定していたのであろうか。性急な質問かもしれないが、私にはそこが判らない〉

私は、そういう意味の会話を、この会員と交した。もっとも私は、三島の想定がまったく不明瞭であるとは思っていない。エッセイや評論を読み進めると、三島が、徐々にだがこの想定を明らかにしはじめているのが判り、それは究極には〈明治憲法下の社会〉を視野にいれつつあったものだと思われる。明治憲法は西欧風の立憲君主制を採りつつ、わずかの部分で祭祀的天皇を含ませていたと三島はいい、そこに矛盾はあるにしても、この祭祀的天皇を自立したナショナリズムの中心に据えようと考えつつあったことは判る。だが、それは具体的にどのような国家になるのか。

文化・伝統の継承者としての天皇は、結局、政治的天皇に隷属してしまったのではないかという橋川文三の批判は、たしかに三島のウィークポイントを突いている。にもかかわらず、三島がそこにこだわるのは、明治憲法下の国家社会が、憲法のいわんとする社会ではなかったと考えるからである。たぶん、三島は、明治憲法がイメージする社会を、よりリアルにえがきたいと願望していたのだと思う。そこには、たしかに幾つかの不備はある。たとえば統帥権がそうである。軍事的大権が天皇に帰属するために、その運用面で、陸軍の幕僚が最大限に権力確保のためにそれを歪めて使い尽くした。これを、三島は是正しなければならぬといっているのだ。楯の会内部の憲法研究会における三島自身の「問題提起」は、その是正を要望している。

真摯《しんし》でまじめに対応する楯の会の元会員は、私の疑問をよく理解している。理解しているがゆえに答えない。もし答えれば、彼自身も三島の立場とはちがった地点に立つかもしれないと懸念し、さらに深く考えれば、楯の会は究極では三島とのどのような関わりあいをしていたのかという問題にゆきつくからである。

〈つまり、事件の総括というやつでしょうが、それはまだ私には明確ではない。だが、あの事件は、三島先生だけのものではなく、楯の会の事件でもあったのだから、それは何年かかっても、私は考えていきたい〉

この元会員は、いまは一切の政治活動から身をひいている。いや、政治活動とは日常生活のささいな部分に関心をもつことにあるという。彼は組織の中にあっても人望があり、家庭では良き夫であり、父であり、まじめに自らに問いつづける自省的、理知的な人物である。

その彼が、何度かつぎのように語った。

〈あのときは学生でした。学生ですからいろいろと知らぬこともある。こうして、社会の第一線で働いてみて、われわれも甘いところがあったなあ……と思う。しかし、三島先生が多額の資金をつかって楯の会をつくり、あの事件を起こし、そして社会的には失うものが多かった。だからこそ、私は、その意味を考えてみたいのです。凡ての生活を擲《なげう》って、自らの思想を歴史に刻みこんだことだけは認めるし、その意味を考えてあげたいのです〉

ここに、多面的な三島のある部分を継ぐ会員の姿がある。こういう会員が、八十八人の会員の大半を占めるといっていい。

楯の会が解散宣言を発してから二十三日後の、昭和四十六年三月二十三日に、「三島事件」の第一回公判がはじまった。およそ一年後の四月二十七日に判決があり、この裁判は終った。

裁判が始まった当時、東京地方裁判所前には傍聴者が多数つめかけ、法廷前で民族派の学生同士が内ゲバまがいのもめごとを起こすこともあった。裁判の進行でも、〝自主憲法制定・自主防衛〟のアピールを行なおうとする支援団体と、量刑の軽減にもっていこうとする弁護団の間で意見のちがいもみられた。

結局、小賀、小川、古賀の三人の被告は、懲役四年の判決をいい渡され、そのまま獄にはいった。裁判の途中で、逃亡、証拠隠滅の恐れはないと、三人は保釈になったが、このとき促されるまま記者会見して、「事件についてどう考えているか」と問われると、小賀は、「日本人という大きな基盤の上に立ち、当然のことをしたと思っている」といい、小川と古賀は、「突然の保釈なので、なんと言ってよいかうまく言えませんが、これまで法廷で述べてきたとおりです。今後もすべて法廷で述べ、それ以外は沈黙を守りたい」と答えている。

三人の心境と法廷での論争は、平岡梓が『倅・三島由紀夫』のなかで克明に書いている。三人とも、法廷では、事実についての抗弁はせず、いかなる刑にも服すると答えたという。また、裁判長から被告への尋問の中で、将来はどうするかと問われて、三人とも、〈自分の生命は、昭和四十五年十一月二十五日で終った。それ以後のことは考えていない〉と答えたという。

被告のひとりは、「自衛隊は金魚鉢の中の金魚だ」といい、隊内では元気がいいが、外に出ると小さくなっているともいっている。事件のときは、自衛隊員に射殺されてもいいと思っていたが、彼らは撃てまいとも思っていたといって、三島先生は、「恐らく撃つだけの根性はあるまい」といっていたとも補足している。

平岡の書によると、三人は、〈今後の方針として、特定の組織にはいるとか集会に出るということはない。あくまでも行動は一回限り、他に利用されるような繰り人形にはなりたくない〉と答えている。たった一回の行動——それに全エネルギーを費やしたと吐露したわけである。決行者としての潔さと刑の軽減を求めない言動、所信を披瀝しつくすという態度が、裁判官、検事、弁護人、傍聴人に好感を与えたと、平岡は書いている。

昭和四十九年秋、三人は釈放になった。

楯の会の元会員たちは、三人が「事件の決行者」として特定の組織にとりこまれるのを恐れ、できるだけ白紙の状態で社会復帰できるよう物心両面の援助を果たしたという。現在、三人とも理解者を得て、それぞれの地で落ち着いた生活をしているという。

〈そっとしてあげといてください。三人とも、静かに平凡に生きているのですから……〉

私の〈会いたい〉という申し出を、元会員はやんわりと断わった。三人とも、幾千万の言葉よりも社会の中で働くことで、想いを自らの胸で消化しようとしているのである。十年という単位でなく、二十年、三十年というスケールで、「三島先生の思想」を具現化しようとしているのであろう。たとえ、私が会って話をしたとしても、三人ともコミュニケーションの成りたたぬもどかしさを感じるにちがいない。

衝撃的な事件の内容は、三人とも、親しい会員にも語らない。いや、それはお互いに話してはならぬことでもあるのだ――と会員たちは諒解している。

三人と親しい会員の語ったある話は、私にも、驚きを与えた。三人が出獄してから二年近く経たころ、その会員は三人の会員と話をしたことがあった。己れの道を歩み始め、そこに安息を見出しているころであった。

〈頭の中で事件のことは忘れようとしています。いつまで考えているわけにはいかないとも思っているからです。でも、手をみると、思いだしてしまう……〉

だが、このような人物こそ、己れを透視しつづけることができるのではなかろうか——と、その元会員は補足するのだ。

楯の会会員の大半は、社会人として生活している。年齢からいっても、末端管理職の地位にいる者も出始めている。共通していえることは、会員たちは、三島のもとで人生修養面（たとえばことばづかい、マナー）でも、徹底的に仕込まれたために、同世代の者よりはるかに折り目正しい。それが組織にはいって役立っているともいえる。

企業内に定着した会員、そして地方に帰り、自らの生活をつくりあげている会員は、あの事件から十年を経たいま、どう考えているのであろうか。私は、それについて詳しく分析するだけの資料はないので断定はできないが、たしかに一部では風化している。時代は変わり、政治状況も変わった。政治的インパクトの強い事件は、連合赤軍事件や、連続企業爆破事件など、一般には理解しえないかたちで突出しただけで、社会総体が根本から揺らぐような事件は、三島事件で終り、以後はそれぞれの己れの心中で事件を受けとめる段階になっている。多くの人の胸で、事件が風化していくように、楯の会の会員の間でも風化があったとしても決して不思議ではない。むしろ、それは〝健全さ〟を示しているといってもいい。

だが、そういう会員とは別に、「三島事件」にこだわりつづける会員もいる。〈三島先生の遺志を継ぎ、さらにその運動を発展させよう〉というのである。三島が訴えた思想や状況認識は、いずれもまだ何の進展もしていないと考える。いや、状況はいっそう悪化しているとの危機意識をもっている。昭和五十二年三月、楯の会元会員二人は、民族派の二人とともに経団連に乱入している。この行為も、想像するに、危機意識の昂揚を示すものであろう。

危機意識のつよい会員に話をきいてみると、「三島事件」を「楯の会事件」と捉えることで一致している。あの事件は、たしかに「三島由紀夫先生」の指導下にあったことは否定できないが、森田必勝は楯の会、ひいては憂国の青年を代表して決起したのだと受けとめる。それを、「三島事件」とか「自衛隊乱入事件」といってしまうと、あの事件の本質が歪んでしまうというのだ。たとえば、楯の会元会員の一部が集まって、昭和五十五年一月に設立した団体に「蛟龍会《こうりようかい》」なる組織がある。これに加入している会員（十五人ほどという）たちは、そのことを強く主張している。彼らの結組趣意書の一節には、「我々は過去十余年、日本の歴史、伝統、文化の研究に注力して来ました。そして今日の看過できない危局に際会し、実践即対応の緊急性を痛感するに至り、従来の同志の更なる結束を図り、かつ新たなる賛同者のための一拠点として、有機的思想結合体『蛟龍会』の結組を決意しました」と唱われている。

森田の精神と行動を継承し、発展させるためにも、「楯の会事件」と呼称しようというのであろう。そのことは、戦後民主主義体制を否定し、第二次世界大戦直後のヤルタ・ポツダム体制の否定につながる。その否定は、戦後民主主義体制が否定してきたものの復権につながる思想である。しかし、それは単純な〈戦前〉への回帰ではないだけに、ロジックのうえでは、かなり面倒な展開を試みることになる。

この面倒さを、もっと短絡化しようとすれば、反左翼、天皇制護持というスローガンでしかあらわすことができない。事実、彼らはこのことを直截にいう。しかし、反左翼といっても、既成右翼の唱える反左翼ともちがっていて、〈命を張った左翼〉には、シンパシイを隠そうとしない。しかも、既成右翼の反左翼が、現実には体制への補完的な役割をもってしまうことを鋭く批判する。

楯の会の会員をつなぐ紐帯《ちゅうたい》は、三島個人への畏敬と三島の思想への素朴な信頼であった。それを集約したことばであらわせば、〈天皇（制）を守ること〉である。天皇という語に凝縮されている日本文化に依拠する姿勢の意味になる。しかし、その行動は、会員によって異っていた。いや十年を経た昭和五十五年のいま、その違いはいっそう広まったということになる。そして、今後の十年、二十年はよりいっそう開きが生じるのかもしれない。この開きは、たぶん三島由紀夫その人の振幅を示すことでもある。その振幅のなかで三島は生きつづけなければならない。

そのことを、三島由紀夫はどのていどまで予期していたであろうか。

補章　三十一年目の「事実」

公表された遺書

平成十一（一九九九）年十一月のことである。共同通信社の記者から、私のもとに電話があった。その内容は次のようなものだった。

「来年は、三島事件から三十年目を迎えます。元楯の会の会員である本多清氏が、事件当時、三島さんから託された会員宛ての遺書をこの節目に公開することにされました。三島さんは、本多氏に二通の遺書を託したそうですが、そのうちの一通である本多氏への遺書はすでに保阪さんの著作で紹介されていたんですね」

問い合わせというか、確認の電話であった。その記者の言を聞いているうちに、そうか、あれから三十年が経つのか、と私には感無量の思いがあった。電話を置いたあとも、私はしばらくは「三十年」という語が頭からはなれなかった。このころに月刊誌からのアンケートなども行われつつあり、私のもとにも何通か届いていた。しかし、そういうアンケートのなかに盛られている「没後三十年」という文字より、耳で聴いた語のほうがはるかに私には実感がこもっていた。

私が本書を著したのは、昭和五十五年、つまり一九八〇年であった。私は、三島文学に詳しいわけではなく、この領域にまったく口を挟むつもりはなかった。もとより私も三島文学の大半には目を通しているが、しかしその読み方は読者としての関心以外のなにものでもなかった。私の関心は、三島と楯の会事件は、近代日本の文脈のなかでどのような位置づけがされるか、という一点につきた。昭和という時代に限っても、昭和前期の国家改造運動とどのような関係があるのか、三島はどういうタイプの思想家と重ね合わせることができるのか、という私なりの関心であった。

したがって、本書を書いたのもとにかくあの事件の推移を細部にわたって確認しておこうと思ったからである。史実には所詮は正しいものなどなくて、時代によって揺れ動くのが宿命だが、それでも十年を経て初めて明らかになる事実もあるだろうから、それを踏まえたうえで、史実を抑えておこうと思ったのである。私は、当時の段階で三島について書かれた書や事件の内容にふれたさまざまな印刷物に目を通し、そして元楯の会の何人かの会員を取材して、この書を書きあげたのであった。

元楯の会の会員にも少なからずの人たちに会った。そのひとりが本多清氏であった。本多氏は、当時、大手の製紙会社の関連会社に身を置いていたが、入社して九年を経ていた。しかし、私の記憶では、十年をひとつの単位として企業生活から身を退き、新たな職場を得て独自の活動を行いたいと考えていたように思う。そのような会話を、私は銀座の喫茶店などで交した。私は、四十歳になっていて、本多氏は三十三歳であった。本多氏は、理性的なタイプで事件について、とくべつに感情的に論じるという姿勢ではなかった。私なりに、「三島由紀夫と楯の会事件」の断面を本多氏との会話の中で確認したのである。

本多氏は、事件当時、三島から二通の遺書を託されていたが、その一通は前述のように本多氏に宛てたもの、そしてもう一通は楯の会の会員に宛てたものであった。三島夫人から手わたされたときの様子は、本書でも記述したとおりで、自らに宛てた遺書を読んで、本多氏が感泣したのは、二十三歳のこの青年の能力を三島が認めていて、そして婚約者がいることを慮《おもんぱか》って、事件に至るプロセスをすべて伏せていたからであった。

私は、三島由紀夫と楯の会事件から十年を経た段階で、本書を著したときには本多氏の名は伏せて「K・K」というイニシャルを用いた。文庫版に収録するにあたっては、本名を明らかにしたが、このことをもってしてもあの事件からの「十年」と「三十年」の間には大きな違いがあることがわかる。当時は本多氏も社会の中にあって相応の活躍をしていくときでもあり、本名を明かせないという事情もあっただろうし、それに自らへの遺書はあくまでも自らのものであって、それを公表したのは、本書の序章に記してあるとおり、農本主義研究誌『土とま心』誌上であったが、それは社会的に明かすというより、やはり元楯の会の会員だった友人の阿部勉氏が編集長をつとめているこの雑誌でという枠内にとどまっていた。

序章の「十年目の遺書」に書いてあるように、「十年」というのはまだ事件の余波がさまざまな面で少なからずの影を落としていたのである。

平成十一年十一月下旬に、共同通信の記事は配信された。本多氏が密かに持っていた「楯の会会員たりし諸君へ」という便箋四枚の遺書は、その全文がほとんどの地方紙などに掲載された。信濃毎日新聞は第一面で、「三島由紀夫の遺書公表　楯の会会員あて事件30年で元会員」と大きく報じ、さらに社会面では「時代に失望　冷静に決断」という見出しで、その遺書の全文を紹介している。あわせて、その解説も掲載されている。こうした扱いもまたほとんどの地方紙に共通していた。

「三十年」という節目に、本多氏があえて公表したのは、本多氏によるならば、「今は私も五十代に入り、先生の亡くなったときの年齢を超えている。先生の訴えたなかで、これから何ができるか、それを自らにも問わなければならない年齢であり、それを生涯賭けて行っていくのが、私の責務だと考えている」からという。本多氏を初めとする楯の会の会員も大体が五十代に入り、あの事件のときの自らの年齢に相当する息子や娘をもっている。そういう時間の流れが、「三十年」という時間にはこめられているのである。

本多氏自身、あの事件から三十年後のいまは食物や水、環境などを考えながら、健康について考える事業を進めている。三島のメッセージはいまなお本多氏をつき動かし、これからは三島が問うていた魂の問題を考えていきたいとの思いももっている。

本多氏に託されていた楯の会の会員への遺書は、昭和五十五年当時、私もその存在は知っていた。しかし、その内容に関してはむろん私は知る立ち場にはなかった。平成十一年十一月に明らかになったその遺書を、改めて本多氏から見せてもらうと、私なりに感じる点が幾つかあった。

本多氏によれば、この遺書には「昭和四十五年十一月」とあるだけで日付が書かれていないのは、十一月に入ってからすでに自らの行動を想定していたからだろうといっている。確かにこの遺書は、三島自身が楯の会の会員を含めての総決起を十一月の段階であきらめて、少数者の決起に切りかえる決意をもったときに書かれたと読める。その瞬間から、三島は八十人余に及ぶ楯の会の会員宛てに遺書を書きのこすことで、自らの思想と決意を次代に託したということになろう。四十五歳の三島は、二十歳を超えてまもない青年に、その生ある限りにおいて、「三島由紀夫の訴えたこと」を胸に刻み続けてほしいと正直に語ったのがこの遺書である。

三島の心理的な決算と覚悟が反映していると読めるのであった。

「昭和四十五年」のもつ意味

あえて昭和四十五年の社会情勢を今の私の目で見るなら、次のようにいえるであろう。

この昭和四十五年という一年間を、昭和史の流れの中で意味づけると、典型的な分岐点と解することができる。昭和史にはそのような分岐点が明確に存在する。たとえば、昭和十二年がそうである。前年の二・二六事件は、事件そのものは鎮圧されているが、しかし陸軍の青年将校が訴えた政治的スローガンは現実に陸軍指導部によって達成されている。軍内の粛軍人事や陸海軍の大臣を現役の武官のなかから選ぶといったシステムは、巧妙な天皇親政を目的とする国家への変貌であった。昭和十二年七月の日中戦争はその延長線上にあったということになるだろう。ひとつの政治的事件によって、新たな秩序ができあがっていくのだ。

戦後にしても、昭和三十五年から三十六年にかけてがそうである。昭和三十五年六月のあの安保闘争が終わってみれば、なんのことはない、第一次池田内閣による高度経済成長が始まるのだ。政治の季節から一気に経済の季節への転換である。

昭和四十五年もまたそのような意味を含んでの分岐点であった。前年には、全国で大学紛争が相次いだだけではなく、学生や労働者や市民が、反安保、ベトナム反戦、学園の民主化といったスローガンを掲げ、街頭や学園でそれこそ革命に通じるのではないかと思われるほどの行動をくり返した。まさに革命騒動であった。しかし、この騒動は政府が警察力をもって抑え、加えて市民の素朴な共感と共鳴が昭和四十四年暮れにはおさまっていったのである。革命が起こるかもしれないとの空気はあえなく沈んでいた。

その反面で、先鋭化した学生は、赤軍派の結成に見られるように「世界同時革命」を呼号し、昭和四十五年三月にはよど号事件を起こしていたし、連合赤軍は武力革命を意図してテロ活動なども進めていた。突出したエネルギーが確かにこの年には活発であった。とはいえ、大阪での万国博覧会に見られるように、国民的イベントも実施され、日本全体が祭りを祝うような空気がかもしだされていた。日本国内が一部過激派の行動と国民に未来指向を呼びかける儀式とに彩られ、その一方で不況からかもしだされるゆううつな世相もえがいていた。

昭和四十五年は、社会の根底をゆるがすような事件、事象のあとにくるゆ〻り戻し〻という期にあたっていた。戦前の五・一五事件や二・二六事件にしても、その事件を契機に必ずなんらかの変革を日本社会は余儀なくされた。政治指導者はそういう事件や事象を必ず教訓にして新たな政策を打ちだし、国民もまたそれに従った。

第一次安保闘争（昭和三十五年）のあとの池田内閣がそうであったようにである。

三島は、昭和四十五年に大きな期待を寄せていたことは今ではよく知られている。三島は自らの役割と楯の会の果たすべき使命を明らかにこの年に賭けていた。むろんそれは前年の十月二十一日の国際反戦デーを意識してのことだった。このときの社会党、共産党、それに総評などの労働組合、そして革命を呼号する過激派は、既成左翼や市民団体の反体制エネルギーを底辺に据えながら、体制との最大規模の衝突の日とした。こう書きながら、私はこのころに「一〇・二一」という語が革命に類する響きをもっていたことを思いだすほどである。

この日の街頭行動を、機動隊だけの力で抑えることができなかったら、あとに残されたのは自衛隊の出動だけである。三島と楯の会の会員は、こうした状態を望んでいた。自衛隊が戦わない軍隊ではなく、国家の秩序とそれをもとに支えられている文化や伝統を守る国軍であることを宣言する契機になるからだ。現在の憲法ではその存在を保障することにはならず、憲法改正は政治的な主要テーマにならざるをえないと期待していた。

しかし、昭和四十四年の「一〇・二一」闘争は、本書でも指摘したようにそうした騒乱状態にはならなかった。機動隊の力で充分に抑えつけることができたのだ。昭和史の年表をめくってみても、この日は、佐藤首相が初めて国連総会で演説したというニュースのほうがはるかに比重が大きい。

伊達宗克（三島に信頼されていたNHKの放送記者）の『裁判記録「三島由紀夫事件」』によるなら、三島事件の法廷での楯の会の会員の証言には、「自衛隊が治安出動するまでの空白を埋めるのが、楯の会の目的だった」とあるし、先の本多氏自身、「楯の会は政治団体などではなく、軍事目的の団体であり、最終的にはただいちどの行動のための会」とはっきりと証言している。機動隊の力で抑えることができないとき、百人余りの楯の会が出動する。それは、自衛隊をして建軍以来、初めて戦わせる国軍のための呼び水の役割を果たすということだった。その呼び水役の三島と楯の会の会員は、死をも覚悟してその役を果たし、憲法改正を含めて戦後体制を解体させようとの意図をもっていた。その呼び水の機会は、ただいちどの行動で生かされるというのである。

私が、昭和四十五年を分岐点というのは、三島はこの前年をそのただいちどの行動の機会であると認識していたにもかかわらず、それが実らず、その後の時代状況に身を任せるだけでは、戦後体制はそのまま温存されることになるだけでなく、その骨格にかかえこんでいる物量、経済中心の思想なき、そして国家観なき透明の国家になる道をまっしぐらに進む結果になること、と捉えていた事実を指している。現実にその後の日本社会はカネ万能の歪みの伴う国家になったことは周知の事実である。

三島のそのような予見性は、現実の三十年の歴史をふり返ってみても充分にあたっているともいえる。一切のナショナリズムを否定した感性だけの国家となってしまうと三島は予見していたのである。私もあの事件から三十年を経て思うことは、三島は昭和四十五年が分岐点になると考え、その後の日本は自らにはとうてい耐えられない構図をもった国家になると想定したという意味では、余人よりは独自の歴史的嗅覚をもっていたということだ。

昭和四十五年の「一〇・二一」国際反戦デーは、前述のように前年よりさらに機動隊側の強さを見せつける結果になった。しかし、すでに前年の「一〇・二一」から決起のプランは徐々に三島の中で高まっていき、六月から決起に参加する四人の会員と密かにプランを練ったりもしていた。昭和四十五年の「一〇・二一」のしぼみ具合を見て、そのような秘密の行動はますます真剣に練られていったことにもなる。

本多氏が「三十年」を機に公表した楯の会の会員への遺書は、みごとなほど構成の巧みな、そして説得力をもつ内容になっている。一読してわかるが、三つのパートから成りたっていて、初めのパートの代表的な部分は「小生の脳裡にある夢は、楯の会会員が一丸となつて、義のために起ち、会の思想を実現することであつた。それこそ小生の人生最大の夢であつた。日本を日本の真姿に返すために、楯の会はその總力を結集して事に当るべきであつた」といい、「しかるに、時利あらず、われわれが、われわれの思想のために、全員あげて行動する機会は失はれた」と認める。

次のパートで、状況はわれわれに味方しなかったために、少数者の行動を以て代表することになったと告げる。「成長する諸君の未来に、この少数者の理想が少しでも結実してゆくことを信ぜずして、どうしてこのやうな行動がとれたであらうか？」としめくくっている。

そして三つ目のパートは、楯の会の会員が成長する過程においても、「一度楯の会に属したものは、日本男児といふ言葉が何を意味するか、終生忘れないでほしい、と念願した。青春に於て得たものこそ終生の宝である。決してこれを放棄してはならない」と託している。この遺書自体が、序破急というしっかりとした構成によってえがかれているところに、他の類似の事件とは異なった重みがあるようにも思う。

昭和四十五年以後、日本は戦後体制に埋没したまま、求心力をもたないその場限りの物欲と麗句によって続くであろうが、そういうなかで君たちはそうあってほしくないとの強烈なメッセージでもあった。

三島と橘孝三郎

くり返すことになるが、三島由紀夫がこれほど語られるのは、戦後体制の前述の三つの骨格（「文庫版まえがき」で紹介したように、憲法、死生観、物量・経済主義）が、年を追って矛盾を拡大、肥大化させているためであった。三島はその三つに一身を賭して抵抗したのは、本質を突いていたからと、私には思える。

安藤武編著の『三島由紀夫全文献目録』（二〇〇〇年十二月刊）によるなら、三島由紀夫関係の文献は六千点以上に及ぶという。三島や楯の会について書かれた著作類にしても、毎年三十冊近くは刊行されている。文学、社会、政治、医学、さらには風俗も含めて、あまりにも多様な視点で書かれている。安藤武編の書の帯には、「没後　これだけ語られた日本人が果たしていただろうか」とあるが、実際そのとおりである。この驚きが多くの人の実感ではないかと思う。

しかし、こうしたリストをながめていくと、意外に少ないのは、昭和史のなかにどのように位置づけるかという視点での書である。すでに記したように、私は、そのような位置づけを試みたいと思っているために、よけいにその欠落が気にかかる。

三島主導による楯の会事件は、基本的には国家改造運動そのものとはいい難い。たとえば、昭和前期の三月事件（未遂）、十月事件（未遂）、血盟団事件、五・一五事件、二・二六事件や昭和後期の三無事件（未遂）の主流を成す思想とは異なっている。こうした運動は、結果的に軍事権力への道を補完するのに大きく役だった。天皇親政国家を創設しようと意図してのテロやクーデター事件でもあった。

三島と楯の会の事件は、軍部を政治権力の前面にひきだそうとしてはいない。三島は、この国の歴史と文化の継承役となっている天皇制を政治権力の中枢に据えるべきとはいっていないのだ。その言はあくまでも、天皇を文化的な視点で捉え、戦後体制のような枠組みのなかに天皇をとどめるべきではないとの主張に終始しているかのようである。

自衛隊を国軍にせよ、というのは、歴史と文化を守る戈《ほこ》として存在せよ、ということであり、アメリカの従属下にあるような軍隊は真の軍隊とはなりえていない、日本の歴史と文化を守る軍隊としてのシステムを持ち備えよ、その精神をもて、と説いているというふうに見える。この意味ではきわめて精神性が濃く、政治的にはこれまでの日本の同種の事件とは異なっている。

結局、私は昭和史のなかでは、くり返しになるのだが、茨城県の水戸市にあった昭和初期の農本主義者・橘孝三郎と愛郷塾の門弟たちにゆきついてしまう。橘とその門弟が主張した農本主義は、十九世紀から二十世紀の資本主義的政策を批判し、「農」をもっとも人間にふさわしい営みと見て、この営みを中心とする社会の建設をつねに訴えた。橘と三島の共通点は、二・二六事件の指導者である北一輝や陸軍の青年将校たちと三島の共通点よりもはるかに多いというのが私の考えであった。

橘と三島の共通点は、ふたつの点で注目されるのだ。

ひとつは、ふたりとも自らの生きているこの時代は擬態であると確信するに至った点だ。橘は資本主義も、そしてその裏側でしかない共産主義も、日本人の本性に反していると考えたし、三島もまた戦後社会を日本人の魂の抜けていく空間と考えていた。この擬態という認識は、日を追ってふたりの心中に沈澱し、やがてそれは怨嗟《えんさ》に近いほどの感情になる。それが行動への渇望となる。

橘は、そうした渇望のときにベルグソン哲学へ激しく傾斜し、三島は陽明学に傾いたといえる。決起の土台に行動哲学を正確に敷いていたわけである。

もうひとつは、決起後のプログラムが明確でなかったことだ。もとより自らの時代の誤りを正すという発想は、なんらかの次代へのプログラムがなければならない。橘には、『愛国革新本義』のような著作があったにしても、その内容は観念的であり、国家そのもののビジョンはえがかれていない。三島にしても、自らの行為を通して訴えていた国家像は、たとえば大日本帝国そのものに忠実に回帰するべきだと考えていたか、否かははっきりしない。

ふたりとも、時代をつき破る起爆剤の役割は考えていた。それも「軍」に対して過大な期待を寄せていたように思う。

私が、ふたりに共通点があるのでは、と考えたのは、あるきっかけがあったからだ。それを初めて明かしておきたい。

昭和四十八年のことであったか、私は、昭和史に関心をもち、あるテーマに挑んでみたいと考えていた。前年に『死なう団事件』を著してから、次のテーマは五・一五事件に加わった橘孝三郎を解剖してみたいと思った。昭和七年の事件当時、海軍士官の決起者たちによって檄文が起草され、それが東京市内に撒かれた。この檄文は、海軍大尉の三上卓によって書かれたといわれているが、なかなかの名文である。ひとつのリズムがあり、「国民よ！　武器を執って立て、今や邦家救済の道は唯一つ『直接行動』以外の何者《ママ》もない」という訴えは、そのころの青年の叫びであったかもしれない。

この檄文は、その末尾で、「素より現存する左傾、右傾何れの団体にも属せぬ、日本の興亡は吾等『国民前衛隊』決行の成否に非ずして、吾等の精神を持して続起する国民諸君の実行力如何に懸る。起て！　起って、真の日本を建設せよ」と唱っている。そして、「陸海軍青年将校」という名に続き、「農民有志」とある。私は、この「農民有志」という語に関心をもち、五・一五事件を農本主義者の目で捉えてみたいと考えたのだ。

水戸市の郊外に住む橘孝三郎に、唐突に手紙をだし、そしてこの事件はどのような意味を含んでいたのか質《ただ》したいと申し出た。橘が俗にいう「右翼」といわれる側にあり、相応の思想的影響力をもつ人物とは知っていたが、私はとくべつに政治、思想団体に属しているわけではなく、その方面に知り合いもいなかったので、まったくの直接交渉であった。橘からの返信は、四百字原稿用紙にたった二文字、「諒解」という文字が書かれていた。

そのときから（昭和四十八年の一月だったと思うが）、ほぼ一年間、月に二回ほど私は水戸に通って話を聞いた。私の質問は、いわば戦後民主主義の意味あいを帯びていたらしく、「君は戦後の考えに毒されている」とよく言われたものだった。それでも私はこの老人と会っていて、知識が豊富で人間の器が大きいとの感慨をもった。橘への取材は大体が午後一時ころから始まり、午後四時すぎになると、「今日はこれで終わりだ。帰りなさい」と言われた。私は、橘の家から街道に出るまでの道を歩いていると、四・五人の青年とよくすれ違った。姿勢の整った青年たちという印象だった。私は三十三歳から三十四歳で、青年たちは二十代の半ばから二十代の終わりと見えた。

あるとき、私は午後四時すぎになってもさらに尋ねたいことがあり、二、三の質問を続けていると、橘はやはり帰るように促した。そして、

「楯の会の連中が、わしのところに勉強に来ている。農本主義や天皇論を語ってきかせている」

と言った。孫であったか、とにかく縁者の青年が楯の会に入っていたともつけ加えた。橘が私のような考えの者はこうした青年たちとは会わせないほうがいいと判断したらしく、決して同席させなかった。そこに私は、橘なりの配慮を感じたのである。

歴史に移行する「三島」

私の著した『五・一五事件（橘孝三郎と愛郷塾の軌跡）』は、昭和四十九年二月に刊行されたが、それからまもなく橘は八十一歳の人生を終えた。そして橘の没後、ひとりの青年から電話を受けた。橘の志を継ぐ意味で、『土とま心』という研究誌を刊行するから、寄稿してくれないか、できれば橘先生の思い出のような内容を、というのであった。私はその申し出を引き受けた。

それが、元楯の会の会員であった阿部勉氏との出会いであった。

阿部氏は当時、二十九歳だったと思うが、その目の輝きは深い怒りにとらわれているようであった。しかし、冗談を言うときに崩れる表情は純粋でもあった。早稲田大学法学部時代に、日学同に入り、そして楯の会の会員になったと話していた。「先生によっ

て思想的にも知識の上でも、そして人間の生き方としても多くのことを教えられました」と、いくぶん東北なまりの言が私には今も記憶にのこっている。

『土とま心』は、それから五、六年の間に十号ほど刊行しただろうか、それがいつのまにか自然消滅になった。つけ加えるなら、前述の本多氏にあてた三島の遺書は、この『土とま心』の第七号に、本多氏と阿部氏との友情から掲載されることになった。私が、本書に収録できたのは阿部氏の諒解によった。

私と阿部氏は、お互いに思想も生き方も、そして人脈もまったく異なるということを理解したうえで、年に一回、あるいは二年に一回ていど会って会話を交すという交際を続けた。それは平成十一年秋に阿部氏が膵臓がんで五十三歳の人生を閉じるまでの二十数年間続いた。私は、阿部氏がどのような仕事をしているか、それを具体的には知らなかったが、知り合ったころは子供が二人いて幼稚園に送ってきたとか迎えにいかなければ、という言を聞いて、家庭人の一面を見たときもあった。

阿部氏と私の共通点は、橘孝三郎に対する畏敬の念と、戦後社会を貫いている偽善への怒り（この点は私と阿部氏との間には基本的な考え方の違いはあったのだが）、そして互いに教師の家庭に生まれたという点での話題が重なりあう点にあった。阿部氏からの葉書や唐突にかかってくる電話、「お元気ですか」という言で、久しぶりに会おうかと渋谷や池袋、高田馬場で会うことが続いた。

阿部氏は、「日本のこれまでの右翼運動についていえば、企業からカネをもらうという一点は間違いです。私は自分で稼いで運動を進めなければと思っている」とか「私は左翼が嫌いなのではない。便乗左翼や口先だけの輩《やから》が嫌いなのです」といっていた。三島主導の楯の会事件については、それほど会話を交したわけではなかったが、昭和四十五年十一月二十五日の事件に加われなかったのは残念に思っている、という言い方をいくぶん控え目に語ったのが印象にのこった。

昭和五十年代のあるとき、渋谷で会ったときだったか、「先輩（彼はいつも私をこういっていた）、今日はこれがあとをついてきていますので、申しわけありませんが迷惑をかけるかもしれません」と喫茶店の椅子《いす》に座るなり言った。その額に指で輪をつくるポーズが、私にはわからなかったので、「それは何？」と尋ねると、「刑事ですよ。むろん公安ですけどね」と言った。確かに、喫茶店の入口付近にそれらしき人物が座っていた。

私は、そのころ（たぶん赤軍派の動きが激しかったり、民族派の動きも表出していたときだと思うが）に阿部氏がしばしば週刊誌のコメントで明日にでもなんらかの行動にでるような言い方をしているのが気に懸っていた。それは軽率な言い方ではないかと思うと、正直に言うと、「そうですね。そういう批判は甘んじて受けますよ」と答えたりもしたのである。

阿部氏のとぎすまされた感性は私にはすぐれているように思え、「あなたは運動家かもしれないが、文筆をおやりになったらどうか。小説など書けばいいではないか。そういう方面で必ず一人前になると思うけれど」となんども勧めた。「だめですよ、机にむかうというのはできませんよ」と苦笑いを浮べたりもした。

彼がそうした運動の中で、どのような位置を占めているのか、私は知らなかった。平成十一年の初夏であったか、東京・高田馬場の彼の経営する古書店から電話があり、再度、膵臓がんの手術を受けたが、余命がいくばくかしかないと告げられていると言った。そして、『レコンキスタ』という新聞が送られてきたが、それは阿部氏の遺言のような紙面であった。そこには、「三島先生の遺志を継いで、日本民族は天皇道に還《かえ》らなければならない」という意味のことが書かれていた。

その新聞によれば、阿部氏の膵臓がんはもう治癒の可能性がないようであった。私は、彼の生への姿勢にも諦観《ていかん》があるように思った。

平成十一年八月の終わりであったか、阿部氏と一献傾けることになった。細部にわたっては省くが、今生での別れの酒と私は覚悟した。高田馬場の阿部氏の行きつけの店で、彼の子息と彼に兄事する青年の四人で夕方から午後十一時ごろまで飲んだ。

「先輩、今生ではいろいろありがとうございました」

と阿部氏は言い、何杯目かの杯を干したとき、不意に私は涙がでた。そうか、あんたも死ぬのか、とつぶやいた。私が還暦目前と洩らすと、阿部氏は改めて「へえ、もうそんなになりましたか」とつぶやいた。「橘先生の『土とま心』を再刊したかったのですが……」と口惜《くや》しそうに唇を噛んだ。それから、三島由紀夫と楯の会事件についての思い出もふと口にした。その言は、私は不充分にしか理解できないので、阿部氏の言った内容は書けないが、最近よく夢を見るんです、先生が出てくるんです、という意味に私は解釈した。

「息子が結婚するんです。結婚式には出てください」

私は承諾したが、大学院で学んだあとは神道研究に籍を置いているということであった。幼稚園に迎えに行かなければ……と言っていた幼児が、これほどまで成長したのか、と私もまた時間の流れのなかに身を置いていた。子息は婚約者と似合いでもあった。

終電の時間が来た、と私が立ち上がると、阿部氏は大通りまで共に出て来てタクシーを止めた。

私が車に乗りこむと、阿部氏は丁寧に一礼し、握手を求めた。瘠《や》せた手であった。私は車の中から振り返って阿部氏を見つめた。和服姿の阿部氏が、手を振り、そして軽く一礼した。笑顔であった。風が吹いて和服が少しはだけた。阿部氏のその姿が闇の中に浮かんでいるように私には思えた。

それから一カ月ほどあと、阿部氏は静かに逝ったと聞かされた。

三島由紀夫と楯の会事件の内実について、私は阿部氏を通じて知ったことが多い。本書もまた阿部氏に示唆されたところが多い。私は、私の知っている「三島由紀夫と楯の会事件」は、同時代史から歴史に移行していくことを阿部氏の死とともに知った。阿部氏は、あの事件の生ける証言者だったと思うが、二十一世紀にまでその役は引き受けたくない、それぞれが考えてほしいと言っているように、私は今は痛感しているのである。

あとがき

昭和四十五年十一月二十五日――この日の自分の行動を鮮明に記憶している人は多い。政治的・社会的大事件に出会ったとき、人は意外なほどその日の行動を記憶の装置に組みこむものだが、「三島事件」もまたそうした大事件と受けとめた人が多いということであろう。

私に関していえば、国会図書館で資料調べをしていた。事件が起こるや、その報はさざ波のように閲覧者の間に広がった。隣席で小声でささやく学生同士の会話から、私は、事件を知った。夕刻、地下鉄の売店で夕刊を買い、その概要を知った。とりたてて三島文学のファンだったのではない。〝戦後民主主義〟にアイロニーをもって抗している風変わりな文化人というのが、私の三島を見つめる目であった。したがって、私の関心もジャーナリストとしての〈どんな事件なのか?〉〈なぜ、こんなことをしたのだろう?〉という興味の延長線上にあった。

事件から二、三日間、私はその関心を満たそうと思って、熱心に新聞を読んだ。とくに檄文《げきぶん》は熱心に読んだ。そのうち末尾に書かれている「共に死なう」と自衛隊員に向かって呼びかけている一句に目を奪われた。そういえば、昭和初期に「死なう、死なう」と叫んで切腹をした宗教団体があったことを思い浮かべた。三島事件の本質は、当時の私にとってさほど問題でなく、この「死なう団」を調べてみようという気持のほうが強かった。それから一年、私は、死なう団の生存者を捜し、取材をつづけ、そして『死なう団事件』を上梓《じょうし》した。

三島事件の起こったとき、私は三十歳であったが、企業内ジャーナリストの道を歩むか、それとも離れるか、これからの人生をどのように生きていくか悩んでいた。もういちど勉強しなおして、大学院にはいって教師になろうかとおぼろげに考えてもいた。昭和四十五年は高度成長のピーク時で、私には二人の子供がいて、さらに三人目の子供が生まれようとしているのに、まるで生活感覚のない生き方でもあった。この時代は、何の力もないフリージャーナリストとて何とか駄文を書きながら生活していける妙な時代だった。いま思えば、それは高度成長のあぶくのような部分にしがみついて辛じて生きている姿にほかならないのだが、しかし当時はそのことを考えたこともなく、そのような生活にはいろうかと思ったりもしていた。

たぶん三島は、政治的衝突がつづいて緊張しきっているかに見えるこの時代の底流に、どうにも手に負えぬ〝かったるさ〟があることに厭気《いやけ》がさしたのだろう。私のように、ただぼんやりと日々安穏に暮らし、自らの方向づけもできない多くの大衆の姿に、嘔吐感さえもっていたにちがいない。

『死なう団事件』を機に、私は、昭和史のなかから自分に関心のあるテーマを求めて、ドキュメントを書いてきた。そして、三島事件が十年目を迎えた今年、私はその流れを整理するために、三島事件に取り組んでみようと思いたったのである。そのために、三島の最後の四年間に書かれたエッセイや評論にくまなく目を通しつづけた。仔細《しさい》に読んでいくと、三島が年を追うごとに事件に傾斜していかざるを得ない心理過程がよくわかった。なるほど、三島の結着はあれ以外になかったのかもしれぬと思い至った。もとより三島の政治的意図とは、私は離れた位置にいるけれども、何らかのインパクトを与えられたことは否定しない。それが、本書を書く契機にもなったのである。

本書を書きあげるまでに、かつての楯の会会員の幾人かに強引に取材させてもらった。いちいち名前はあげないが、その出会いは、すべて三島由紀夫の多岐にわたる気質の断面を確認することでもあった。取材に応じてくれた人たちに、改めて謝意を表したい。

また、三島文学の熱烈なファンであり、三島に関する一切の著作を読み、収集しているジャーナリストの堀田真康氏からも多くの示唆を受けた。記して感謝したい。

講談社学芸図書第二出版部の阿部英雄氏には、拙稿の至らぬ点について指摘をいただき、とにかくこうしてまとめることができた。深く感謝の意を表したい。

昭和五十五年十月下旬

保阪正康

角川文庫版あとがき

平成に入ってからも、三島由紀夫その人の像を明かしていく書は相次いで刊行されている。私の見るところ、そうした書の内容は玉石混淆いり乱れているとの感を受けるのだが、幾つかの新たな発見を与えてくれる書にも出会った。

たとえば、徳岡孝夫著の『五衰の人（三島由紀夫私記）』には、事件前三年間ほどの三島との交流の経緯が詳細に語られ、三島自身が変化していく心理的プロセスも解きあかされている。私はこの書にふれて、三島がその心情を真に明かしていたのは、新聞記者の徳岡氏なのだと理解した。三島は初対面の人と短い会話を重ねてみて、すぐにこの人物とはこれだけの会話ができる、あるいはこの人物にはこの部分の会話は無理だと判断するのを得意にしていたように思うが、徳岡氏の人間観察眼と知識、感性にジャーナリズムの良質な部分を見たのであろう、自らの心中を正直に語っている。

さらに三島は、徳岡氏に自らの心情やその思想を語ったのは、その語る言の外にひそんでいる歴史的思いを汲みとれる知識人とも考えたからに違いない。この書の中の、「三島さんの自決の翌日の夜、他人は知らず私は、健康と才能と名声と家族に恵まれていたかに見えた人が実はおそらくすでに五衰の相を自覚する『死すべき者』であり、その死によって楽しみ尽きて哀しみが来たと、しみじみ感じたのだった」というさりげなく書かれた一節を読んで、私は徳岡氏は三島の思いを超えて、その心情をさらに深く解きあかしたように思ったほどであった。

もうひとり、三島が心を許した友人にドナルド・キーン氏がいる。氏は、三島からの書簡を一冊の書にまとめている。『三島由紀夫未発表書簡』と題されたこの書を繙くと、三島は氏にときにその心情をさりげなく洩らしていることに気づく。昭和四十四年二月二日に「鬼院先生」に宛てた書簡の中で、著書『日本人の西洋発見』を送られたことに感謝しつつ、世情についての自らの感想にふれ、「一九七〇年にかけては、ひょっとすると、僕もペンを捨てて武士の道に帰らなければならないかもしれません」とも書いている。

翌年の自らの行為を想定したわけではないだろうが、心底のわずかな部分に萌芽している行動への予告を正直に語っている。

こうした書によって、私自身、三島由紀夫その人とその行動に、本書刊行時の理解よりもさらに深い感想や分析をもつに至った。

本書は、事件の全容をできるだけ客観的に書きのこした書で、私としては「事件」そのものを次代においても理解できるような配慮でという姿勢で書いた。その意図を汲みとっていただければ幸いであり、事実を踏まえたうえで、さらに前記の二書やその他の書、たとえば、奥野健男著の『三島由紀夫伝説』にふれていただければと思う。三島由紀夫と楯の会事件について、牽強付会の解釈や露骨な政治的判断は慎まなければならないと、私は考えているからである。

文庫版にあたって、角川書店の古里学氏には多くの点でお世話になった。古里氏は、この事件の起こったときは、まだ小学校五年生だったというが、単に事件そのものに次代の目で関心をもっているだけでなく、昭和史（とくに戦後史）の中でどう位置づけるべきかも考えている姿勢に、私は深い信頼を寄せた。ともすれば、三島主導の楯の会事件は感覚的、情念的に捉えられがちなのだが、古里氏はきわめて冷静に歴史の文脈の中で把えようとしていることに、私と共通の視点を感じたのである。

文庫版の末尾にはあえて昭和四十年代の事件前後の年譜をいれ、三島主導の楯の会事件の社会的意味を考える縁にしている。こうした読者の理解を助けるための配慮は、古里氏の編集者としての提案であり、作業であった。

改めて、古里氏には謝意を表したい。一冊の書を編むための地道な努力について、感謝の意を表するだけでなく、この書を再び世に送りだす役割を担ってくれたとの喜びも伝えたい。

文庫版にあたって、単行本刊行時にはあえてイニシャルを用いて名を伏せたが、今回は実名であることを諒解してくれた本多清氏にも謝意を表したい。単行本刊行時に、私に資料の提供、あるいは証言を寄せてくれた何人かの元楯の会の会員には改めて謝意を表する。とくに平成十一年秋に病死した阿部勉氏、氏の御霊にも感謝を捧げる。名を挙げないが、御教示いただいた方々にも改めて御礼を申し上げたい。

本文中で敬称を略していることにも御諒解いただきたい。

平成十三（二〇〇一）年二月

保阪正康

ちくま文庫版あとがき

平成三十年は、三島由紀夫と楯の会事件から四十八年目を迎える。ほぼ半世紀を経たことになる。今では三島事件についてほとんど知らない世代が、社会の中枢に座る時代になっている。私はもとよりこの事件に共鳴、共感したわけではなかったが、しかし事件そのものの本質や衝撃性についてはこの四十七年間考えてきた。

事件の内容よりも、著名な一作家がなぜこのような行動に走ったのだろうか、という思いである。小さな自らの国家を想定したような楯の会は、この事件ではどういう役割をもたされたのだろうか、と考えることもあった。補章でもふれたように、本多清氏、阿部勉氏を初めなんにんかの元楯の会の会員とも知りあった。そして彼らが抱えている苦悩についても聞かされたことがあった。

私は作家三島由紀夫氏とは別に、この事件によってなんらかの衝撃を受けた楯の会の会員たちに一定の枠組の中で関心をもちつづけてきた。この事件は戦後民主主義とどのような対立があるのか、あるいはまったく独自の右翼運動だったのか、判断はわかれるだろう。私自身は事件前、事件時と、事件概要を知っていくにつれても、むろんこれは右翼テロの要素もあるだろうが、本質はもっと違うのではないかという思いが消えなかった。
三島の檄文には、明らかに天皇制の昭和十年代があった。そのイメージは自らの世代では当たり前であったにせよ、他の世代には肯んじえないイメージでもあった。三島は自らの世代の天皇像を他の世代にも共有をせまったという言い方もできるだろう。こういう考え方もまた私の中には起こってきたのである。しかしこの事件は多面的な部分が多く、考えるたびにそれらの一面と出会うということなのかもしれない。

本書は一九七〇年の作家三島由紀夫と楯の会事件がどのようなものであったか、その事件のプロセスを丹念に追いかけた書である。事件を語るに際し、この事件全体を把握するためにと企図して書いた書である。
筑摩書房で改めて文庫化されることになり、読者の手にふれる機会が続くことになる。著者としては望外の喜びである。文庫刊行までに努力をいただいた文庫編集部の青木真次氏に改めて感謝したい。

平成二十九年（二〇一七）師走

保阪正康

〈参考文献〉

【書籍】

『三島由紀夫全集』（三十一巻から三十四巻まで）（新潮社）
『伜・三島由紀夫』（平岡梓　文藝春秋　昭和47・5）
『伜・三島由紀夫（没後）』（平岡梓　文藝春秋　昭和49・6）
『裁判記録「三島由紀夫事件」』（伊達宗克　講談社　昭和47・5）
『悲しみの琴』（林房雄　文藝春秋　昭和47・3）
『資料総集三島由紀夫』（福島鑄郎　新人物往来社　昭和50・6）
『三島由紀夫事典』（長谷川泉・武田勝彦編　明治書院　昭和51・1）
『評伝・三島由紀夫』（佐伯彰一　新潮社　昭和53・3）
『三島由紀夫　憂悶の祖国防衛賦』（山本舜勝　日本文芸社　昭和55・6）
『日本教について』（イザヤ・ベンダサン　文藝春秋　昭和47・11）
『わが思想と行動（遺稿集）』（森田必勝　日新報道　昭和46・2）

ほかにいくつかの出版物に目を通したが、とくに本書に引用しなかったものは省いた。なお、『文化防衛論』『対論　三島由紀夫vs東大全共闘』『行動学入門』など三島の著作からの引用は、そのつど本文中で出典を明らかにしている。（三島の著作は、旧字体・歴史的仮名づかいで書

かれているが、本書の引用では、漢字は新字体に改め、仮名づかいのみ歴史的仮名づかいとした）

【雑誌・新聞】

『新潮――三島由紀夫追悼特集』（新潮社　昭和46・2）／『新潮』（新潮社　昭和46・1）／『新評――全巻三島由紀夫大鑑』（評論新社　臨時増刊　昭和46・1）／『諸君！』（文藝春秋　昭和46・2）／『文藝春秋』（文藝春秋　昭和46・2）／『浪曼』（浪曼　昭和47・12、昭和48・12）／『国文学　解釈と鑑賞』（国文社　一九七八・十）／『伝統と現代』（伝統と現代社　昭和46・2、昭和55・1）／『文章読本　三島由紀夫』（河出書房新社　昭和50・8）／『朝日ソノラマ――三島由紀夫の死』（朝日ソノラマ　昭和45・12）／『理想（三島由紀夫）』（理想社　一九七七・十）／『土とま心』（花書房発売　第七号　昭和55・8）

　ほかに事件直後に刊行された『サンデー毎日』『週刊サンケイ』『週刊現代』の三島由紀夫特集の臨時増刊も参考にしている。また当時の各週刊誌での三島由紀夫特集の一部も参考にしている。

　新聞では、朝日新聞、読売新聞、毎日新聞、東京新聞などの事件の報道・解説も参考にしている。

【補注】 現在（平成十三年二月）、三島由紀夫と楯の会事件の関係文献は、安藤武編著『三島由紀夫全文献目録』（夏目書房、二〇〇〇年十二月）にすべて紹介されている。また、松本徹著『三島由紀夫』（河出書房新社、一九九〇年四月）も事件の内容、事件に至る三島の軌跡を丹念に収録している。

三島由紀夫と楯の会　年譜　1965〜1972

1965年（昭和40年）三島40歳

1月13日　大映の藤井浩明プロデューサーと会い『憂国』映画化を相談。
1月16日　『憂国』のシナリオを脱稿。
1月　『憂国』の映画化を堂本正樹に相談。
1月　「三熊野詣」（『新潮』）、「月澹荘綺譚」（『文藝春秋』）、「現代文学の三方向」（『展望』）、伊藤整・本多秋五との鼎談「戦後の日本文学」（『群像』）。
『日本の文学』69巻に「仮面の告白」「金閣寺」「午後の曳航」「近代能楽集」「芙蓉露大内実記」（中央公論社刊）。
2月26日　「春の雪」取材のため奈良・帯解の円照寺を訪問。
2月　「孔雀」（『文学界』）、「反貞女大学」（『産経新聞』2月7日〜12月19日）。
3月　『三島由紀夫短篇全集』全6巻（講談社刊）刊行開始。
『音楽』（中央公論社刊）。
4月12日　『憂国』のリハーサル。
4月15日　『憂国』の撮影（〜4／17）。
4月30日　『憂国』完成。
6月28日　「サド侯爵夫人」起稿（〜8／31）。
6月　「朝の純愛」（『日本』）。
7月30日　谷崎潤一郎死去に際し、追悼文を書く。

1月27日　慶応大学学費値上げ反対スト突入。
2月1日　原水爆禁止国民会議（原水禁）結成。
2月7日　アメリカによるベトナム北爆開始。
2月21日　マルコムX暗殺。
2月22日　夕張炭坑でガス爆発。死者61人。
3月18日　ソ連の宇宙飛行士、人類初の宇宙遊泳。
3月　アメリカ海兵隊、ベトナム・ダナンに上陸。
4月1日　吹原産業事件。
4月17日　ワシントンで1万人反戦デモ。
4月24日　「ベトナムに平和を！　市民連合（べ平連）」が結成。
5月2日　米がドミニカ内戦に軍事介入。
6月1日　福岡の炭坑で爆発、

7月　『三熊野詣』（新潮社刊）。
8月　『目——ある芸術断想』（集英社刊）。
9月25日　『毎日新聞』夕刊に三島がノーベル文学賞候補の記事。
9月　「春の雪」（『豊饒の海』第一巻）（『新潮』～'67年1月号）。
10月　パリで『憂国』試写。
10月　舟橋聖一と対談「大谷崎の芸術」（『中央公論』）。
11月18日　奈良の円照寺を二度目の訪問。
11月28日　碑文谷警察署で居合抜きを習う。
11月　「太陽と鉄」（『批評』～'68年6月号）。
『サド侯爵夫人』（河出書房新社刊）。
12月　『現代文学』2巻に「美徳のよろめき」「沈める瀧」「永すぎた春」「純白の夜」（東都書房刊）。
12月22日　自宅で生涯最後のクリスマス・パーティ。

死者237人。
6月12日　文部省の教科書検定を違憲と訴える家永教科書裁判始まる。
6月12日　新潟・阿賀野川流域で第2水俣病発生。
6月19日　アルジェリアでクーデタ。
6月22日　日韓基本条約調印。
7月19日　李承晩韓国大統領没。
7月23日　都議会選挙で社会党第一党に。
7月29日　18歳少年が渋谷で銃乱射。
7月29日　中国・インド国境紛争。
7月　チャウシェスクがルーマニア労働党党首に。
8月9日　シンガポールがマレーシアより分離独立。
8月11日　米・ロサンゼルスで大規模な黒人暴動発生（ワッツ暴動）。死者34名。
8月13日　反戦青年委員会結成。
8月19日　佐藤首相初の沖縄訪

1966年（昭和41年）三島41歳
1月22日　フランス・ツール国際短編映画祭で『憂国』が次点。
1月31日　参議院会館地下道場で橋本龍太郎議員と剣道の試合。
1月　「仲間」を『文芸』、「複雑な彼」を『女性セブン』（1／5〜7／20号）。
「森鷗外・解説」を『日本文学』（中央公論社刊）。

問。デモ隊に囲まれ米軍基地内に宿泊。
10月3日　インドネシアで共産党大弾圧。
10月3日　チェ・ゲバラがキューバを去ったことが判明。
10月21日　朝永振一郎が、ノーベル物理学賞受賞。
11月9日　マルコス、フィリピン大統領に就任。
11月27日　ワシントンでベトナム反戦平和行進。
11月　日本テレビで「11ＰＭ」スタート。
12月10日　日本が国連安保理事会非常任理事国に。
12月　早稲田大学授業料値上げ反対闘争。

1月15日　椎名悦三郎外相訪ソ。
1月19日　インディラ・ガンディー、インド首相に。
1月20日　早大で全学部がスト突入。期末試験、卒業式が中止に。

「サド侯爵夫人」で芸術祭賞を受賞。

2月「をはりの美学」を『女性自身』（2／14〜8／1号）。

安部公房と対談「二十世紀の文学」（『文芸』）。

3月　皇居内の済寧館道場で剣道の練習。

3月『反貞女大学』（新潮社刊）、『われらの文学』五巻（絹と明察、美しい星、橋づくし、憂国、魔法瓶、月、雨のなかの噴水、剣）（講談社刊）。

4月12日『憂国』封切り。

『サーカス』（限定本）（プレス・ビブリオマーヌ刊・非売品）。

4月「お茶漬ナショナリズム」（『文藝春秋』）。

『憂国　映画版』（新潮社刊）。

5月29日　剣道4段になる。

5月「映画的肉体論——その部分及び全体」（『映画芸術』）。

川喜多かしこと対談「映画『憂国』の愛と死」（『婦人公論』）。

6月「英霊の聲」（『文芸』）。

『英霊の聲』（河出書房新社刊）。あとがきで、収録された「英霊の聲」「十日の菊」「憂国」の三作を「二・二六事件三部作」と呼ぶ。

7月「ナルシシズム論」（『婦人公論』）、「私の遺書」（『文学界』）。

芥川賞選考委員になる。

8月21〜24日　ドナルド・キーンとともに『奔馬』の取材旅行。大神神社を取材。

8月25〜27日　江田島の元海軍兵学校を取材。参考館で特攻隊の遺書を見て涙。

8月27〜31日　熊本で神風連の取材。

2月3日　ソ連の月面探査機ルナ9号月面着陸に成功。
2月4日　全日空機羽田沖墜落事故。死者133名。
3月4日　カナダ航空機羽田空港防潮堤に激突。死者64名。
3月5日　BOAC機富士山麓墜落事故。死者124名。
3月31日　日本の人口1億人突破。
3月　第四インター日本支部を統一書記局が承認。
4月20日　日産自動車、プリンス自動車合併。
5月16日　中国で文化大革命始まる。
6月29日　ビートルズ来日。
6月30日　袴田事件。
7月1日　フランスがNATO脱退。
7月4日　新東京国際空港の建設地に成田が決定。
7月12日　米各地で黒人蜂起。
9月1日　第二次共産同結成。
9月9日　米・NBCテレビで

8月　「団蔵・芸道・再軍備」（『20世紀』）。
『複雑な彼』（集英社刊）。
『現代日本文学館』42巻に「金閣寺」「美徳のよろめき」「仮面の告白」「真夏の死」「海と夕焼け」「新聞紙」「橋づくし」「憂国」「魔法瓶」（文藝春秋刊）。
『三島由紀夫評論全集』（新潮社刊）。
9月中頃　船坂弘大盛堂書店社長より日本刀関の孫六を贈られる。
9月　「夜会服」（『マドモアゼル』～'67年8月）。
「三島由紀夫のレター教室」（『女性自身』9／25～'67年5／15号）
巌谷大四と対談「文武両道」（『新刊ニュース』）。
『聖セバスチァン』（ダヌンツィオ作、池田弘太郎共訳）（美術出版社刊）。
秋頃　この頃より自衛隊への体験入隊を熱心に希望する。
10月　「荒野より」（『群像』）。林房雄との対談集『対話・日本人論』（番町書房刊）。
『日本文学全集』82巻に「潮騒」「中世」「頭文字」「美神」「詩を書く少年」「女方」「憂国」「月」「孔雀」「金閣寺」（集英社刊）。
11月11日　天皇主催の園遊会に出席。
11月28日　「宴のあと」裁判で有田家と和解が成立。
「『宴のあと』事件の終末」を『毎日新聞』掲載。
谷崎潤一郎賞（中央公論社）の選考委員に。
11月　『憂国』のモデルとなった青年将校の切腹を看取った川口良平軍医に切腹による死に方について問い合わせ。
11月　「伊東静雄の詩――わが詩歌」（『新潮』）、野坂昭如と対談「エ

「スター・トレック」放送開始。
10月21日　総評54単産がベトナム反戦統一スト。
10月23日　劉少奇、鄧小平自己批判。
11月13日　全日空YS11機松山沖に墜落。死者50名。
11月20日　イタリア北部の大洪水で死者120人。
11月24日　明治大学授業料値上反対スト。
11月26日　新宿西口広場完成。
11月　日本学生同盟（日学同）結成。
12月9日　中央大学で授業放棄。
12月17日　中核派、社学同、社青同解放派による三派系全学連結成。

ロチシズムと国家権力」(『中央公論』)。
『少年少女日本の文学』17巻に「潮騒」「剣」(あかね書房刊)。
12月19日　午後、『論争ジャーナル』の萬代潔が林房雄の紹介状を持って訪問。

1967年(昭和42年)三島42歳

1月　「時計」(『文藝春秋』)。
『豪華版日本文学全集』27巻に「仮面の告白」「真夏の死」「金閣寺」「憂国」「剣」「サド侯爵夫人」(河出書房新社刊)。
この頃から『論争ジャーナル』の萬代、中辻和彦と頻繁に会う。日学同の持丸博が『日本学生新聞』に寄稿を依頼。
2月12日　居合道初段になる。
2月　「奔馬」(『豊饒の海』第2巻)(『新潮』～'68年8月)。
「青年像」(『芸術新潮』)、「アラビアン・ナイト」(『婦人画報』)。
3月　「古今集と新古今集」(『国文学攷』〈広島大学〉)、「『道義的革命』の論理──磯部一等主計の遺稿について」(『文芸』)。
『荒野より』(中央公論社刊)。
4月10日　村松剛、担当編集者と三人で送別会。
4月11日　「平岡公威」の名で自衛隊に体験入隊。久留米陸上自衛隊幹部候補生学校富士学校教導連隊、習志野空挺旅団に入隊(～5／27)。
5月　川端康成、石川淳、安部公房と座談会「われわれはなぜ声明を出したか」(『中央公論』)。
国立劇場の理事に就任。

1月24日　日本共産党が中国共産党を批判。
1月　『論争ジャーナル』創刊。
2月3日　駐ソ中国大使館にソ連の警官が乱入。
2月17日　第二次佐藤栄作内閣成立。
3月6日　中核派の横浜市立大生・奥浩平自殺。
3月11日　スターリンの娘が米に亡命。
3月12日　スハルト将軍がインドネシアの大統領に。
4月13日　国産人工衛星第一号打上げ失敗。
4月15日　ニューヨークで参加者30万人の平和大行進。以降ヒッピー文化がすすむ。
4月16日　第三代都知事に革新系の美濃部亮吉が当選。

6月27日 「朱雀家の滅亡」を起稿。
6月 「自衛隊を体験する」(『サンデー毎日』)。
7月 日本文芸家協会の理事に。
8月 「『黒い雪』裁判」(『毎日新聞』)。
8月 「民族的憤激を思ひ起せ――私の中のヒロシマ」(『週刊朝日』)、「人生の本――末松太平『私の昭和史』」(『週刊文春』)。
村松剛、石原慎太郎らと座談会「現代日本の革新とは」(『論争ジャーナル』)。
「美しい死」を『平和を守るもの』(田中書店刊)に収録。
『サド侯爵夫人(限定本)』(中央公論社刊)。
「青年と国防」(『代々木』)。
9月2日 『週刊新潮』9/9号の「掲示板」頁に中山博道著『切腹の作法』を求める文を掲載。
9月 『葉隠入門』(光文社刊)。
『夜会服』(集英社刊)。
10月 「朱雀家の滅亡」(『文芸』)。
「インド通信」(『朝日新聞』)。
「紫陽花の母」を『母を語る』(潮文社刊)に収録。
『朱雀家の滅亡』(河出書房新社刊)。
『昭和批評大系』全4巻(番町書房刊)の編集に加わる。
11月 この頃、『論争ジャーナル』グループと「祖国防衛隊構想」試案をつくる。
11月 新潮文庫の『眠れる美女』(川端康成著)の解説文を書く。
福田恆存と対談「文武両道と死の哲学」(『論争ジャーナル』)。

4月21日 ギリシアで軍事クーデタ。
4月28日 プロ・ボクサーのモハメド・アリが徴兵拒否で懲役5年の判決。
5月30日 ナイジェリア内戦。
6月5日 第三次中東戦争。
6月17日 中国が水爆実験。
7月1日 ヨーロッパ共同体(EC)成立。
7月14日 リカちゃん人形発表。
7月23日 米・デトロイトの黒人暴動で死者38名。
8月3日 公害対策基本法公布。
8月8日 新宿駅で米軍タンク車が衝突炎上。
8月8日 東南アジア諸国連合(ASEAN)結成。
8月22日 紅衛兵が北京の英大使館焼き打ち。
9月1日 四日市ぜんそく公害訴訟。
9月5日 筑波研究学園都市建設大綱が明らかに。
10月8日 佐藤総理ベトナム訪

『日本短編全集』17巻に「急停車」「美神」「橋づくし」「怪物」（筑摩書房刊）。
12月5日　航空自衛隊百里基地でＦ１０４戦闘機に初試乗。
12月末　自衛隊将校・山本舜勝と会う。
12月　この頃、防衛隊構想の資金作りのため財界人に会うことを断念。
12月　『三島由紀夫長篇全集』Ⅰ（新潮社刊）。

１９６８年（昭和43年）　三島43歳

1月　「円谷二尉の自刃」（『産経新聞』）。
増田甲子七と「新春対談」（『朝雲』）。
大島渚、小川徹と座談会「ファシストか革命家か」（『映画芸術』）。
2月26日　『論争ジャーナル』編集部で打ち合わせ中に感情が昂ぶり血書をしたためる。
2月　北海道千歳演習場で61式戦車に試乗。
2月　「Ｆ１０４」を『文芸』に発表（のち「太陽と鉄」のエピロオグとなる）。

問阻止第一次羽田闘争で京大生・山崎博昭が死亡。
10月8日　チェ・ゲバラがボリビアで処刑。
10月18日　ミニスカートの女王・ツイギー来日。
10月20日　吉田茂没。戦後初の国葬に。
11月11日　ベトナム戦争に抗議してエスペランチスト・由比忠之進が官邸前で焼身自殺。
11月12日　佐藤総理訪米阻止第二次羽田闘争。
12月3日　南アで世界初の心臓移植手術。
1月8日　アラブ石油輸出機構発足。
1月15日　エンタープライズ佐世保寄港阻止闘争（〜23）。
1月21日　北朝鮮ゲリラがソウル市内で銃撃戦。
1月23日　米スパイ船プエブロ号北朝鮮に拿捕。
1月29日　東大医学部の学生た

『三島由紀夫長篇全集』Ⅱ（新潮社刊）。
『カラー版日本文学全集』38巻に「仮面の告白」「潮騒」「金閣寺」「美徳のよろめき」「鹿鳴館」（河出書房刊）。
3月1日　祖国防衛隊隊員と自衛隊富士学校滝ケ原駐屯地に体験入隊（～3／28）。
3月　「仙洞御所」序文を『宮廷の庭』1に発表（淡交社刊）。
4月29日　高輪プリンスホテルで制服お披露目会。招待客は村松剛のみ。
4月　秋山駿と対談「私の文学を語る」（『三田文学』）、源田実と対談「文武の達人国防を語る」（『国防』）。
中村光夫と対談『対談・人間と文学』（講談社刊）。
5月3～5日　日学同セミナー全国合宿研修会に講師として出席。
5月上旬　学生たちとともに山本舜勝より軍事行動の予備訓練を受ける。
5月　「命売ります」（『プレイボーイ』5／21～10／8号）。
「小説とは何か」（『波』'69年11月まで）。
「午後の曳航」がフォルメントール国際文学賞で2位になる。
6月16日　一橋大で「国家革新の原理」のテーマでティーチイン。
6月　山本舜勝の指導で総合演習を行う。
6月　全日本学生国防会議結成大会に出席。
7月1日　「暁の寺」起稿。
7月24日　市ケ谷会館で体験入隊の壮行会を開催。
7月25日　陸上自衛隊富士学校滝ケ原駐屯地に第二回体験入隊（～8／23）。

ちが登録医制度反対のストに突入、東大闘争が始まる。
1月30日　南ベトナム民族解放戦線テト攻勢。決死隊がサイゴンのアメリカ大使館を占拠。
1月　『少年マガジン』で「あしたのジョー」の連載が始まる。
2月20日　王子野戦病院設置阻止闘争（～4／15）。
2月21日　金嬉老事件。
2月26日　成田新空港反対闘争。
3月9日　富山イタイイタイ病訴訟。
3月16日　米軍がベトナム・ソンミ村で虐殺事件。
3月31日　米が北爆停止声明。
4月1日　国際勝共連合結成。
4月1日　王子野戦病院開設阻止闘争でデモに参加していた榎本重之が死亡。
4月4日　キング牧師暗殺。
4月12日　日本初の超高層ビル、霞が関ビル完成。
5月1日　使途不明金問題から日大闘争が始まる。

7月　「文化防衛論」(『中央公論』)。
福田恆存と対談「負けるが勝ち」(『自由』)。
『三島由紀夫レター教室』(新潮社刊)。
9月13日　一橋大学日本文化研究会主催の討論「国家革新の原理」に出席。
9月　この頃、体験入隊をした学生たちと空手を練習。組織の名前を橘曙覧の歌より「楯の会」とする。
9月　「暁の寺」(『新潮』)～'70年4月)。
石川淳と対談「肉体の運動・精神の運動」(『文学界』)。
『新潮日本文学』45巻に「仮面の告白」「愛の渇き」「潮騒」「金閣寺」「宴のあと」「午後の曳航」(新潮社刊)。
10月3日　早稲田大学でティーチイン。
10月5日　虎ノ門・教育会館で楯の会結成式。
10月21日　国際反戦デー。楯の会会員とともに都内各地の衝突現場に出かける。
10月　「橋川文三氏への公開状」(『中央公論』)、「秩序の方が大切か――学生問題私見」(『産経新聞』)。
『太陽と鉄』(講談社刊)。
11月16日　茨城大学の学園祭に招かれティーチイン。
11月　「自由と権力の状況」(『自由』)、「All Japanese are perverse」(『血と薔薇』創刊号)。自らモデルとなった篠山紀信撮影「男の死」にも掲載。
『岬にての物語(限定本)』(牧羊社刊)。
12月21日　山本舜勝と自衛隊将校による訓練を楯の会会員とともに受

5月3日　パリ大学で学生が蜂起(5月革命)。
5月16日　十勝沖地震。
5月27日　日大全学共闘会議結成。
5月30日　消費者保護基本法公布。
6月2日　九大構内に米軍機墜落。
6月5日　ロバート・ケネディ暗殺。
6月15日　文化庁発足。
6月16日　国鉄横須賀線電車爆破事件。犯人は大工・若松善紀。
6月17日　東大の安田講堂を占拠していた医学部生排除のため機動隊導入。東大闘争が全学規模に。
6月21日　都営地下鉄1号線が開通。
6月26日　小笠原諸島返還。
7月1日　郵便番号制始まる。
7月17日　イラクでクーデタ。
8月8日　和田札幌医大教授が心臓移植手術。

ける（〜12／24）。

12月　「わが友ヒットラー」（『文学界』）。

山本健吉と佐伯彰一と鼎談「原形と現代小説」（『批評』）、学生16人と座談会「東大はどこへ行くのか」（『文藝春秋』）。

『わが友ヒットラー』（新潮社刊）。

『命売ります』（集英社刊）。

12月　日学同結成2周年中央集会及び関東学協結成大会で講演。この頃保利茂官房長官から政界進出の打診。

8月20日　ワルシャワ条約機構軍プラハ進攻。
8月　シカゴで行われた民主党大会で警官隊がデモ隊を襲撃。
10月8日　米軍タンク車輸送阻止をうたうデモ隊と機動隊が新宿で衝突、騒乱状態に。
10月11日　永山則夫による連続ピストル殺人事件。
10月17日　川端康成ノーベル文学賞受賞。
10月21日　国際反戦デー。学生や群衆が新宿駅を占拠。警視庁は騒乱罪を適用。
10月　メキシコ五輪。
11月4日　東京都消費者センター設置。
11月11日　初の公選で屋良朝苗が琉球政府主席に。
11月19日　沖縄嘉手納基地でB52爆発。
11月22日　東大・日大闘争勝利全国学生総決起大会に学生2万人参加。
12月10日　東京・府中の三億円

1969年（昭和44年）三島44歳

1月18日　翌日まで、学生に占拠された東大安田講堂が機動隊により解放される様子をテレビで観る。夕方からは現地へ出かける。失望。

1月　楯の会が文集を刊行。三島は「『楯の会』の決意」を書く。

1月　「東大を動物園にしろ」（『文藝春秋』）、「現代青年論」（『読売新聞』）。

「月々の心」（『婦人画報』～12月）。

澁澤龍彥と対談「鏡花の魅力」を『日本の文学・泉鏡花』4巻（中央公論社刊月報）、相良亨と「葉隠の魅力」を『日本の思想』9巻（筑摩書房刊月報）に掲載。

『春の雪』（『豊饒の海』第1巻）（新潮社刊）。

『現代日本文学大系』85巻に「仮面の告白」「獅子」「怪物」「遠乗会」「真夏の死」「美神」「橋づくし」「女方」「鹿鳴館」「私の遍歴時代」（筑摩書房刊）。

2月　この頃楯の会会員たちを強く叱ることが多くなる。

2月　「反革命宣言」（『論争ジャーナル』）、「『豊饒の海』について」（『毎日新聞』）。

いいだももと対談「政治行為の象徴性について――小説と政治」（『文学界』）。

『奔馬』（『豊饒の海』第2巻）（新潮社刊）。

3月1日　陸上自衛隊富士学校滝ケ原駐屯地で第三回体験入隊（～3／29）。

事件。

1月18日　機動隊8500名が東大本郷構内に出動し占拠学生を排除。256名逮捕。

1月20日　ニクソンが米大統領就任。

2月3日　アラファト、PLOの議長に就任。

2月4日　5万5000人参加の沖縄県民統一行動。

2月18日　日大文理学部に機動隊出動。

3月2日　ウスリー川珍宝島で中ソ軍事衝突。

4月7日　連続射殺犯永山則夫逮捕。

4月15日　日本消費者連盟結成。

4月28日　沖縄デー。

5月26日　東名高速道路全面開通。

6月8日　アスパック粉砕闘争で伊東に1万2000人集結。

6月10日　南ベトナムに臨時革命政府が樹立。

3月7日　体験入隊先で「文化防衛論」のあとがきを書く。
4月5日　世界剣道選手権大会に出場。
4月25日　五社英雄監督が映画「人斬り」への出演の依頼。
4月28日　沖縄デーで学生と機動隊が衝突する現場に行く。
4月　「自衛隊二分論」（『20世紀』）、「川端文学の美――冷艶」（『毎日新聞』）。
村松剛、土居健郎、西義之と座談会「暴力・学生・ナショナリズム」（『批評』）、伊藤圭一、川崎洋一郎、正岡史郎らと「日本の防衛」（『今週の日本』）。
『文化防衛論』（新潮社刊）。
5月12日　東大で東大全共闘と討論会。
5月28日　「椿説弓張月」起稿。
5月　山本舜勝の指導を受けて新宿で密かに街頭訓練。
5月　「男らしさの美学」（『男子専科』）、「本書に寄せる」（谷口雅春著『占領憲法下の日本』〈日本教文社刊〉）、「一貫不惑」（影山正治著『日本民族派の運動』〈光風社刊付録〉）。
『サド侯爵夫人』（新潮社刊）。
『黒蜥蜴』（牧羊社刊）。
6月　山の上ホテルのレストランの個室に山本舜勝を招き、「皇居突入、死守」と書いた紙を見せ、灰皿の上で燃やす。
6月　『癩王のテラス』（中央公論社刊）。
『討論、三島由紀夫vs.東大全共闘』（新潮社刊）。
『第一の性』（集英社刊）。
7月26日　自衛隊富士学校滝ケ原駐屯地に第4回体験入隊（～8／

6月29日　新宿西口広場で反戦フォークソング集会が開かれる。
7月13日　都議会選で自民党が第一党に復活。中核派の北小路敏落選。
7月21日　アポロ11号月面着陸。
8月12日　北アイルランド紛争激化。
8月15日　ウッドストック開催。
8月28日　共産主義者同盟赤軍派結成。
8月29日　パレスチナ解放人民戦線（ＰＦＬＰ）のライラ・カリドが米旅客機をハイジャックしシリアで爆破。
9月1日　カダフィがリビアでクーデタ。
9月3日　ホー・チ・ミン没。
9月5日　全国全共闘結成大会に3万4000人集合。全共闘運動の頂点。
9月20日　封鎖中の京大に機動隊導入。
9月22日　赤軍派による京都戦争、大阪戦争。

23)。
7月　「癩王のテラス」(『海』)、「北一輝論――『日本改造法案大綱』を中心として」(『三田文学』)。鶴田浩二と対談「刺客と組長」(『プレイボーイ』)。
『若きサムライのために』(日本教文社刊)。
『現代長篇文学全集』38巻に「美徳のよろめき」「潮騒」「愛の疾走」「肉体の学校」(講談社刊)。
8月　『論争ジャーナル』のメンバーが楯の会より去る。その一週間後、持丸博も三島から決別する。
8月　「『古事記』と『万葉集』――日本文学小史」(『群像』)。
9月　楯の会の定例会で持丸が退会の挨拶。三島は深く嘆く。次の学生長に森田必勝を指名。
9月　「行動学入門」(『Ｐｏｃｋｅｔパンチ0h!』~'70年8月)。
末松太平と対談「軍隊を語る」(『伝統と現代』)。
10月19日　読売新聞のトップに三島と楯の会の記事が出る。
10月21日　国際反戦デーの衝突を新宿で見て自衛隊の治安出動が行われないような状況に深く失望。
10月　村上兵衛と対談「『三島部隊』憂国の真情」(『読売新聞』)。
11月3日　国立劇場屋上で楯の会結成一周年記念のパレードを行う。
11月28日　山本舜勝に「最終的計画案の討議がしたい」と持ちかけるが、山本に長期的構想のもとに訓練すべきだといわれ、以降決裂。
11月　「蘭陵王」(『群像』)、「椿説弓張月」(『海』)。
11月　「国を守るとは何か」(『毎日新聞』)、「『椿説弓張月』の演出」(『毎日新聞』)「楯の会批判の二氏に答える」(『朝日新聞』)。

9月28日　三里塚空港粉砕全国総決起集会。
10月21日　国際反戦デーで逮捕者1222名。
10月29日　厚生省がチクロの使用を禁止に。
11月1日　反戦自衛官小西誠三曹逮捕。
11月5日　大菩薩峠で武装訓練中だった赤軍派53名逮捕。
11月12日　劉少奇惨死。
11月16日　佐藤訪米阻止闘争。
11月17日　米ソが戦略兵器制限交渉（ＳＡＬＴ）開始。
11月21日　佐藤・ニクソン会談。

石原慎太郎と対談「守るべきものの価値」（『月刊ペン』）、高橋和巳と対談「大いなる過渡期の論理――行動する作家の思弁と責任」（『潮』）。『椿説弓張月』（中央公論社刊）。
12月1日　村上一郎と初めて会い「日本読書新聞」の対談「尚武の心と憤怒の抒情――文化・ネーション・革命」。
12月8日　韓国へ対ゲリラ戦の取材。
12月14日　居合道2段になる。
12月24日　楯の会会員とともに自衛隊習志野駐屯地第一空挺団に一日体験入隊。訓練のあと、憲法研究会を発足。
12月　この頃より新左翼に対し期待を抱かなくなる。
12月　林房雄と対談「リモコン左翼に誠なし――現代における右翼と左翼」を『流動』、尾崎一雄との「私小説の底流」を『日本の文学・尾崎一雄、外山繁、上林暁集』（中央公論社月報）に掲載。
『現代日本の文学』35巻に「沈める瀧」「青の時代」「詩を書く少年」「煙草」「岬にての物語」「剣」「アポロの杯」（学習研究社刊）。

1970年（昭和45年）三島45歳

1月　「『変革の思想』とは」（『読売新聞』）、「新知識人論――ほしい端座の姿勢」（「日本経済新聞」）。野坂昭如と対談「剣か花か――七〇年乱世・男の生きる道」（『宝石』）。
『黒蜥蜴（限定本）』（牧羊社刊）。
2月20日「暁の寺」最終回を脱稿。
2月　ファンと称する高校生と面会、「いつ死ぬのか」と問われしどろもどろとなる。

1月14日　第三次佐藤内閣成立。
2月3日　渋谷のコインロッカーで嬰児の死体発見。
2月11日　初の人工衛星おおすみ打ち上げ。
2月18日　ニクソン・ドクトリン発表。
3月3日「ａｎａｎ」創刊。

2月　中曾根康弘と対談「中曾根防衛庁長官と語る」を『朝雲』（2月12日）に、『国防』（4月号）にほぼそのままで「自衛力充実の新路線」と題され掲載。
3月1日　自衛隊富士学校滝ケ原駐屯地に楯の会会員とともに第5回体験入隊（〜3／28）。
3月末　和服を着て日本刀を持って山本舜勝の自宅を訪れる。
3月　「序」（小高根二郎著『蓮田善明とその死』（筑摩書房刊））。
『三島由紀夫文学論集』（虫明亜呂無編）（講談社刊）。
3月　アメリカの「エスクワイア」誌で世界の１００人の一人に選ばれる。
4月5日　帝国ホテルのコーヒーショップで小賀正義に行動へ踏み出す決意を打診する。
4月10日　自宅で小川正洋に最後まで行動をともにする決意の程を聞く。
4月　「谷崎潤一郎・解説」（『新潮日本文学』〈新潮社刊〉）。
日本文化会議の理事、『批評』の同人を辞退する。
5月15日　この頃森田、小賀、小川を自宅に呼び、楯の会が自衛隊とともに国会を占拠する計画を打ち明ける。
5月　三好行雄と対談「三島文学の背景」（『国文学』増刊）。
6月11日　「士道について──石原慎太郎氏への公開状」（『毎日新聞』）。
6月13日　ホテルオークラ８２１号室で非公然活動の二回目の打ち合わせを行う。
6月21日　山の上ホテル２０６号で４人が集まり計画を練る。

3月14日　日本万国博覧会開幕。
3月15日　赤軍派議長塩見孝也逮捕。
3月18日　カンボジアでクーデタ。ロンノル政権発足。
3月31日　日本赤軍によるよど号ハイジャック事件。
3月31日　八幡、富士合併により新日本製鉄発足。
4月8日　大阪の地下鉄工事現場でガス爆発。死者79名。
4月22日　アメリカでアース・デー開催。
4月28日　明治公園での統一集会に革マル派がデモ、一触即発状態に。
4月30日　米軍と南ベトナム軍カンボジアに侵攻。
5月4日　米・ケント大学でストライキ中の学生に州兵が発砲。4名殺害。
5月12日　広島・宇品港でプリンス号シージャック事件。犯人射殺。
5月14日　米・ジャクソン大学

6月　この頃憲法研究会の草案と非公然活動と結びつけようと考え始める。
6月　弁護士に『仮面の告白』『愛の渇き』の著作権を死後に母・倭文重に譲るという遺言の作成を依頼。
6月　楯の会の隊歌『起て！　紅の若き獅子たち』を作詞、自ら朗読した『英霊の声』とともにクラウン・レコードで吹き込む。
6月　「『懐風藻』と『古今集』――日本文学小史」（『群像』）、「内田百閒、牧野信一、稲垣足穂・解説」（『日本の文学』）（中央公論社刊）。『鍵のかかる部屋（限定本）』（プレス・ビブリオマーヌ刊）。
7月5日　山の上ホテルで非公然活動の打ち合わせ。三十二連隊長の監禁と11月の決行を決定。小賀、小川は北海道旅行に出かける。
7月下旬　森田、小賀、小川は三島からもらった金で中古のコロナを購入。NHK記者・伊達宗克と会食、自分の切腹を生中継するかと聞く。
7月　「天人五衰」（「豊饒の海」第4巻）（～'71年11月）。
「果たし得てゐない約束――私の中の二十五年」（『産経新聞』）。
寺山修司と対談「エロスは抵抗の拠点になり得るか」（『潮』）、尾崎宏次と「劇作家の椅子」（『悲劇喜劇』）。
小西甚一、ドナルド・キーンと鼎談「世阿弥の築いた世界」（『日本の思想・世阿弥集』〈中央公論社刊〉）。
『暁の寺』（『豊饒の海』第3巻）（新潮社刊）。
8月1日～2日　家族とともに下田で過ごす。
8月11日　「天人五衰」最終回の原稿を書き上げる。
8月24日　「天人五衰」の最終章のコピーを新潮社に渡し保管を依頼。

で警察が反戦抗議中の学生2名を射殺。
5月31日　ペルー地震で死者・行方不明者7万人。
6月22日　政府が日米安保条約の自動延長を声明。
7月7日　日本共産党が党大会で宮本顕治幹部会委員長、不破哲三書記局長を選出。
7月17日　東京地裁が第2次教科書裁判で検定は憲法違反と判決。
7月18日　杉並区で初の光化学スモッグ発生。
8月2日　銀座、新宿などで歩行者天国始まる。
8月3日　渋谷で中核派60人、革マル派100人が大乱闘。
8月4日　革マル派の東京教育大生・海老原俊夫を中核派がリンチ、殺害。
8月14日　革マル派が法政大学に突入し中核派に報復テロ。
9月6日　PFLPが4機連続ハイジャック。

8月　「ザ・ニューヨーク・タイムズ・マガジン」が三島由紀夫特集を組む。
9月1日　森田と小賀が新宿の深夜喫茶店に古賀浩靖を呼び出し、非公然活動へ加わることを要請、古賀は了承する。
9月9日　古賀と銀座のフランス・レストランで会食、11月25日の決行日を伝える。
9月10日　自衛隊富士学校滝ケ原駐屯地に体験入隊（〜9／12）。
9月15日　初めて5人が顔をそろえ、団結を誓い合う。
9月25日　新宿伊勢丹会館のサウナで改めて4人と会う。
9月　「革命の哲学としての陽明学」（『諸君！』）、「独楽」（『辺境』）。
対談集『尚武のこころ』（日本教文社刊）。
10月2日　銀座・中華第一楼に5人が集まる。
10月19日　東条会館で5人が制服姿で記念撮影。
10月25日　『東文彦作品集』（講談社刊）の「序」を書く。
10月　『論争ジャーナル』でしたためた血判書を処分するため持丸と会う。
10月　武智鉄二と対談「歌舞伎への絶縁状」（『芸術生活』）。
『行動学入門』（文藝春秋刊）。
『作家論』（中央公論社刊）。
対談集『源泉の感情』（河出書房新社刊）。
カラー版『日本文学全集』（二）46巻に「花ざかりの森」「青の時代」「沈める瀧」「獣の戯れ」「英霊の聲」「憂国」「十日の菊」（河出書房新社刊）。
11月3日　六本木のサウナ・ミスティに5人が集合。小賀、小川、古

9月16日　ヨルダン内戦（黒い九月）。
9月25日　エジプト・ナセル大統領急死。
10月20日　初の「防衛白書」発表。
10月21日　国際反戦デーに初のウーマンリブのデモ。
10月24日　チリにアジェンデ政権誕生。
10月26日　東京都が公害局を設置。
12月18日　京浜安保共闘が下赤塚交番を襲撃し1人死亡、2人重傷。
12月20日　沖縄・コザ暴動。
12月20日　ポーランドのゴムルカ第1書記失脚。

賀の3人に自決せず生き延びるよう命ずる。
11月4日　楯の会45人とともに自衛隊滝ケ原駐屯地で訓練を受ける（〜11／6）。
11月6日　自衛隊員とともに宴を開き「唐獅子牡丹」を歌う。全員に酒を注ぎ酔う。
11月12日　池袋・東武デパートで「三島由紀夫展」開催（〜11／17）。
11月14日　六本木のサウナ・ミスティに5人が集合。檄文の内容について打ち合わせ。
11月17日　帝国ホテルで行われた「中央公論」1000号記念祝賀パーティに出席。夜、国文学者・清水文雄に手紙を出す。
11月18日　古林尚と対談。「戦後派作家は語る」（『図書新聞』）。
11月19日　新宿の伊勢丹会館のサウナに5人が集まり、行動計画を打ち合わせ。
この頃森田が持丸と高田馬場の鮨屋で会う。
11月20日　森田が市谷の自衛隊を訪問、25日に連隊長の不在が分かったので、急遽総監を人質にとることに決定。
11月21日　銀座の中華第一楼に5人が集まり打ち合わせ。
11月23日　パレスホテルに5人が集まり、当日の行為の練習。その後当日必要な備品をそろえる。
11月24日　パレスホテルに5人が集合。辞世の歌を詠み、当日の練習。その後最後の夕食。
11月24日午後　『サンデー毎日』の徳岡孝夫とＮＨＫの伊達宗克に明日11時に来てもらいたいところがあると電話。
11月25日　午前8時　三島起床。楯の会の制服を着る。

8時50分　小賀正義、古賀浩靖、小川正洋の3人も楯の会の制服を身につけ、その上にコート、カーディガンを羽織り小賀の運転で出発した。森田必勝は新宿で3人と合流。4人は三島宅近くでそれぞれ家族宛の別れの手紙を投函。

車に乗り込んだ三島が命令書を渡す。

10時　三島、徳岡孝夫サンデー毎日記者と伊達宗克NHK記者に市ケ谷会館に来てもらいたいと電話連絡。

10時　市ケ谷会館3階に楯の会33人が集まり隊長、班長欠席のまま例会を開催。

10時13分　小賀たちは三島宅の少し手前に車を止め、小賀が三島を迎えにいった。三島は「天人五衰」の最終回の原稿（140枚）を手伝いの女性に託し、日本刀とアタッシュケースを持ち家を出る。

10時40分　新潮社の小島千加子が原稿を受け取りにきた。手伝いの女性が渡す。

10時45分　徳岡と伊達が市ケ谷会館に到着。

10時55分　三島ら陸上自衛隊市ケ谷駐屯地内の東部方面総監部正面玄関に到着。沢本泰治三等陸佐が出迎える。

11時　5人が益田兼利総監と面会、三島が森田ら4人を紹介。

11時3分　三島と総監が向かい合って座る。三島は持参した日本刀を総監に見せる。

11時5分　三島から刀身を拭った手拭を受け取った小賀が不意に総監の首を締め猿轡をかませる。小川、古賀が総監を椅子に縛り付け、森田が3カ所の出入り口にバリケードを築く。

異常な事態を感じた隣室の幹部らが総監室に入ろうとしたが、三島らは日本刀などを振り回し抵抗、8名の隊員が負傷。
11時5分　楯の会のTとKが徳岡と伊達を見つけ三島から預かった封筒を渡す。
11時22分　東部方面総監部から警視庁に110番通報。
11時25分　警視庁公安第一課が臨時本部開設。
11時30分頃　総監室の窓ガラスを破り窓越しに説得を開始。三島は12時までに隊員を集めろと要求。
11時33分　自衛隊は三島が演説することを認める。
11時40分頃　駐屯地内の自衛官全員に本館前に集合するよう放送。
11時55分　森田と小川が総監室前のバルコニーから垂れ幕を下ろし檄文を撒く。
正午　三島がバルコニーで演説を始める。
0時10分　三島が「天皇陛下万歳」と三唱し総監室に戻り、割腹。森田と古賀が介錯。続いて森田が切腹し、古賀が介錯。
0時20分　3人が総監とともに部屋を出て日本刀を自衛官に渡す。逮捕。
0時23分　警察が総監室に入り三島の死を確認。
0時30分　総監部で記者会見。報道機関が一斉に2人の死を報道。
5時15分　三島、森田の遺体が牛込署に運び込まれる。
11月26日　午前11時20分　慶応大学病院で遺体解剖。
午後2時頃　実弟の千之が自宅玄関前で記者会見。
午後3時30分頃　三島の遺体が自宅へ戻る。
午後10時　自宅で密葬。
東大全共闘が「三島由紀夫追悼」の垂れ幕。

11月30日　初七日。川端康成らが参列。
11月　武田泰淳と対談「文学は空虚か」（『文芸』）。
12月11日　池袋豊島公会堂で「三島由紀夫氏追悼の夕べ」。発起人総代林房雄。
12月27日　古賀、小賀、小川の3人が嘱託殺人等の罪名で起訴。

1971年（昭和46年）

1月24日　築地・本願寺で三島の葬儀。葬儀委員長は川端康成。
1月　「天人五衰」最終回（『新潮』）、「『豊饒の海』ノート」（『新潮』臨時増刊号）。
『橋づくし（限定本）』（牧羊社刊）。講談社より『三島由紀夫短編全集』全6回刊行開始（〜5月）。『三島由紀夫十代作品集』（新潮社刊）。
2月26日　三島由紀夫研究会発足。
2月28日　楯の会解散。東京・日暮里の神道禊大教会で三島と森田の葬儀。
2月　『天人五衰』（新潮社刊）。カラー版『少年少女世界の文学』30巻に「潮騒」（小学館刊）。
3月23日　東京地方裁判所で第1回公判。
3月　『蘭陵王（自筆原稿完全復元版）』（講談社刊）。『日本文学全集』42巻に「仮面の告白」「潮騒」「金閣寺」（河出書房新社刊）。
5月　『蘭陵王』（新潮社刊）。
6月26日　パリで三島忌開催。
9月21日　多磨霊園の三島の墓より遺骨が紛失。
11月25日　九段会館で第2回追悼の夕べ「憂国忌」。

1月25日　クーデタでアミンがウガンダ大統領に。
2月13日　南ベトナム軍ラオスに侵攻。
2月17日　京浜安保共闘が真岡の銃砲店から銃を奪取。
2月22日　三里塚で第一次強制代執行。重傷者41名、逮捕者400名。
3月5日　大阪大、大阪市立大で入試問題売買。
3月31日　大久保清事件。
4月9日　代々木公園完成。
4月11日　美濃部都知事が再選。
4月16日　天皇、皇后が広島の原爆慰霊碑に初参拝。
5月1日　スモン病訴訟。
6月1日　イタイイタイ病訴訟。
6月5日　新宿副都心に超高層

11月　『仮面の告白（限定本）』（講談社刊）。
12月5日　紛失していた遺骨が発見。

ビル第1号となる京王プラザホテル完成。
7月3日　東亜国内航空機函館の山に激突。68名死亡。
7月15日　統一赤軍結成。
7月20日　マクドナルド・ハンバーガー1号店が銀座にオープン。
7月30日　自衛隊機と全日空機が衝突。
8月15日　ドル・ショック。
8月22日　赤衛軍が朝霞の自衛隊基地に侵入し自衛官を刺殺。
9月13日　クーデタに失敗しソ連亡命を図った林彪が墜落死。
9月16日　三里塚の第二次強制代執行で警官3名死亡。
9月21日　竹入公明党委員長暴漢に刺される。
9月28日　美濃部都知事がゴミ戦争宣言。
10月1日　第一銀行と勧業銀行が合併。
11月14日　中核派が渋谷地区で大暴動。

1972年（昭和47年）
3月『小説とは何か』（新潮社刊）。
4月27日　古賀、小賀、小川に懲役4年の実刑判決。
8月『サド侯爵夫人（限定本）』（中央公論社刊）。
11月『日本文学小史』（講談社刊）。

12月3日　印パ全面戦争。
12月16日　バングラデシュ独立。
12月18日　土田警視庁警務部長宅で小包爆弾が爆発、夫人が即死。
12月24日　新宿の交番でクリスマス・ツリーに仕掛けられた爆弾が爆発。
1月24日　グアムで横井庄一元軍曹発見。
1月30日　北アイルランドで「血の日曜日」事件。
2月3日　札幌五輪開催。
2月19日　連合赤軍あさま山荘事件（～28）。
4月1日　営団地下鉄丸ノ内線が開通。
4月16日　川端康成自殺。
5月13日　大阪・千日デパートビル火災。死者118名。
5月28日　釜ケ崎暴動（～30）。
5月30日　アラブ赤軍によるテルアビブ空港乱射事件、24名死亡。

5月　沖縄本土並み返還。
6月11日　田中角栄が「日本列島改造論」を発表。
6月17日　ウォーターゲート事件発覚。
6月23日　東京都の65歳以上の老人医療が無料化。
7月1日　四日市ぜんそく訴訟。
7月7日　第一次田中角栄内閣成立。
9月5日　ミュンヘン・オリンピック選手村をパレスチナ・ゲリラが襲撃。
9月29日　日中国交正常化。
11月5日　上野動物園のパンダが一般公開。
11月12日　荒川線を残して都電全廃。
12月22日　第二次田中内閣成立。

解説

鈴木邦男

あの事件から四十七年が経つ。今でも、「新資料発見！」などというニュースが新聞に出る。また、「楯の会」会員だった人を含め三島の近くにいた人びとの書いた本が毎年のように出ている。保阪のこの本でも触れているが、安藤武編著『三島由紀夫全文献目録』によれば、三島由紀夫関係の文献は六千点以上に及ぶという。三島や楯の会について書かれた著作類は毎年三十冊近くは刊行されているという。膨大な数だ。この安藤の本が出たのは二〇〇〇年だ。とすると、今では「三島関係の文献」はさらに増えている。これだけ書かれた作家は他にいないし、作家が起こした〈事件〉について、これだけ書かれた例もない。

さらに、「今、三島が生きていたら何を言うだろう」「この事態についてどう思うだろうか」と思い出されることがある。だから三島は何十年たっても常に我々とともにいる。楯の会の会員の中には「あの時」で時計が止まってしまった人もいる。「一緒に決起するはずだった」「なぜ俺は連れて行ってもらえなかったのか」と嘆き、三島を恨んでいる人もいる。事件に関係しない一般の人だって、あの事件のことはよく覚えている。四十七年前のことなのに鮮明に覚えているのだ。あの日で時計が止まった人もいる。あの日から生活が変わった人もいる。強烈な思いと、問いかけを突きつけられて生きてきた人もいる。僕もそうだ。

それほど重要な事件であるのに呼び方は一致していない。たしかに一般的には「三島事件」と呼ばれている。外国で報道される際もそう書かれている。でも、そう書くことによっては事件やその後の影響が見えてこない、そう思う人がいる。この本の著者、保阪正康もそうだ。また、何よりも三島自身がそう呼ばれることを嫌い恐れた。世界的な大作家としてあまりにも有名な三島だったからこそ、この事件は「三島事件」として歴史に残る、そのことを三島は予測していた。予測していたから、「でも違う」と最後まで叫び続けていた。当日、ともに決起した楯の会の小賀正義にあてた「命令書」にはこう書かれている。

〈今回の事件は楯の会隊長たる三島が計画、立案、命令し、学生長森田必勝が参画したるものである。三島の自刃は隊長としての責任上当然のことなるも、森田必勝の自刃は自ら進んで楯の会全会員および現下日本の憂国の志を抱く青年層を代表して、身自ら範をたれて青年の心意気を示さんとする鬼神を哭かしむる凜烈の行為である。

三島はともあれ森田の精神を後世に向かって恢弘せよ。〉

最後の一行は三島の血の叫びだ。これは三島事件ではない、と言っている。もし、森田ら楯の会会員の参加がなかったら、「三島事件」とも呼ばれなかっただろう。憂国の志をもつ「一作家の自殺」として報じられただろう。それを〈事件〉にし、その後も多くの人々に強く影響を与えたのは森田らの参加だった。いや、参加ではない。森田らが提案し、突き上げた面も多い。四十五歳の高名な作家が二十五歳の青年に「ともに死のう」と声はかけられない。森田のほうから言い出し、最後の最後まで三島は「森田、お前は生き残れ!」と叫んでいた。その三島の声を跳ね返し森田は自決した。そしてあの事件は完結した。だからあれは「三島事件」ではない。「三島・森田事件」と言う人もいる。むしろ、「森田事件」とまで言う人もいる。保阪は「楯の会事件」と書いた。

決起については、楯の会の人間はほとんどが知らされなかった。そして全員が参加を熱望したはずの事件だ。「楯の会事件」という命名には彼らの思いがこめられている。保阪がそう表現することで、楯の会会員たちも口を開き取材に協力したのだ。もっともそんな目論見があってつけたのではないだろう。

この本は楯の会会員だった倉持(本多)清の話から始まり、最後には、やはり会員だった阿部勉のことが出てくる。阿部と保阪のやり取りは単なる取材ではない。人間と人間のぶつかり合いだ。膵臓がんにおかされ末期だった阿部は、保阪と最後の別れを覚悟した酒を酌み交わす。

「先輩、今生ではいろいろありがとうございました」と阿部は言う。「そうか、あんたも死ぬのか」と保阪はつぶやく。そして別れの場面だ。保阪を見送るため、阿部はタクシーを止めた。

〈私が車に乗りこむと、阿部氏は丁寧に一礼し、握手を求めた。瘠《や》せた手であった。私は車の中から振り返って阿部氏を見つめた。和服姿の阿部氏が、手を振り、そして軽く一礼した。笑顔であった。風が吹いて和服が少しはだけた。阿部氏のその姿が闇の中に浮かんでいるように私には思えた。

それから一カ月ほどあと、阿部氏は静かに逝ったと聞かされた。〉

この場面は何度読んでも涙が出る。阿部と保阪の優しさと強さがにじみ出る場面だ。楯の会には真面目で優秀な男たちが沢山いた。森田必勝、持丸博、阿部勉……と亡くなった人もいる。保阪は阿部の才能を評価し惜しんでいた。

〈阿部氏のとぎすまされた感性は私にはすぐれているように思え、「あなたは運動家かもしれないが、文筆をおやりになったらどうか。小説など書けばいいではないか。そういう方面で必ず一人前になると思うけれど」となんども勧めた。「だめですよ、机にむかうというのはできませんよ」と苦笑いを浮べたりもした。〉

こんなに阿部のことを思い、気にかけてくれていたのだと、僕はありがたいと思った。実はその後の〈新右翼〉といわれる運動をつくったのは阿部なのだ。「三島はともあれ森田の精神を後世に向かって恢弘せよ」という、三島の命令書に従って、阿部は森田必勝を追悼・顕彰する「野分祭」を執り行うことになる。「野分祭」とは森田の辞世からとって名付けた。そして昔の仲間たちを集めて「一水会」をつくった。綱領・規約などは彼がつくった。最初の事務所は下北沢の阿部のアパートだった。当然、阿部が代表になるはずなのに、謙虚な彼は「年長だから」と僕に会長を譲り、自らは副会長になった。優秀な男だった。僕は世話になりっぱなしだった。その男を保阪は愛し気にかけてくれていたのだ。

この本はあの事件を語るうえで第一級のドキュメンタリーである。そして素晴らしい文学である。

三島が政治に目覚め、楯の会をつくるきっかけとなったのは、一般には二・二六事件だと言われているが、しかし違う。五・一五事件との類似を保阪は指摘する。戦前の農本主義者の橘孝三郎は農民決死隊を率いて五・一五事件に参加する。保阪は戦前の国家改造運動の中でも、橘に注目し直接本人に取材している。そして「楯の会事件」を戦後の一つの事件として「点」ではなく、先んじた運動との「線」で昭和史の流れの中にとらえている。その正確さ、厳しさは他の書き手にはない。三島や事件に関する本が何千冊と出ようと、これを超える本はないだろう。「楯の会事件」についてはこの一冊を読めば全てが分かる。そして、その後は自分で頭で考えろ、そう言っている本である。

本書は、一九八〇年十一月に講談社より『憂国の論理　三島由紀夫と楯の会事件』の書名で刊行されました。さらに、二〇〇一年四月に加筆・訂正・再構成し、角川文庫に収録されました。

誘拐　本田靖春

戦後最大の誘拐事件。残された被害者家族の絶望、犯人を生んだ貧困、刑事達の執念を描くノンフィクションの金字塔！（佐野眞一）

疵　本田靖春

戦後の渋谷を制覇したインテリヤクザ安藤組の大幹部、力道山よりも喧嘩が強いといわれた男……。伝説に彩られた男の実像を追う。（野村進）

宮本常一が見た日本　佐野眞一

戦前から高度経済成長期にかけて日本中を歩き、人々の生活を記録した民俗学者、宮本常一。そのまなざしと思想、行動を追う。（橋口譲二）

新 忘れられた日本人　佐野眞一

佐野眞一がその数十年におよぶ取材で出会った、無私の人、悪党、そして怪人たち。時代の波間に消えて行った忘れえぬ人々を描き出す。（後藤正治）

占領下日本（上・下）　半藤一利／竹内修司／保阪正康／松本健一

1945年からの7年間日本は「占領下」にあった。この時代を問うことは、戦後日本を問い直すことである。多様な観点と仮説から再検証する昭和史。

現人神の創作者たち（上・下）　山本七平

日本を破滅の戦争に引きずり込んだ呪縛の正体とは何か。幕府の正統性を証明しようとして、逆に「尊皇思想」が成立する過程を描く。（山本良樹）

東京の戦争　吉村昭

東京初空襲の米軍機に遭遇した話、寄席に通った話。少年の目に映った戦時下・戦後の庶民生活を活き活きと描く珠玉の回想記。（小林信彦）

ワケありな国境　武田知弘

メキシコ政府発行の「アメリカへ安全に密入国するための公式ガイド」があるってほんと!?　国境にまつわる60の話題で知る世界の今。

週刊誌風雲録　高橋呉郎

昭和中頃、部数争いにしのぎを削った編集者・トップ屋たちの群像。週刊誌が一番熱かった時代を貴重な証言とゴシップたっぷりで描く。（中田建夫）

増補版 ドキュメント 死刑囚　篠田博之

幼女連続殺害事件の宮﨑勤、奈良女児殺害事件の小林薫、附属池田小事件の宅間守、土浦無差別殺傷事件の金川真大……モンスターたちの素顔にせまる。

田中清玄自伝　田中清玄／大須賀瑞夫

戦前は武装共産党の指導者、戦後は国際石油戦争に関わるなど、激動の昭和を侍の末裔として多彩な人脈を操りながら駆け抜けた男の「夢と真実」。

権力の館を歩く　御厨貴

歴代首相や有力政治家の私邸、首相官邸、官庁、政党本部ビルなどを訪ね歩き、その建築空間を分析。権力者たちの素顔と、建物に秘められた真実に迫る。

タクシードライバー日誌　梁《ヤン》石日《ソギル》

座席でとんでもないことをする客、変な女、突然の大事故。仲間たちと客たちを通して現代の縮図を描く異色ドキュメント。（崔洋一）

新版 女興行師 吉本せい　矢野誠一

大正以降、大阪演芸界を席巻した名プロデューサーにして吉本興業の創立者。ＮＨＫ朝ドラ『わろてんか』のモデルとなった吉本せいの生涯を描く。

ぼくの東京全集　小沢信男

小説、紀行文、エッセイ、評伝、俳句……作家は、その町を一途に書いてきた。『東京骨灰紀行』など65年間の作品から選んだ集大成の一冊。（池内紀）

吉原はこんな所でございました　福田利子

三歳で吉原・松葉屋の養女になった少女の半生を通して語られる、遊廓「吉原」の情緒と華やぎ、そして盛衰の記録。（阿木翁助　猿若清三郎）

ちろりん村顛末記　広岡敬一

トルコ風呂と呼ばれていた特殊浴場を描く伝説のノンフィクション。働く男女の素顔と人生、営業システム、歴史などを記した貴重な記録。（本橋信宏）

ぐろぐろ　松沢呉一

不快とは、下品とは、タブーとは。非常識って何だ。公序良俗を叫び他人の自由を奪う偽善者どもに〝闘うエロライター〟が鉄槌を下す。

独特老人　後藤繁雄編著

埴谷雄高、山田風太郎、中村真一郎、淀川長治、水木しげる、吉本隆明、鶴見俊輔……独特の個性を放つ思想家28人の貴重なインタビュー集。

呑めば、都　マイク・モラスキー

赤羽、立石、西荻窪……ハシゴ酒から見えてくるのは、その街の歴史。古きよき居酒屋を通して戦後東京の変遷に思いを馳せた、情熱あふれる体験記。

世界がわかる宗教社会学入門　橋爪大三郎

宗教なんてうさんくさい⁉ でも宗教は文化や価値観の骨格であり、それゆえ紛争のタネにもなる。世界宗教のエッセンスがわかる充実の入門書。

禅　鈴木大拙　工藤澄子訳

禅とは何か。また禅の現代的意義とは？ 世界的な関心の中で見なおされる禅について、その真諦を解き明かす。（秋月龍珉）

禅談　澤木興道

「絶対のめでたさ」とは何か。「自己に親しむ」とはどういうことか。俗に媚びず、語り口はあくまで平易。厳しい実践に裏打ちされた迫力の説法。

仏教百話　増谷文雄

仏教の根本精神を究めるには、ブッダに帰らねばならない。ブッダ生涯の言行を一話完結形式で、わかりやすく説いた入門書。

語る禅僧　南直哉

自身の生き難さと対峙し、自身の思考を深め、今と切り結ぶ言葉を紡ぎだす。永平寺修行のなかから語られる「宗教」と「人間」とは。（宮崎哲弥）

仏教のこころ　五木寛之

人々が仏教に求めているものとは何か、仏教はそれにどう答えてくれるのか。著者の考えをまとめた文章に、河合隼雄、玄侑宗久との対談を加えた一冊。

論語　桑原武夫

古くから日本人に親しまれてきた「論語」。著者は、自身との深いかかわりに触れながら、人生の指針としての「論語」を甦らせる。（河合隼雄）

つぎはぎ仏教入門　呉智英

知ってるようで知らない仏教の、その歴史から思想的な核心までを、この上なく明快に説く。現代人のための最良の入門書。二篇の補論を新たに収録！

タオ——老子　加島祥造

さりげない詩句で語られる宇宙の神秘と人間の生きるべき大道とは？ 時空を超えて新たに甦る『老子道徳経』全81章の全訳創造詩。待望の文庫版！

よいこの君主論　架神恭介　辰巳一世

戦略論の古典的名著、マキャベリの『君主論』が、小学校のクラス制覇を題材に楽しく学べます。学校、職場、国家の覇権争いに最適のマニュアル。

ちくま文庫

三《み》島《しま》由《ゆ》紀《き》夫《お》と楯《たて》の会《かい》事《じ》件《けん》

二〇一八年一月十日　第一刷発行
二〇二一年十月五日　第三刷発行

著者　保阪正康（ほさか・まさやす）

発行者　喜入冬子
発行所　株式会社　筑摩書房
東京都台東区蔵前二―五―三　〒一一一―八七五五
電話番号　〇三―五六八七―二六〇一（代表）
装幀者　安野光雅
印刷所　明和印刷株式会社
製本所　加藤製本株式会社

ISBN978-4-480-43492-0 C0121